河出文庫

とうに夜半を過ぎて

R・ブラッドベリ
小笠原豊樹 訳

河出書房新社

とうに夜半を過ぎて　目次

とうに夜半を過ぎて

驚くべき蒐集家、途方もない
研究者であり親友である
ウィリアム・F・ノーランに、
愛をこめて、この本を捧げる。

青い壔

日時計は倒潰して、数知れぬ白い石のかけらが残った。鳥たちは、もはや岩と砂に塞がれた古代の空に埋もれて飛び、その歌声は跡絶えた。死んだ海の底を砂塵が流れ、風蝕の昔語りを再演せよと風に命じられては、陸地にまでも押し寄せた。都市は深い眠りのなかに横たわり、沈黙の穀倉には時が貯えられ、池や泉には静けさと追憶のみがあった。

火星は死んでいた。

と、広大な静寂のなか、はるか彼方から虫の羽音が聞えた。その音は肉桂色の山々のあいだで次第に大きくなり、日に焼かれた大気のなかへ侵入した。やがて道路が震え、古代都市の砂塵がさらさらと吹き払われた。

音がやんだ。

真昼のきらめく静寂のなかで、アルバート・ベックと、レナード・クレイグは、古めかしい陸上車に乗ったまま、死んだ都市を眺めた。その視線を受けて町は身動きもせず、二人の叫びを待っていた。

「こんにちは！」

水晶の塔が一つ、やわらかな粉の雨となって倒れた。

「おおい、そっちの！」

もう一つ倒れた。

更に一つ、もう一つと、ベックの叫び声が死を宣告するたびに塔は倒れた。叫び声の一斉射撃を浴びて、花崗岩の巨大な翼をもつ石の動物たちは、高みから転落し、中庭や噴水に激突した。生きた動物のようにベックの叫びに反応する彼らは、返事をし、呻き声を発し、ひび割れ、上体を起し、うつむき、体を震わせ、ためらい、それから歪んだ口、うつろな目、永遠に飢えた鋭い歯で、空気を切り裂いて落下し、突然タイルにぶつかって榴霰弾（りゆうさん）のように散乱した。

ベックは待った。それ以上、倒れる塔はなかった。

「もう入っても大丈夫だ」

クレイグは動かなかった。「また目当てはおんなじか」

ベックはうなずいた。

「つまらねえ壜（びん）一本！　おれにはわからんな。なぜみんな欲しがるんだろう」

ベックは車から下りた。「見つけた奴は何も言わなかったし、何も説明しなかった。とにかく古い壜なんだ。砂漠や、死んだ海と同じくらい古くて――中に何かが入っている。伝説によればね。何かが入っているというだけで、まあ、人の好奇心をそそるんだ」

「あんたの好奇心をな。おれは違う」とクレイグは言った。その唇はほとんど動かなかった。半ば閉じた目にはかすかに面白そうな表情が浮んでいた。男は物憂げに伸びをした。「おれはドライブについてきただけさ。この暑さにぼんやり坐ってるよりは、あんたの活躍を眺めるほうが面白いからな」

一カ月ほど前、まだクレイグと出会わない頃に、ベックはこの古い陸上車を見つけたのだった。それは、かつて火星から他の天体へと移動していった人類の第一次産業侵略が、あとに残したがらくたの一つである。ベックはエンジンを修理して、死んだ町から町へと車を走らせた。この土地で出会うのは怠け者や空想家、その日暮しのらくら者、いわば宇宙の引潮に捉えられた男たちばかりだった。ベック自身とクレイグも似たようなもので、何をやってもうまくゆかず、結局のところ火星へ流れて来た組なのだが。

「五千年か一万年前に、火星人が〈青い壜〉を作ったんだ」とベックは言った。「火星ガラスを吹いて作った壜で——見つかったり、なくしたり、見つかったり、なくしたり、ずっとそれの繰り返しだ」

死んだ町のゆらめく陽炎(かげろう)を、ベックは見つめた。生れてからこの方、おれはなんにもしなかった、全然なんにもしなかった、とベックは思った。ほかの連中、もっとましな男たちはそれぞれ何か大きなことをやり、水星や金星へ、太陽系の外へまでも出て行った。おれは除(の)け者だ。だめな男だ。しかし〈青い壜〉さえ手に入れれば何もかも変るだろう。

振り向いて無言の車から離れると、ベックは歩き出した。

クレイグが追いかけて来て、のんびりした足どりでベックと並んだ。「もうどのくらいだっけ、探し始めて十年、だったな？　眠っちゃピクピク痙攣し、うなされちゃ跳び起き、昼間は汗を流して探しまわる。そんなに欲しい壜なのに、中身を知らないなんて。あんたは馬鹿だよ、ベック」

「うるさい、黙れ」とベックは言い、足元の小石と泥のかたまりを蹴とばした。

廃墟と化した町へ、二人は並んで入って行った。足の下の割れたタイルのモザイク模様は、ひよわな火星の生物を描いた石の綴れ織だった。そよ風が無言の砂塵を吹き払うたびに、とうに絶滅した動物たちが現れたり消えたりした。

「待て」とベックは言い、両手をメガホンのように口にあてて大声を張りあげた。「おおい、そっちの！」

「……そっちの」とこだまが言い、いくつかの塔が倒れた。噴水や石柱が折り畳まれるように崩れた。死んだ町はいつもこうなのだ。時にはシンフォニーのように美しい一群の塔が、ただの一声で倒潰する。それはまるでバッハのカンタータが目の前で分解してゆくのを見守るようなものだった。

ややあって、骨は骨のなかに埋まった。砂塵が収まった。二つの建物だけが無疵で残った。

ベックが一歩前へ出て、友人に顎で合図をした。

二人は捜索を始めた。

捜索の途中で、クレイグはふと立ち止り、口元にかすかな笑みを浮べて言った。

「その壜の中身だがね。折り畳み式のちっちゃな女の子かなんかじゃないのか。ほら、折り畳み式のブリキのコップとか、水に入れると開く日本の水中花みたいにさ」

「おれは女は要らない」

「いや、それはどうかな。ひょっとすると、あんたは本当の女というか、本気で惚れてくれる女をまだ知らないから、それで、心の奥底じゃ、壜の中身はそういうものであって欲しいと思ってるんじゃないのか」クレイグは口をすぼめた。「それとも、壜の中身はあんたの子供の頃の何かかな。湖や、よく登った木や、緑の草や、ざりがにや——そういったものがちっちゃく纏まっていたりしてね。どうだい、こういうのは」

ベックは遠くを見つめる目つきになった。「ときどき、なんだかそんな気もする。過去の……地球の……おれにはよくわからない」

クレイグはうなずいた。「壜の中身は、それを見る人間次第なのかな。おれの希望としちゃ、ほんの一口でいいから、その壜にウィスキーが入っていれば……」

「さ、仕事、仕事」とベックが言った。

きらめきと輝きに満ちた部屋が七つ並んでいた。天井まで届く階段状の床には、樽あり、壺あり、甕あり、壜あり——どれも赤、ピンク、黄、紫、黒など、色とりどりのガラスで作られていた。同じものを二度手に取らずにすむように、ベックは調査ずみのガラス器具を片っぱしから叩きこわしていった。

その部屋を終り、次の部屋を襲おうとベックは呼吸をととのえた。捜索をつづけるのはなんだか恐ろしいような気持だった。今度こそ発見できるのではないかと思うと、恐ろしいのだ。捜索が終れば、ベックの人生から意味が失われてしまう。ベックの人生に、目的が生れたのは、ほんの十年前、金星から木星へ向う途中のロケット搭乗員に〈青い壜〉の話を聞かされてからのことである。そのとき燃え上った内部の炎は、以来、確実に燃えつづけた。計画的に事を運べば、壜を発見するかもしれぬという期待は、ベックの全人生を縁まで満たしてくれるだろう。気をつけて、あまり捜索に熱中しすぎないようにすれば、あと三十年は保つだろう。問題は本当は壜ではなくて、走ったり追いかけたりの捜索そのものであり、砂塵や死んだ町々であり、捜索をつづけることと自体なのだということを、自分で自分に認めさえしなければ。

ベックの耳に鈍い響きが聞えた。振り向いて、窓に歩み寄り、ベックは中庭を眺めた。小さな灰色の砂地用オートバイが、ほとんどエンジンの音を立てずに、通りのはずれで停止したところだった。ブロンドの髪の、肥った男が、どっこいしょとシートから下り、町を見渡した。これも捜索者の一人だ。ベックは溜息をついた。何万人もが探しつづけている。だが、砕けやすい町や村は何万とあるから、それを全部探しつくすには千年もかかるだろう。

「どうだい、そっちは」クレイグが一つの部屋の戸口に現れた。

「だめだ」ベックは空気の匂いをかいだ。「何か匂わないか」

「え?」クレイグはあたりを見まわした。

「なんだか——バーボンみたいな匂いだ」

「は、は!」クレイグは笑った。「そりゃ、おれだ!」

「あんた?」

「いま一口やったのさ。あっちの部屋で見つけたんだ。いつものように壜の山を漁ってたら、一本だけ、バーボンの入ってる壜があるじゃないか。で、さっそく一杯いただいた」

ベックはクレイグを凝視し、その体は震え始めた。「どうして——どうして火星の壜にバーボンが入ってるんだ」両手から血の気が引くようだった。ベックはゆっくりと一歩前に出た。「見せてみろ!」

「いや、あれは間違いなく……」

「いいから見せろ!」


それは部屋の片隅にあった。空のように青い火星ガラスの容器。小さな果物ほどの大きさで、手にとると空気のように軽かった。ベックはそれをテーブルの上に置いた。

「バーボンが半分くらい入ってるだろう」とクレイグが言った。

「からっぽのように見えるが」とベックが言った。

「じゃ振ってごらん」

ベックは壜を取り上げ、恐る恐る振った。

「ごぼごぼいってるだろう」

「いや」

「おれにははっきり聞えるぜ」

ベックは壜をテーブルに戻した。脇の窓からさしこむ日の光が、ほっそりした容器にあたって青くきらめいた。それは掌にのせられた星の青だった。真昼の浅い入江の青だった。朝のダイヤモンドの青だった。

「これだ」とベックは静かに言った。「間違いない。もう探す必要はなくなった。おれたちは〈青い壜〉を見つけたんだ」

クレイグは信じられないような顔をした。「からっぽに見えるって本当かい」

「からっぽだ……しかし――」ベックはかがみこんで、ガラスの青い宇宙を覗きこんだ。「何が入ってるにしろ、あけて調べればわかることだ」

「さっき栓を固く閉めといたよ。ほら」クレイグは手をのばした。

「お取り込み中、失礼しますよ」と、背後のドアから声が聞えた。

ブロンドの髪の肥った男が、拳銃をかまえて、二人の視野に入って来た。男は、二人の顔には目もくれず、もっぱら青いガラス壜を見つめていた。その顔に笑みが浮んだ。「拳銃を使うのはまことに遺憾だが、その美術品をど、う、し、て、も手に入れたいので、万やむを得ない。面倒は抜きにして、素直にお渡しいただきたいものだね」

ベックはむしろ嬉しかった。なんというタイミングのよさだろう、この突発事件は。宝箱をあけないうちに盗まれてしまうとは、願ってもないことだった。これで、追跡と格闘、取ったり取られたりのすばらしい未来がひらける。そしてすっかり片がつくまでには、新たな捜索の旅に四、五年が費やされていることだろう。

「さあ、早く」と見知らぬ男は言った。「もう諦めたほうがいい」男は警告するように銃口を上げた。

ベックは壜を男に渡した。

「驚いたね。全く驚いた」と肥った男は言った。「こんなに簡単だとは夢にも思わなかった。通りかかって、お二人の話を聞いたというだけで、〈青い壜〉をすんなり渡してもらえるとはね。驚いたよ！」そして男はくすくす笑いながら廊下を歩いて行き、日ざしのなかへ去った。

火星の冷たい二つの月に照らされて、深夜の都市はどこもかしこも骨と砂塵だった。散在する道路を、陸上車はがたごと跳ねあがりながら走った。道路沿いのどの町でも、噴水や、ジャイロスタットや、家具や、歌う金属の本や、絵などは、モルタルと昆虫の羽のきれはしに厚く覆われていた。どの町もすでに町ではなくて、きめこまかな粉と化した物体の堆積だった。大きな砂時計のなかできりもなくピラミッドを築いては崩れる砂のように、粉は葡萄酒色の風に乗って無意味に陸と陸のあいだを往復した。車が通るときだけ沈黙が開かれ、通りすぎるや否や閉じた。

クレイグが言った。「これじゃ見つかりっこないよ。ひでえ道だ。おんぼろ道路だ。穴ぼこと石ころだらけで、いいとこは一つもない。奴はオートバイだから、小回りがきく分だけ速いだろう。くそ！」

悪路を避けて、二人は突然カーブを切った。車は古い道路の上で黒板消しのように動いて、表面にこびりついていた土を掻き落し、その下から火星古代のエメラルド色と金色のモザイク模様が現れた。

「待て」とベックが叫び、車の速度をゆるめた。「いま何か見えた」

「どこに」

二人は百ヤードほどバックした。

「あそこだ。見えるだろう。奴だ」

道路脇の溝のなかで、肥った男がオートバイに折り重なるように倒れていた。男は動かなかった。目は大きく見開かれ、ベックの懐中電灯の光を受けて鈍く光った。

「壜はどこだ」とクレイグが言った。

ベックは溝に跳び下り、男の拳銃を拾いあげた。「わからない。どこにもない」

「なんで死んだんだろう」

「それもわからない」

「オートバイはこわれてないようだ。事故じゃないな」

ベックは死体を仰向けにした。「傷はない。なんだか――自然死というか、ひとりでに息がとまったように見える」

「心臓麻痺だろう」とクレイグが言った。「壜を手に入れて興奮したんだ。この溝に隠そうとした。これでよしと思ったとき、発作に襲われた」

「じゃ〈青い壜〉が失くなったことはどう説明する」

「だれかが通りかかったんだ。なんせ探している奴は大勢いるから……」

あたりの闇に二人はひとみをこらした。星をちりばめた暗黒のなか、遠くの青い丘の上に何か動くものがおぼろげに見えた。

「あそこだ」ベックがゆびさした。「三人歩いてる」

「やっぱり奴らが……」

「おい、見ろ！」

二人の足元の溝のなかで、肥った男の体が蛍光を発し、溶け始めていた。両の目は、いきなり水を浴びせられた月長石のような様相を呈した。顔は炎と化して消え始めた。髪は線香花火のように輝きながら火花を散らした。見守る二人の前で、死体はもうもうと煙をあげた。指が炎に包まれてひきつった。と、巨大な槌がガラスの彫像めがけて振り下ろされたかのように、死体はまばゆいピンクのかけらとなって飛び散り、霧のように夜風に送られて道路の彼方へ流れて行った。

「あいつらが――何かやったんだ」とクレイグが言った。「あの三人が、何か新しい武器で」

「いや、前にもあったことだ」とベックが言った。「〈青い壜〉を手に入れた連中は消えてしまったと、前にも話を聞いたことがある。その壜を奪った奴も消えたそうだ」ベックは首を振った。「まるで蛍(ほたる)が百万匹飛び立つみたいだった、奴の体が分解したときは……」

「あの三人を追うか」

ベックは車に戻った。砂漠の起伏や、骨粉と沈黙の丘を見渡した。「楽な仕事じゃないが、なんとかこの車で連中に追いつけると思う。こうなったら、どうしても追いついてみせる」ベックは間をおいた。そのことばはもうクレイグに語りかけていることばではなかった。「〈青い壜〉の中身がようやくわかったようだ……おれが何よりも望んでいたものがあの壜のなかにある。おれを待っている。それがようやくわかった」

「おれは行かないよ」と、車に歩み寄りながらクレイグは言った。ベックは膝に両手を置き、暗い運転席に坐っていた。「あんたと一緒にあの三人を追うのはごめんだ。なんせ武器を持ってる連中だろう。おれはまだ命が惜しいんだよ、ベック。あの壜はおれにはなんの値打ちもない。だから命がけにはなれないんだ。でも、あんたの幸運を祈ってるぜ」

「ありがとう」とベックは言った。そして砂丘にむかって車を走らせた。

陸上車のガラスのフードを越えて流れこむ夜気は、水のように冷たかった。二つの絶壁に挟まれ、チョークのように白い小石を敷きつめた死んだ河床を、ベックの車は猛烈な勢いで走った。絶壁に刻まれた神々や動物たちの浮彫りを、二重の月光のリボンが黄金色に染めあげていた。絶壁に刻まれた象形文字による火星の歴史が刻みこまれた高さ一マイルの壁面は、洞窟の目を見開き、洞窟の口をかっとあけた驚くべき顔々のつらなりのように見えた。

エンジンの響きが石や岩をゆすぶった。たちまち岩石のなだれが起り、絶壁の古代彫刻の黄金色の破片が、崖のいただきの月あかりの外へ滑り落ちて、井戸のように冷えた青い闇のなかへ姿を消した。

その轟きのなかで車を走らせながら、ベックは過ぎ去った夜々を思い返していた。この十年間というもの、夜ごと夜ごと、死んだ海の底で赤い焚火(たきび)を焚き、思い悩みながらのろのろと食事の支度をしたのだった。そして夢を見た。いつも同じ、求めている夢を。何を求めているのかはわからない。若い頃から地球での生活は苦しかった。二一三〇年の大恐慌、飢饉、混乱、暴動、貧困。その後、惑星から惑星へとあくせく動きまわった。女気のない、愛のない年月。ひとりぼっちの年月。人は闇から光へ、子宮からこの世界へと出て来て、自分が本当に求めているものを、どうやって見つけたらいいのだろう。

溝のなかで死んでいるあの男はどうだ。あの男は何か珍しいものを探しつづけてきたのではなかったか。自分の持っていないものを。持っていないものとは何だろう、ベック自身にとって？　あるいは人間一般にとって？　そもそもこの世の中で何かを期待していいものだろうか。

〈青い壜〉。

すばやく車にブレーキをかけ、跳び下りて、ベックは銃を構えた。姿勢を低くして、砂丘のあいだを走った。前方では、三人の男が肩を並べて冷たい砂の上に横たわっていた。三人とも地球人で、顔は日に焼け、服はみすぼらしく、手は骨ばっていた。三人のあいだに落ちている〈青い壜〉を、星の光が照らしていた。

ベックが見守るうちに、死体は溶け始めた。蒸気がわきあがり、露の玉に、クリスタルに姿を変えた。次の瞬間、三人は消えた。

薄片が雨のように目にふりそそぎ、唇や頬にぶつかり、ベックの全身は冷えきっていた。

ベックは動かなかった。

あの肥った男。死んで、消えていった。クレイグの声、「何か新しい武器で……」

いや。武器ではない。

〈青い壜〉。

この三人は壜をあけて、自分たちが本当に求めていたものを見つけたのだ。永い孤独な年月のあいだに、この宇宙の方々の惑星で、何かを求めつづけた不幸な男たちは、本当に求めていたものを見つけようと、みんなこの壜をあけたのだ。そしてこの三人を含め、みんながそれを見つけた。この壜がなぜこんなにすばやく人の手から手へ渡ったのか、その理由も今ではよくわかる。男たちはみんな消えていった。死んだ海のほとりで、取り入れのあとの籾殻（もみがら）のように砂の上を舞った。炎や蛍に姿を変えた。霧に。

ベックは壜をとりあげると、自分の体からなるべく遠ざけるようにして、永いことそれを握っていた。ベックの目は明るく光った。両手は震えていた。

これがおれの今まで探しつづけてきたものなのだ、とベックは思った。壜をまわすと、星の光が青くきらめいた。

これがすべての男たちの本当に求めていたものなのか。だれにも推し量ることのできない奥の奥に秘められた欲望か？　意識下の衝動か？　なにがしかの密かな罪悪感に苦しみながら、それぞれの男たちが探し求めたものなのか？

死。

疑惑、責苦、単調、貧困、孤独、恐怖の終り。すべての終り。

すべての男たち？

いや。クレイグは違う。クレイグはたぶん遥かに幸運なのだ。この世界にあって、少数の人間は動物に似ている。何一つ問いかけることをせず、水溜りの水を飲み、子を産み、子を育て、人生が良きものであることを一瞬たりとも疑わない。それがクレイグだ。クレイグのような人間は少数だが確かにいる。神の御手に包まれ、宗教や信仰を特別の神経のように体内に収め、広大な保護区のなかに生きる幸福な獣たち。数十億のノイローゼ患者にとり囲まれた正常人。彼らの望みは、いずれ自然死を死ぬことだけだ。今ではなく。いずれ。

ベックは壜を高く挙げた。なんと簡単なのだろう、とベックは思った。なんと正しいのだろう。これこそが、おれの昔からの望みなのだ。ほかには何もない。

何も。

壜は口をあけ、星の光に青く光っていた。ベックは〈青い壜〉から吹き出る風を思いきり肺に吸いこんだ。

とうとうおれのものだ、とベックは思った。

そしてくつろいだ姿勢をとった。全身が心地よく冷え、つづいて心地よく暖まるのが感じられた。体が星々の長い斜面を、葡萄酒のように喜ばしい闇のなかへ滑り落ちて行くのが、はっきりとわかった。青い葡萄酒、白い葡萄酒、赤い葡萄酒のなかで、ベックは泳いでいた。胸にはたくさんのろうそくがともり、花火の輪が回転していた。両腕が離れて行くのを、ベックは感じた。両脚も楽しそうに飛び去った。ベックは笑った。目を閉じて、笑った。

こんな幸福感は生れて初めてだった。
〈青い壜〉が冷たい砂の上に落ちた。

明け方、クレイグが口笛を吹きながらやって来た。さしそめたピンクの日の光のなかで、人気のない白い砂の上に、クレイグは壜を見つけた。それを拾い上げた途端、炎の囁きがきこえた。オレンジ色と赤紫の無数の蛍が空中でひらめき、消えていった。

あたりは静まりかえっていた。

「なんだこりゃ、ばかばかしい」クレイグは近くの町の死んだ窓々を眺めた。「おおい、ベック！」

一つの細長い塔が、粉となって倒潰した。

「ベック、あんたの宝ものがあるぞ！　おれは要らないから、取りに来い！」

「……来い！」とこだまが言い、最後の塔が崩れた。

クレイグは待った。

「滑稽な話さ」とクレイグは言った。「壜はここにあるのに、欲しがってたベック先生はどこにもいない」青い容器をクレイグは振ってみた。

ごぼごぼと音がした。

「やっぱりね！　前とおんなじだ。確かにバーボンがいっぱい入ってる！」クレイグは栓を抜き、ラッパ飲みして口をぬぐった。

そして無造作に壜を握り直した。

「たかがバーボン一本のことでとんだ大騒ぎだ。ここでベック先生を待って、このくだらねえ壜をくれてやるとするか。待つあいだに一杯どうだい、クレイグくん。すまないね、いただきますよ」

死んだ土地に響くのは、渇ききった喉に呑みこまれる液体の音だけだった。〈青い壜〉が日の光にきらめいた。

クレイグは仕合せな笑みを浮べて、もう一口飲んだ。

いつ果てるとも知れぬ春の日

その頃、それはずいぶん昔のことだが、ぼくは両親に毒を盛られていると思っていた。それが間違いだったかどうか、二十年後の今でもはっきりしない。確かめようがない。

それやこれやを思い出したきっかけは実に単純なことで、屋根裏部屋の長持を調べてみたのだ。今朝、真鍮の掛け金を外し、蓋を持ち上げると、遠い昔の防虫剤の匂いに包まれて、紐のほつれたテニスのラケットや、擦り切れたズック靴や、こわれた玩具や、錆びたローラースケートが出て来た。それらの遊び道具を大人の目で見直していると、木蔭の多い街路から汗ぐっしょりで駆けこんで来たのはほんの一時間前のことだったような気がするし、「オリー・オリー・オクセン・フリー」という掛け声はまだ唇で震えているような気がする。

ぼくは尋常ならざることばかり考えている風変りな少年だった。毒を盛られる恐怖などは当時のぼくが考えていたことの一部分にすぎない。十二歳の頃から、罫の入った安物の用箋にぼくは日記をつけていた。いつ果てるとも知れぬ春の日々の朝まだき、握りしめていた、ちびた鉛筆の感触までがよみがえってくる。

書く手を止めて、考え考え、鉛筆を舐めた。そこは二階の部屋で、限りなく続く快晴の一日が始まろうとしていた。バラの模様の壁紙を見つめ、まばたきした。足ははだしで、髪はヘアブラシそっくりに刈りこまれている。

「今週まで自分の病気に気がつかなかった」とぼくは考えながら書いた。「永いこと病気だったのだ。十歳の頃から。今ぼくは十二歳である」

顔をしかめ、唇を強く嚙み、眠い目で用箋を見つめた。「ママとパパがぼくを病気にしたのだ。学校の先生もぼくをこの――」少したまらってから、ぼくは書きつづける。「――病気にかからせた。こわくないのは友達だけだ。イザベル・スケルトンと、ウィリアム・バワーズと、クラリッス・メリンは、まだそんなに病気じゃない。でもぼくは相当わるくなっていて――」

鉛筆を置いた。浴室へ行って、鏡に自分を映してみる。朝ごはんよ、と母が階下から呼んだ。ぼくは鏡に顔を近づけた。あまり息づかいが荒いので、鏡の表面が大きく曇る。自分の顔の……変化がよく見える。

顔の骨格だ。それに目も。鼻のあたまの細かい穴。耳。額。髪の毛。永いことぼくをかたちづくっていたものがみんな何か別のものになろうとしている。（「ダグラス、朝ごはんを早く食べないと学校に遅れるわよ！」）大急ぎで顔を洗いながら、目の下に浮んでいる自分の体を眺める。ぼくはそのなかにいる。脱け出せない。顔の骨格はゆらゆら動いたり、何もかもごちゃまぜにしたり、いろんないたずらをする！

そこでぼくは、もうそんなことを考えなくてもすむように、歌ったり口笛を吹いたり始めた。父が浴室のドアを叩いて、静かにしなさい、早くごはんをたべなさい、と言った。

朝食の席についた。オートミールの黄色い箱、水差しに入った真白な冷たいミルク、ぴかぴか光るスプーンとナイフ、それにベーコン・エッグ。父は新聞を読み、母は台所で働いている。ぼくは匂いをかぐ。まるで鞭で打たれた犬のように、自分の胃がぺしゃんこになっている感じだ。

「どうしたんだ」父がちらっとぼくを見た。「腹が減ってないのか」

「うん」

「男の子は朝、腹が減るのが当り前だ」と父は言った。

ぼくは卵を見る。これは毒だ。バターを見る。これも毒だ。水差しのミルクは真白で、つやつやしていて、見るからに毒だし、ピンクの花模様の緑色の皿のなかで、オートミールは茶色で、ぱりぱりしていて、おいしそうだ。

「さっさとおあがりなさい」と母が言った。「さ、早く」

毒だ、何もかも毒なんだ！　その考えはピクニックの蟻たちのようにぼくの頭のなかを走った。ぼくは唇を噛んだ。

「う？」と父がぼくを見た。「何か言ったか」

「なんにも」ぼくは答えた。「でも、ぼく、おなか減ってないよ」

ぼくは病気なんだ、食べもののせいで病気になったんだ、とは言えなかった。クッキーやケーキや、オートミールや、スープや、野菜のせいで、こんな体になってしまった、などと言えただろうか。そう、ぼくは何も口に入れずに坐っていただけだ。心臓がどきどきし始めた。

「じゃ、せめてミルクだけでも飲んで行きなさい」と母が言った。「パパ、お昼ごはん代をやって下さいな。オレンジジュースと、お肉と、ミルクよ。キャンデーは駄目よ」

キャンデーのことは言われなくてもわかっている。それは一番よくない毒なのだ。ぼくはもう死ぬまでキャンデーは食べない！

教科書をバンドでまとめて、ぼくは出かけようとした。

「ダグラス、ママにキスしないの」と母が言った。

「あ、そうか」とぼくは言い、ちょこちょこ歩いて行って母にキスした。

「あんた、どうかしたの」と母が訊いた。

「べつに」とぼくは言った。「じゃ、行ってまいります、パパ」

両親は行ってらっしゃいと言った。ぼくは学校へむかって歩き出した。心のなかで必死に考えながら。深い冷たい井戸にむかって叫ぶように。

谷間へ下りて行って、一本の蔓（つる）につかまり向う岸へ渡る。足が地面から離れると、冷たい朝風が甘く激しく鼻孔を打ち、ぼくは思わず大声で笑い出す。風が陰気な考えを追い払ってくれる。一跳びで向う岸に着き、ぼくはでんぐりがえった。小鳥たちがぼくに囀り、一匹のリスが風に吹き上げられる茶色の綿毛のかたまりのように、樹木の幹を上って行った。小道のむこうでは、ほかの生徒たちも小さな雪崩のように一せいに着地する。「アア――イイ――ヤアア！」とわめきながら、猿のように胸を叩き、川のなかの石を伝って跳び、ざりがにをつかまえようと水に手を突っこむ。ざりがには泥水をはねあげて逃げる。ぼくらはみんな笑い、冗談を言う。

一人の少女が、ぼくらの頭上の緑色の木橋を渡って行く。少女の名前はクラリッス・メリンだ。ぼくらはみんなロバの啼き声を真似してクラリッスをからかう。行けよ、早く行けよ、お前なんかと一緒に行きたくねえや、早く行っちまえ！　だが、ぼくの声は跡切れ、消えてしまう。目はクラリッスの後姿を追う。どうしても目を離すことができない。

遠くから朝の始業の鐘が聞えてきた。

ぼくらは、もう何年にもわたって夏ごとに踏み固めてきた小道をよじのぼった。小道の草は擦り切れている。ぼくらはこの道にある蛇穴や石ころの一つ一つ、樹木や蔓や草の一本一本に至るまで知っている。ここで放課後、きらきら光る川面を見下ろす高い所に樹上小屋を作って、ぼくらは素っ裸で水にとびこんだり、川沿いに遠出したりしたのだった。川はやがてミシガン湖の大きな青のなかに淋しく身を投じ、その近くには鞣し革工場や、アスベスト工場や、いくつかの桟橋があった。

今、みんなで息を弾ませながら学校へ急ぐ途中で、ぼくは再び恐怖に襲われて立ちどまり、「先に行ってくれ」と言った。

鐘の音がやんだ。生徒たちは走った。蔦のからまる校舎をぼくは見つめた。校舎のなかから、いつものざわめきが聞えてくる。小さな卓上ベルがちりんと鳴り、甲高い教師の声が聞え始めた。

毒だ、とぼくは思った。先生たちもだ！　先生たちもぼくを病気にしようと企んでいる！　どうやったら病気がもっと悪くなるかを教えるのだ！　それだけじゃなくて、どうやったら病気をもっと楽しめるかを教える！

「おはよう、ダグラス」

セメントの歩道を近づいてくるハイヒールの音が聞えた。あたまは断髪で、鼻眼鏡をかけ、幅の広い蒼ざめた顔をした校長のアダムス先生が、ぼくのうしろに立っていた。

「さあ、行きましょう」とぼくの肩をしっかり摑んで言った。「もう遅いわよ。さあ」

アダムス先生はぼくを引っ張って、一、二、一、二と階段を上り、否応なしに破滅へと連れて行く……。

ジョーダン先生は髪の薄い、小肥りの男で、まじめそうな目は緑色で、掛図の前に立つと踵に体重をかけてゆらゆら揺れる癖がある。今日かかっている掛図には、皮膚をすっかり引き剝がした人間の体が描かれていた。緑、青、ピンク、黄色の、血管や、毛細管や、筋肉や、腱や、内臓や、肺や、骨や、脂肪組織がむきだしになっていた。

ジョーダン先生は掛図の前でうなずいた。「通常の細胞の再生と癌とのあいだには非常に類似した点がある。癌というのは単に狂暴化した通常の機能である。細胞物質が必要以上に生産されて——」

ぼくは手を挙げた。「あの、食べものはどうやって……いや、その、人間の体はどうやって成長するんですか」

「いい質問だね、ダグラス」先生は掛図を軽く叩いた。「体のなかに取り入れられた食物は噛み砕かれ、消化吸収されると——」

ぼくは先生の話を聴いていたが、ジョーダン先生がぼくにたいして何をしようとしているかはちゃんとわかっていた。ぼくの幼年時代はやわらかい頁岩に捺された化石のように心のなかに残っている。ジョーダン先生はそれをこすり落し、滑らかにする気なのだ。ぼくが信じていたことや空想していたことは、やがて何もかも消されてしまうだろう。母は食べものによってぼくの体を変えた。ジョーダン先生は言葉によってぼくの心に働きかけているのだ。

そこでぼくは先生の話を聴くのをやめ、ノートにいたずら書きを始めた。低い声で鼻唄を歌ったり、自分だけにしかわからない言葉を発明したりした。その日は放課後まで、先生の言うことは一切聴かなかった。攻撃を撃退し、毒を中和したのだ。

でも放課後、シンガー小母さんの店に寄って、キャンデーを買った。どうにも我慢しきれずに。食べ終ってから、ぼくは包み紙の裏に書いた。「これはぼくが食べる最後のキャンデーである。今後は、土曜日、トム・ミックスとトニーの映画を観るときにも決してキャンデーを食べないと誓う」

まるで収穫した作物のように棚にぎっしり並んでいるキャンデーを、ぼくは眺めた。オレンジ色の包み紙に紺青の文字で「チョコレート」と書いてあるやつ。黄色と紫の包み紙に小さな青い文字が入っているやつ。ぼくは食べたキャンデーが体のなかで細胞を育てているのを感じた。シンガーさんは毎日キャンデー・バーを何百枚も売る。シンガーさんも共謀しているのだろうか。売ったキャンデーが子供たちの体をどんなふうにしてしまうか知っているのだろうか。シンガーさんは子供たちの若さに嫉妬しているのか。子供たちを早く老けさせたいのか。シンガーさんを殺してやりたい！

「何してんだい」

ぼくがキャンデーの包み紙に書いていたあいだに、ビル・アーノがそばに来ていた。クラリッス・メリンも一緒だ。クラリッスは青い目でぼくを見つめ、なんにも言わなかった。

ぼくは包み紙を隠した。「べつに、なんにも」とぼくは言った。

ぼくらは三人で歩いて行った。友達たちは石けりや鑵(かん)けりやおはじきをして遊んでいた。ぼくはビルに言った。「来年か、再来年あたりには、ああいう遊びはもうできなくなるんだ。許されないんだ」

ビルは笑って言った。「できるさ。だれが許さないんだい」

「あいつらがさ」とぼくは言った。

「あいつらって誰だ」とビルが訊いた。

「いいよ、もう」とぼくは言った。「今にわかるさ」

「何言ってんだ」とビルが言った。「お前どうかしてるぞ」

「わかっちゃいないんだな！」とぼくは叫んだ。「遊んだり、走りまわったり、めしを食べたりしてる間に、あいつらにうまくだまされて、考え方や、動き方や、歩き方まで変えられちまうんだ。そうしてある日突然、遊びをしなくなって、くよくよ心配ばかりするようになるんだよ！」ぼくの顔は火照り、手は固く握りしめられていた。怒りに目がくらむようだった。ビルは笑いながら、むこうへ行ってしまった。「オーヴァ・アニー・オーヴァ！」と、屋根めがけてボールを投げ上げながら、だれかが称えた。

朝食ぬき、昼食ぬきはいいとして、夕食はどうしよう。夕食のテーブルにむかって椅子にそっと坐ったとき、ぼくの胃は大声でわめきたてていた。ぼくは両膝に力をこめ、食べものを見つめた。食べないぞ、と心のなかで繰り返した。がんばらなきゃ。戦わなきゃ。

父は物わかりがいいふりをした。「夕飯ぬきでもいいじゃないか」と、ぼくが食べものに手をつけないのを見て父は言い、母に目くばせした。「あとで食べるだろう」そのあと、夜更けまで、昼のあたたかみを残した煉瓦道を行ったり来たりして、ぼくは鑵をけとばしたり、木に登ったり、ますます濃くなる夕闇のなかで遊んだ。

午後十時、台所に入って行くと、ぼくの必死の時間潰しも無駄だったことがわかった。冷蔵庫の上にメモが置いてあった。「自分で出して食べなさい。父」

ぼくは冷蔵庫をあけた。冷たい空気に乗って、霜に覆われた食べものの香りがぼくを襲った。なかにあったのは、すばらしいチキンの半身だ。セロリの茎は薪の束のように積み重ねられていた。パセリの茂みのなかに苺があった。

手が震えた。二本の手は一ダースもの手のように動いた。東洋の神殿でみんなが拝む女神の手みたいに。一つの手はトマトを摑んだ。もう一つの手はバナナを引っ張り出した。第三の手は苺を握っていた！　第四の、第五の、第六の手が、それぞれ少量ずつのチーズ、オリーブ、ラディッシュを取り出した！

三十分後、ぼくはトイレの便器の脇に膝をつき、大急ぎで便座を持ち上げた。それから自分の口をあけて、スプーンを突っこんだ。舌に沿って奥へ奥へ、ひきつる喉めがけて……。

ベッドに横たわったぼくは、口に残る酸っぱい味に身震いし、さっきあれほど夢中で呑みこんだ食べものをぜんぶ吐き出してしまったので一安心していた。けれども自分の意志の弱さは憎かった。震えながら横たわっているぼくは空っぽで、また空腹を感じていたが、ものを食べる元気はもうなかった……。

翌朝、体に全く力がなく、目立って顔色の蒼いぼくを見て、母はこう言った。「もし月曜までに良くならなかったら、医者(せんせい)に診ていただかなくちゃ！」

土曜日だった。いくら大声で叫んでも構わない日だ。それを鎮める先生の小さな銀の卓上ベルはない、エリート映画館の細長いくらやみのなかの蒼白い映写幕の上で、白黒の巨人たちが動きまわる日だ。子供はただの子供であって、成長する何ものかではない日だ。

ぼくは誰にも逢わなかった。その日の午前中は、ミシガン湖の北岸線まで遠出をする筈だった。そこでは暑い日ざしのなかで、どこまでも平行に走っている二本の線路から陽炎が立ちのぼっているだろう。だがぼくはどうにも出掛ける気になれなくて、なんとなくぶらぶらしていた。ようやく川のほとりまで出掛けたときは、もう昼をだいぶまわっていて、友達の姿はどこにもなかった。今頃はみんな下町の映画館で、映画を観ながらレモン・ドロップをしゃぶっているのだろう。

谷間に人の気配はなく、いちめん緑色のそのあたりは人里離れた淋しい感じで、ぼくは少しこわかった。ここがこんなに静かな所だとは知らなかった。蔓は静かに木々にからみつき、川面の岩は水のなかに隠れ、小鳥たちは高い所で歌っていた。

ぼくは茂みに隠された秘密の小道を歩き始め、ときどき休みながら歩きつづけた。

木橋までたどり着いたとき、クラリッス・メリンがむこうからやって来た。小さな包みをいくつか腕にかかえて、町から家へ帰る途中らしい。お互いに意識し合いながら、ぼくらは挨拶した。

「何してるの」とクラリッスが言った。

「ただ歩いてるんだ」とぼくは言った。

「一人で?」

「そう。ほかの連中は下町へ行っちゃった」

クラリッスはちょっとためらってから言った。「一緒に散歩しない?」

「いいよ」とぼくは言った。「行こう」

ぼくらは谷間へ下りて行った。川は大きなダイナモのようにざわめいていた。何もかもが動きたくないように見え、鳴りを静めていた。淡紅色のとんぼが飛び、エア・ポケットにぶつかったように失速して、泡立つ川面をかすめた。

クラリッスの手がぼくの手にぶつかり、ぼくらは小道を歩き始めた。湿っぽい谷間の匂いにまじって、かたわらのクラリッスの快い香りが新たに感じられた。

もう一本の小道が交わっている所に、ぼくらは出た。

「去年、この木の上に小屋を作ったんだ」とぼくはゆびさした。

「どこ」ぼくのゆびさす先を見定めようと、クラリッスはぼくに体を寄せた。「よく見えないわ」

「あそこだよ」声が裏声になり、ぼくはもう一度ゆびさした。クラリッスがそっと片腕をぼくの体にまわした。ぼくは驚き、うろたえて、もう少しで叫び出しそうになった。すると、クラリッスの震える唇がぼくの唇に重なり、ぼくの手がひとりでに動いてクラリッスを抱きしめた。ぼくは震えながら心のなかで大声をあげていた。

静寂は緑色の爆発のようだった。河床で水が呟いていた。ぼくは息ができなかった。もうお終いだ、とぼくは思った。ぼくは負けた。これ以後はもう、きちんと食事をし、国語や代数や論理学を勉強し、動きまわったり感動したりしなければならないだろう。ぼくをつかまえた感情の渦巻きは、ぼくを呑みこみ、溺れさせずにはおかないだろう。自分が永久に負けてしまったことはわかっていたが、それでも構わない、とぼくは思った。しかしそれは同時に限りなく口惜しいことであり、ぼくは泣き笑いの状態で、クラリッスを抱きしめ、自分の決意に逆らう肉体と精神のすべてによって、クラリッスを愛する以外にはどうすることもできなかった。

両親や学校、食事や、教科書に書いてあることとの戦いなら、続けることもできただろう。だが、唇に感じるこの甘さ、手に感じるこのあたたかさ、鼻孔に感じるこの新たな香りとは、戦うことはできなかった。

「クラリッス、クラリッス」と、抱きしめた肩ごしに盲目同然の目で何かを見定めようとしながら、ぼくはささやいた。「クラリッス！」

親爺さんの知り合いの鸚鵡（おうむ）

その誘拐事件はもちろん世界中に報道された。

事の重大性は数日かかってキューバから合衆国へ、パリのセーヌ左岸へと広まり、更にはパンプローナの小ぢんまりした居心地のよいカフェへも届いた。そこは飲みものがとてもおいしいし、なぜか天気はいつも上々なのである。

だが、ひとたびこの事件の意味が明らかにされるや、人々は電話にとびついた。マドリッドはニューヨークを呼び、ニューヨークは南方のハバナにむかって、調査せよ、この気違いじみた事件をぜひとも調査してほしいと叫んだ。

一人の婦人はヴェネツィアから国際電話をかけてきて、なにやら不明瞭な発音で、今ハリーのバーにいるのだが、もう絶望的な気持だ、と言った。今度の事件はあまりといえばあまりのこと、一つの文化遺産が重大な危機に晒されれ、このままではもうとりかえしがつかぬことに……。

それから一時間と経たぬうちに、野球のピッチャー・兼・小説家が電話してきた。親爺さんの親友だったこの男は、現在マドリッドで半年暮し、残りの時間はナイロビで暮している。電話の声は泣いているように、あるいは今にも泣き出さんばかりに聞えた。

「教えてくれよ」と、ほとんど地球の反対側からその男は言った。「何が起ったんだ。

具体的な事実を教えてくれ」

さて、事実はこうだ。所はキューバのハバナ、親爺さんのフィンカ・ビヒーア荘から十四キロばかりのところに、親爺さんがよく飲みに行ったバーがある。そこでは彼の名前を貰った特製のカクテルを飲ませるけれども、親爺さんが有名な文学者たち、例えば、ケ・ケ・ケネス・タイナンや、テネシー・ウ・ウィリアムズ（タイナン氏の言葉癖ではそんな具合）などと逢うのに使ったのは、この店ではない。そう、これは有名な「フロリディータ」ではなくて、何の変哲もない木のテーブルが並び、床にはおが屑を敷き詰め、カウンターの奥には汚ならしい雲のような大鏡がかかっていようという、いわば普段着の店である。ヘミングウェイ氏に逢ってみたい観光客が「フロリディータ」にうようよいる場合、親爺さんはこの店へ行ったものだった。そして今回この店で起ったことは重大事件として報道されることを運命づけられていたといえよう。重大性という点では、かつて親爺さんが富というものについてフィッツジェラルドに語った言葉とか、あるいはその昔、チャーリー・スクリブナーの事務所でマックス・イーストマンをぶん殴った話とかは、比べものにもならない。今回の事件には一羽の年老いた鸚鵡（おうむ）がからんでいた。

その老いぼれ鳥は、バー「クーバ・リーブレ」のカウンターの上に置かれた鳥籠を住処としていた。その鳥籠は約二十九年間カウンターの上に置かれていた。すなわち、親爺さんがキューバに住んでいたあいだ、老いたる鸚鵡はずっとそこにいたことになる。

　ということから、次のような驚くべき事実が生じた。親爺さんはフィンカ・ビヒーア荘に住んでいたあいだ中、この鸚鵡と顔馴染みで、よくこの鳥に話しかけ、鸚鵡も親爺さんに言葉を返していた。そして年月が経つうちに、人の噂では、ヘミングウェイは鸚鵡そっくりの喋り方になったといい、いや、鸚鵡のほうがヘミングウェイそっくりの喋り方を覚えたのだと言う者もいた。ともあれ親爺さんはいつもカウンターの上に飲み干したグラスをずらりと並べ、鳥籠のそばに坐って、幾晩も続けさまに、その鳥を相手に高級な会話をした。そんなことが二年も続くと、その鸚鵡はヘミングウェイや、トマス・ウルフや、シャーウッド・アンダースンについて、ガートルード・スタイン以上に詳しくなった。いや、それどころか、ガートルード・スタインのことさえ鸚鵡は知っていたという。だれかが「ガートルード」と一言いえば、鸚鵡はただちに答えた。

「あわれ鳩らは草の上」

　あるいはしつこく答を迫られた場合、鸚鵡は「コノ老人ガイテ、コノ少年ガイテ、コノ船ガアッテ、コノ海ガアッテ、海ニハコノ大キナ魚ガイテ……」などと言い、それからおもむろにクラッカーを食べ始めた。

　そう、この伝説的な生きもの、この鸚鵡、この奇妙な鳥が、ある日曜日の夕方近く、バー「クーバ・リーブレ」から籠ごと消えたのである。

　だからこそ、わが家の電話は鳴りっぱなしだった。だからこそ、ある有名雑誌は国務省から特別出国許可証をとって、私をキューバに派遣し、せめて籠なりと、鳥の死骸なりと、あるいは誘拐犯人らしき人物なりと見つけ出させようというのだ。雑誌側の意向としては、軽い愉快な記事に多少の含みを持たせて欲しいという。正直を言うと、私も乗り気だった。その鳥の噂は以前から聞いていた。何かふしぎな因縁で、自分はこの事件とつながりがあるような気がした。

　メキシコ・シティから直行のジェット機を下りると、タクシーでハバナの町を横切り、私はその奇妙なカフェ・バーに駆けつけた。

　店には、もう少しで入りそこねるところだった。ドアから一歩踏みこむと、色黒の小男が坐っていた椅子からとびあがって叫んだ。「だめ、だめ！　帰ってくれ！　閉店だよ！」

　男は駆け寄ってきて、閉店というのが嘘ではないことを示すようにドアの錠を少しばかりゆすぶってみせた。どのテーブルもきれいに片付いていて、客は一人もいなかった。私が着いたとき、男は店に風を入れようとしていただけなのかもしれない。

「鸚鵡のことで来たんだ」と私は言った。

「だめ、だめ」と男は叫び、その目はなんだか潤んでいるように見えた。「なんにも喋ることはないよ。あんまりじゃないか。私ゃカトリックでなかったら自殺したいくらいだ。親爺さんが可哀想だよ。エル・コルドバが可哀想だよ！」

「エル・コルドバ?」と私は呟いた。

「それが鸚鵡の名前!」と男はきびしく言った。

「ああ、そうだった」と私はすぐ思い出して言った。「エル・コルドバね。そのエル・コルドバを助け出すために来たんだよ」

　この言葉を聞いて、男は口をつぐみ、目をぱちくりさせた。影が、つづいて日の光が、それからまた影が、男の顔を覆った。「あんたが? むりだよ! だめ、だめ。だれにだって助け出せやしない! ところで、あんたは誰」

「親爺さんとあの鳥の友達さ」と私はすかさず言った。「こうしてぐずぐず喋ってるうちに、犯人はますます遠くへ行ってしまうぜ。今晩にもエル・コルドバを取り戻したいんだろう? だったら親爺さんのいつもの酒を注いでくれよ。その上で相談しよう」

　私の図々しさは効き目があった。それから五分と経たぬうちに、私たちは鳥籠が失せた跡のがらんとしたカウンターに陣どり、親爺さんの名前のついた特製カクテルを飲んでいた。アントニオと名乗った小男は、絶えず鳥籠の消えたカウンターを雑巾で拭き、同じ雑巾で自分の目を拭いた。一杯目を飲み干し、二杯目にとりかかって、私は言った。

「これはただの誘拐事件じゃない」

「そりゃそうだ!」とアントニオは叫んだ。「なにしろ世界中から来たんだ、あの鸚鵡を見にね。エル・コルドバが親爺さんの声で喋るのを聴きにね。ああ、誘拐犯人は地獄で焼かれりゃいい」

「きっと地獄で焼かれるよ」と私は言った。「犯人はだれだと思う」

「さあ、誰も彼も怪しいようでもあり、誰も怪しくないみたいでもあり」

「犯人は」と、目を閉じて酒を味わいながら私は言った。「インテリで、本を読む奴に違いない。そうじゃないかね。そういう奴がここ何日かのあいだに来なかったか」

「インテリかどうかわからないけれども、セニョール、この十年間、いや、二十年間、よそ者はしょっちゅう来ましたよ。みんな親爺さんを訪ねてね。親爺さんがここにいるときは親爺さんに逢い、いなくなればなったで、エル・コルドバに逢いに来た。大した鳥ですよ。そういうわけで、よそ者はしょっちゅう来ましたがね」

「でも、よく考えてみてくれ、アントニオ」と、男の震える肘に手をかけて私は言った。「インテリとか、本を読む奴とかいうだけじゃなくて、この何日かのあいだに——どう言ったらいいかな——奇妙な、変な奴は来なかったかい。なんというか、突拍子もない、ムイ・エクセントリコ（とても風変りな）、特に記憶に残るような奴さ。例えば——」

「マードレ・デ・ディオス（なんてこった）！」とアントニオは跳びあがって叫んだ。その目が記憶を凝視した。まるで頭が爆発でもしたように、両手はこめかみを抑えた。

「ありがとう、セニョール。シ、シ（そう、そうだった）！　あいつだ！　誓ってもいい、そういう奴がきのう来たんです！　えらく背の低い奴でね。しかも声が甲高くて、イイイイイと、こんなふうに喋るんです。学芸会の女の子みたいにね。魔女に呑みこまれたカナリヤみたいにね！　着ていたものは、青いビロードの背広に、でっかい黄色いネクタイ」

「それだ！」私も立ち上り、ほとんど絶叫していた。「つづけてくれ！」

「で、顔はちっちゃくて、まんまるでね、セニョール、髪は黄色で、おでこの片一方にぱらりと垂らしてた。唇はちっちゃくて、キャンデーみたいなピンク色でね。まるで——そう、まるでウノ・ムニェーコ（人形）だ。射的場で賞品にくれるみたいな」

「キューピーさんだろう！」

「シ！　そう、餓鬼の時分、コニー・アイランドで見たよ、そう、キューピーさんだ！　背丈もちょうどそれくらい。私の肘までしかない。小人じゃないんだが——でも、あいつ年はいくつだろう。いやあ、こりゃむずかしいなあ。顔に皺はないけれども——三十か、四十か、五十か。それで、足にはいていたのは——」

「緑色のブーツだろう！」と私は叫んだ。

「ケ（なんだって）？」

「靴だよ、長靴だよ！」

「シ」男は目をぱちぱちさせた。「でも、どうしてわかったんです」

私は爆発的に言った。「シェリー・ケイポンだ！」

「その名前！　それに奴の友達連中がね、セニョール、みんなげらげら——いや、くすくす笑うんだな。よく夕方近く、教会のそばで尼さんたちがバスケットをやってるだろ。まるでそんな感じなんだよ。じゃ、セニョールの考えだと、あいつらが、あいつが——」

「考えじゃない、アントニオ、まず間違いないね。シェリー・ケイポンは数ある作家のなかで特に親爺さんを憎んでいた。エル・コルドバを盗むぐらいやりかねないな。そうだ、噂だと、その鳥は親爺さんの最後にして最大の作品、遂に紙に書かれなかった小説を、暗誦しているそうじゃないか」

「そんな噂はありましたね、セニョール。でも私ゃただのバーテンだから、小説のことはわからない。私はあの鳥にクラッカーを食わしてやってただけです。私は——」

「アントニオ、すまないが電話を貸してくれ」

「鳥の居どころがわかりますか、セニョール」

「ピンときたんだ、相当にピンときた。グラーシアス」私はハバナ一の大ホテル「ハバナ・リーブレ」の番号をまわした。

「シェリー・ケイポンさんをお願いします」

電話の呼び出し音がつづいた。

五十万マイルの彼方で、小人の火星人が受話器をとりあげ、横笛を吹き、それから鐘の音にまじって声が聞えた。「はい、こちらケイポン」

「ずばり、大当り！」と私は言った。そしてカウンターの椅子を下り、駆け足でバー「クーバ・リーブレ」の外へ出た。

タクシーでハバナの町へ戻るみちみち、私は昔見たシェリーの姿を思い出していた。騒がしい取巻き連中に囲まれ、いつも旅から旅への渡り鳥で、他人の皿のスープを平気ですくって飲み、他人のポケットからくすねた紙入れの中身を本人の前で平然と折半し、目を細めて紙幣の数を数え、大いに跡を濁して姿を消した男。なつかしのシェリー・ケイポン。

十分後、私の乗ったタクシーはどうもブレーキという仕掛けを持たぬらしく、すこしも速度を落さずに私を放り出すと、どこか町の彼方の決定的な災厄にむかって走り去った。

依然として駆け足で私はロビーを横切り、部屋の番号を訊く間ももどかしく階上へ急行すると、シェリーの部屋のドアの前で急停止した。ドアはまるで病んだ心臓のように痙攣（けいれん）的に脈打っていた。私はドアに耳をつけてみた。内部から伝わってくるさまざまな野性の叫びは、台風で羽をひきちぎられた鳥の群が発する声のように聞えた。私はドアにさわってみた。今やドアは、一組のロック・グループと多量の汚れたシーツを呑みこんで、かきまわしている最中の巨大な洗濯機のように震動していた。その音を聴いていると、なんだか下半身がむずむずしてくるのだった。

私はノックした。返事はない。ドアを押してみた。ドアは簡単に開いた。ボッシュも呆れて筆を投げるような恐るべき光景のなかへ、私は踏みこんだ。

豚小屋のような部屋の到る所に、さまざまな等身大の人形が、ある者はひび割れた目を見ひらき、ある者は焼け焦げた指に火のついたシガレットを挟み、ある者は空のスコッチ・グラスを手に持って、倒れていた。ラジオはどこかアメリカの精神病院からの中継だろうか、恐るべき不協和音の塊をこの部屋の一同に叩きつけていた。部屋中が大虐殺の現場に似ていた。ほんの数秒前に、呪うべき巨大な機関車がまっすぐこの部屋に突っこんだのだろうか、と私は思った。四方に飛び散った犠牲者たちは、部屋中のいろんな場所にひっくりかえり、助けを求めて呻き声を発していた。

この地獄図の中央に、きちんと坐っている一人の男、綿ビロードの短上着(ジャーキン)に柿色の蝶ネクタイという粋な恰好で、暗緑色(ボトルグリーン)のブーツをはいている、これぞシェリー・ケイポンその人だった。私の姿を見ても全然驚かず、グラスを持った手を振って叫んだ。

「やっぱりさっきの電話はきみだった。おれのテレパシーは確実だなあ！　よく来たね、ライムンド！」

この男は昔から私をライムンドと呼んでいた。レイという名前はあまりにも平凡だという。ライムンドというと、牛の飼育場を所有しているスペイン紳士か何かを連想させる。私は勝手にそう呼ばせておいた。

「ライムンド、坐れよ！　いや……みんなのように、なるべく面白い恰好でぶっ倒れてくれないか」

「申しわけないが」と、私はせいぜいダシル・ハメットふうに顎を突き出し、冷たい目をして言った。「時間がない」

取巻きの〈おでき〉とか〈うすのろ〉とか〈さざなみ〉とか〈毒なしまむし〉とかいった連中のあいだを、私は歩きまわり始めた。顔に見覚えのある一人の俳優がいたが、この俳優は昔ある映画の役をどう演じるつもりかと訊かれて、「やっと役にありついた俳優のように演じます」と答えたものである。

私はラジオをぱちんと消した。途端に部屋中の人間がもぞもぞ動き出した。私はラジオのコードを壁から引き抜いた。何人かが上半身を起した。私は窓をあけて、ラジオを外に放り投げた。まるで母親をエレベーターの穴に突き落されでもしたように、一同は悲鳴をあげた。

セメントの歩道に墜落したラジオは、実は満足すべき音を立ててくれた。至福の笑みをいっぱいに浮べて、私は振り向いた。何人かの男が立ち上り、なんとなく脅迫的な姿勢で詰め寄ってきた。私はポケットから二十ドル紙幣を一枚引き出し、ろくすっぽ相手の顔も見ずにそれを押しつけて言った。「新しいラジオを買って来な」その男はのろのろとドアから出て行った。ドアがばたんとしまった。つづいて、どうしても刺激が欲しくてたまらないのだろうか、その男が階段を転落する音が聞えた。

「これでよし」と私は言った。「シェリー、どこへやった」

「どこへやった、って、何を？」無邪気に目を見張ってシェリーが言った。

「わかってるくせに」私はシェリーのちっちゃな手がつまんでいるグラスを見つめた。それは親爺さんのカクテルだった。バー「クーバ・リーブレ」特製の、パパイヤと、ライムと、レモンと、ラムをまぜあわせた飲みものだ。証拠湮滅（いんめつ）といった感じで、シェリーはあわててグラスの中身を飲み干した。

この部屋にはドアが三カ所あり、その一つに私は近づいた。

「そこは、きみ、手洗いだ」

私は第二のドアに手をかけた。

「そこは見ないほうがいい。見ても後悔するだけだよ」私はあけるのをやめた。

第三のドアに手をかけると、シェリーはすねたように言った。「あーあ、しょうがない、あけてみろよ」私はドアをあけた。

そこは小さな控えの間で、窓ぎわに簡易ベッドとテーブルがあった。テーブルの上には、ショールに覆われた鳥籠が置いてあった。ショールの下から、羽をこすり合わせる音、くちばしで針金を突っつく音が聞えた。

シェリー・ケイポンがやって来て、小さな体で私と並んで立ち、鳥籠を眺めた。ちっちゃな指はもう新しいカクテルのグラスをつまんでいた。

「惜しかったな、今晩七時に来りゃよかったのに」とシェリーは言った。

「なぜ七時に」

「それはだね、ライムンド、七時までには真菰の実を詰めたカレー味の鳥肉を、おれたちがすっかり平らげちまう予定だからさ。しかし鸚鵡の羽をむしって、あとに笹身がいくらかでも残るもんだろうか」

「冗談だろう！」と私は叫んだ。

そしてシェリーの顔を見つめた。

「本気なんだな」と私は自分で答えた。

少しの間、戸口でためらってから、私はゆっくり歩いて小さな部屋を横切り、ショールのかかっている鳥籠の前で足をとめた。ショールの端にはただ一語、「母」と縫いとりがしてあった。

私はちらとシェリーの顔を見た。シェリーは肩をすくめ、恥かしそうに自分の爪先を眺めた。私はショールに手をかけた。シェリーが言った。「いや、それをとる前に……何か質問してごらん」

「何を」

「ディマジオでもいい。ディマジオのことを訊いてごらん」

小さな十ワットの電球が私の頭のなかでぱっとともった。私はうなずいて、ショールに覆われた鳥籠に顔を寄せ、囁いた。「ディマジオ。一九三九年」

生きたコンピューターの作動する短い時間があった。母という字の縫いとりの下で、羽ががさごそ動き、くちばしが籠の針金をつついた。それから小さな声が言った。

「ホームラン三十本。打率三割八分一厘」

私は啞然とした。だが、もう一度囁いてみた。「ベーブ・ルース。一九二七年」

再び間があき、羽とくちばしの音が聞え、それから、「ホームラン六十本。打率三割五分六厘」

「すごい」と私は言った。

「すごい」とシェリー・ケイポンがこだまのように言った。

「これは間違いなく親爺さんの知り合いの鸚鵡だ」

「そうとも」

そこで私はショールを持ち上げた。

ショールの下にどんなものが現れることを私は期待していたのだろう。長靴をはき、皮ジャンパーを着て、鍔広の帽子をかぶった、超小型の猟師か。それともあご鬚（ひげ）を生やし、タートルネックのセーターを着た、超小型の漁師が、籠のなかのへぎ板にちょこんととまっているのを期待したのか。そう、私が予期したのは何かごく小型の、何か文学的な、何か人間的な、何か幻想的なものであって、決して鸚鵡そのものではなかった。

だが、現れたのはただの鸚鵡だった。

それも決してきれいな鸚鵡ではなかった。まるで数年間も徹夜をつづけたような鳥。毛づくろいもしなければ、自分でくちばしを磨くこともしない、評判のわるい鳥。体はくすんだ緑色と黒で、くちばしは鈍い琥珀色で、目の下にはアル中のように隈があった。朝の三時頃、半ば飛ぶような、半ば歩くような恰好で御帰館あそばすところが、なんとなく目に浮んでしまう。要するに、鸚鵡の世界の屑だ。

シェリー・ケイポンは私の心を読んだとみえる。「ショールをかけておいたほうが効果的だぜ」と言った。

私は鳥籠をショールで覆った。

私の頭のなかはめまぐるしく回転していた。もう一度、鳥籠に顔を寄せて、私は囁いた。

「ノーマン・メイラー」

「アルファベットもろくに知らん奴」と、ショールの下から声が言った。

「ガートルード・スタイン」と私は言った。

「睾丸の上りっぱなしが悩みのたね」と声は言った。

「これはまた」

私は息を弾ませて一歩さがった。ショールに覆われた鳥籠を見つめた。シェリー・ケイポンに目くばせした。

「わかってるのか、ケイポン、お前さん大変なものを手に入れたんだぞ」

「ドル箱だよ、ライムンド君！」とシェリーは雄鶏がときを作るような声で言った。

「ドル箱以上だ、造幣局だ！」と私は訂正してやった。

「無尽蔵の恐喝(かつあげ)のチャンス！」

「殺しのたね！」と私は付け足した。

「まあ考えてみろよ！」シェリーは鼻息も荒く言った。「この鳥を黙らせるために、メイラーの本の出版社だけでもどれだけ払うと思う！」

　私は鳥籠にむかって言った。

「F・スコット・フィッツジェラルド」

　返事がない。

「スコッティと言ってみろよ」とシェリー。

「ああ」と鳥籠のなかから声が言った。「左のジャブはいいが、あとが続かない。いい選手だが――」

「フォークナー」と私は言った。

「打率まあまあ、但しシングルヒッター」

「スタインベック！」

「シーズンの終りに最下位になった」

「エズラ・パウンド！」

「一九三二年にマイナーリーグにトレードされた」

「そのカクテルを……一杯……頼む」だれかがグラスを私の手に持たせた。私は一息に飲み、うなずいた。そして目を閉じ、世界が一回転するのを感じてから、再び目をあけて、シェリー・ケイポンを、この古典的かつ超時代的な悪党を見つめた。

「もっと奇態なことがあるんだ」とシェリーは言った。「きみが今聞いたのはまだまだ序の口さ」

「嘘だろう」と私は言った。「ほかにどんなことがある」

シェリーはえくぼを見せた。邪悪なえくぼを見せることのできる人間というものは、世界中でもシェリー・ケイポン以外にはまずいないだろう。

「こうなんだ。きみも知っての通り、親爺さんは晩年にはだんだん原稿を書くのが辛くなっていた。で、『海流の中の島々』のあと、もう一本べつの小説のプランを立てていたんだが、それが実際に書かれた形跡はないんだな。

「もちろん心のなかでプランはできていた。筋もちゃんと決っていて、親爺さんがその話をするのを聞いた人は大勢いるんだが、原稿には書けなかった。で、親爺さんはクーバ・リーブレへ行って、酒をたくさん飲んで、この鸚鵡と永いこと話をした。そうやって夜ごと飲みながら親爺さんがエル・コルドバに喋ったのが、ライムンド、彼の最後の小説の筋なんだよ。しかも、毎晩聞かされているうちに、鸚鵡はそれを暗誦した」

「彼の絶筆か！」と私は言った。「ヘミングウェイの最後の作品！　本にはならなかったが鸚鵡の頭脳に記録された作品！　ぶったまげたなあ！」

堕天使の笑みを浮べて、シェリーは私にうなずいてみせた。

「いくらでゆずる、この鳥を？」

「何を言うんだ、ライムンド」シェリー・ケイポンは小指でカクテルをかきまわした。

「この鳥が売りものだなんて、どうしてそんなこと考えるんだい」

「お前さんは自分のお袋さんを売って、また買い戻して、別の名前でもう一度売りとばした男じゃないか。隠さずに言っちまえよ、シェリー。どうせ何かでっかいことを企んでるんだろう」ショールのかかった鳥籠を眺めながら私は少し考えた。「お前さん、この四、五時間に電報を何通打った」

「あれ！　きみはおっかない人だなあ！」

「朝めしから今までのあいだに、通話料むこうもちで何本国際電話をかけた」

シェリー・ケイポンは大きな溜息をつき、皺くちゃになった電報の写しを綿ビロードのポケットから取り出した。私はそれを取り上げて読んだ。


鳥ト酒ヲ偲ンデ親爺サンノ友人一同ハバナニツドウ。電報デ付ケ値ヲ知ラセヨ、サモナクバ小切手帳トオオラカナ心ヲタズサエテ直接来ラレタシ。早イ者勝チ。鳥肉ナレドモ値ハキャビア並ミ。各国の出版社、雑誌社、テレビ局、映画会社ノ商談ニモ応ズ。ヨロシク。御存知シェリー。

呆れ果てた私が電報の写しを床にとり落すと、シェリーは電報の発信先のリストを手渡してくれた。

タイム。ライフ。ニューズウィーク。スクリブナーズ。サイモン・アンド・シャスター。ニューヨーク・タイムズ。クリスチャン・サイエンス・モニター。ロンドン版タイムズ。ル・モンド。パリ・マッチ。ロックフェラー家の一人。ケネディ家の数人。CBS。NBC。MGM。ワーナー・ブラザーズ。二十世紀フォックス。その他、その他。リストの長さに正比例して、私の憂鬱はますます深まっていった。

シェリー・ケイポンは返事の電報を一抱えも、テーブルの上の鳥籠の脇へ投げ出した。私はその電報の山にざっと目を通した。

だれしもが、そう、だれも彼もが、現在、飛行機に乗っていた。世界中からジェット機がこの町をめざして飛んでいた。あと二時間、四時間、せいぜい六時間以内に、キューバは馬鹿なマネージャーや出版社員でいっぱいになるだろう。ほかに正真正銘の馬鹿者や、鸚鵡を更に横取りしようと企む奴や、鳥を肩にのせた表紙写真を撮ってもらいたいブロンドのスターの卵なども現れるだろう。

あと少なくとも三十分は時間がある。そのあいだに何か手を打たなければいけない、と私は思った。しかしどんな手を打てばいいのだろう。

シェリーが私の腕をつついた。「ところできみは誰に頼まれて来たんだい。だって、きみは間違いなく一番乗りだからな。適当な値をつけてくれさえすりゃ、優先権はきみにある。もちろん、ほかの連中の条件も聞いてやらにゃならんよ。でもな、どうもこりゃ雲行きがあやしくなって来そうだろう。おれもなんだか自分のやったことが空恐ろしくなってさ。安値でもさっさと手放して、ズラかっちまおうかとも思ってるんだ。だって、例えばこの鳥をキューバ国外へ持ち出す問題があるだろう。ひょっとしたら、カストロがこの鸚鵡を国宝とか重要文化財とかに指定するかもしれんし、ええい、くそ、ライムンド、きみは誰に頼まれて来たんだ」

「ある人にな。しかし今は関係ない」と私は考えながら言った。「来たときは確かにある人の頼みで来たが、帰るときは自分の自由意志だ。今後は要するにおれと鳥だけの問題なんだ。おれは親爺さんの本の愛読者だからね。やむにやまれず駆けつけたと言っておくか」

「へ、義憤ってやつか！」

「気にさわったらごめんよ、シェリー」

電話が鳴った。シェリーが出た。少しのあいだ楽しそうにお喋りしてから、相手に階下(した)で待ってくれと言い、電話を切ると、私にむかって眉を動かした。「ＮＢＣがロビーに来てる。ロビーでエル・コルドバに一時間インタビューしたいとさ。ギャラの数字は六桁だ」

私はがっくり肩を落した。電話が鳴った。自分でも驚いたことに、今度は私が受話器をとった。シェリーが大声をあげた。しかし私は言った。「はい、もしもし」

「セニョール」と男の声が言った。「タイム誌のセニョール・ホブウェルとおっしゃる方がお見えです」来週のタイム誌の表紙にのった鸚鵡の顔と、六ページにわたる特集記事が目に見えるようだった。

「待つように言ってくれ」私は電話を切った。

「ニューズウィークか？」とシェリーが訊ねた。

「もう一つのほうだ」と私は言った。

「丘の日影の部分の雪はきれいだった」と、ショールに覆われた鳥籠のなかで声がした。

「うるさい」と私はうんざりして低い声で言った。「ああ、黙っててくれ、頼むから」

私たちの背後の戸口に人影がいくつも現れた。シェリー・ケイポンの取巻き連中が一団となって、この小部屋へ入って来るのだ。私の体は震え出し、汗が噴き出てきた。なぜか私は立ち上った。私の肉体は、私自身にはよくわからないのだが、何かをするつもりらしい、私は自分の手を見守った。突然、右手が伸びた。右手は鳥籠を突き倒し、その金網の戸をあけ、籠の中に突進して鸚鵡をつかまえようとした。

「やめろ！」

まるで海岸に押し寄せた津波のように、みんなが一せいに喘ぐ音が聞えた。私の行動によって、部屋中の人間は腹を蹴られたような衝撃を感じたらしい。だれもがうっと息を吐き、一歩よろめき、叫び始めたが、そのときすでに私は鸚鵡を籠の外にひきずり出していた。そして鳥の喉を摑んだ。

「やめろ！　やめろ！」シェリーが跳びかかってきた。私は向う脛(ずね)を蹴とばしてやった。シェリーは金切声をあげ、尻餅をついた。

「どいつも動くんじゃねえ！」と私は言い、自分の使った古めかしい決り文句にもう少しで吹き出すところだった。「ひよこを殺すとこを見たことがあるだろう。この鸚鵡の頸(くび)はずいぶん細いから、一ひねりでちょんぎれるぜ。どいつも動くなよ。髪の毛一筋も動かすな」だれも動かなかった。

「ふざけやがって、この野郎」と、シェリー・ケイポンが尻餅をついたままの姿勢で言った。

一瞬、連中は跳びかかってくるだろうと私は思った。殴られ、砂浜を追いかけられ、テネシー・ウィリアムズふうに人喰土人に取り囲まれて、靴ごと食われてしまう自分が目に見えるようだ。あすの夜明けにハバナの中央広場に曝(さら)される自分の頭蓋骨が可哀想でならなかった。

だが連中は私を取り囲みもしなければ殴りもしなかった。この指が親爺さんの知り合いの鸚鵡の頸にかかっている限り、私は永久にここに立っていられるのだ。

鳥の頸を一ひねりして、ばらばらになった鳥の残骸を、そこに居並ぶ蒼白い顔々に投げつけてやりたい。私は心底からそう思った。過去を塞きとめ、残された親爺さんの思い出を永久に葬りたい。こんな精薄じみた連中にその思い出をもてあそばれるよりは、そうしたほうがましだ。

けれども二つの理由からそうすることはできなかった。一羽の鸚鵡が死ねば一羽の家鴨（あひる）も死ぬだろう。この場合、家鴨とは私のことである。そしてまた親爺さんを悼む気持も私には強かった。私の手に握られて、まだ生きているこの鳥のなかに、まるでエジソン時代のレコードのように写し植えられた親爺さんの声は、消すに忍びなかった。鳥を殺すことはできない。

もしもこの気持を悟られたら、この時代遅れの子供じみた連中は、たちまち蝗（いなご）のように群がってきたに違いない。だが、悟られはしなかった。私の気持は顔に現れていなかったのだと思う。

「さがりやがれ！」と私は叫んだ。

まるで「オペラ座の怪人」の美しいラストシーンにそっくりだった。深夜のパリの町を追われるロン・チェニーは、突然、群集にむかって握りしめた拳を振りあげる。爆弾を握っていると言わんばかりに。その恐ろしい瞬間、群集は凍りついたようになる。それからロン・チェニーは笑い、掌を開いて何も握っていないことを示し、次の瞬間、河に身を投げる……但し私の場合は、掌を開くつもりは毛頭なかった。私の手はエル・コルドバの筋ばった頸をしっかりと握っていた。

「ドアまで道をあけるんだ！」一同は道をあけた。

「動くなよ、息もするな。だれかが気絶してぶっ倒れただけでも、この鳥はお陀仏（だぶつ）だぜ。そうなりゃ、映画も写真もギャラもありゃしねえ。シェリー、籠とショールを持って来い」

シェリー・ケイポンはゆっくり動いて、籠とショールを私に手渡した。「離れてろ！」と私はわめいた。

みんなあわててもう一歩うしろへ下った。

「いいか、よく聴け」と私は言った。「おれがぶじに隠れ家に着いたら、てめえらを一人ずつ呼んで、この親爺さんの友達にもう一度逢わしてやる。あとは鸚鵡の話を新聞社に売って、勝手に儲けりゃいい」

これは出まかせだった。あまりにも見えすいた嘘だった。この連中が嘘に気づかないでくれればいい、と私は思った。そして嘘を隠すために、いっそう早口に喋った。「じゃ、歩き出すぞ。いいか。わかったな。おれは鸚鵡の首根っこを抑えてる。これを生かしておきたかったら、下手な手出しはやめることだ。じゃ行くぞ。一、二。一、二。ドアまで半分歩いたぜ」私は連中のあけた道を歩き、連中は息を殺した。「一、二」私の心臓は口から飛び出しそうに悸っていた。「そら、ドアに着いた。落ち着けよ。急に動くな。片手に籠。もう一方に鳥──」

「ライオンたちは浜の黄色い砂の上を走った」と、私の指の下で喉を動かしながら、鸚鵡が言った。

「えい畜生」と、テーブルのそばにうずくまったシェリーが言った。涙がその顔を伝って流れ始めた。ひょっとすると金だけの問題ではなかったのだろうか。シェリーにもいくぶんかは親爺さんを悼む気持があるのだろうか。今、小男は両手を差しのべ、私に、鸚鵡に、籠に、戻って来いというしぐさを繰り返していた。「畜生、畜生」とシェリーは泣きつづけた。

「朝の光のなかで肉をきれいに削ぎ落された巨大な魚の骨組だけが桟橋に横たわっていた」と鸚鵡が言った。

「ああ」とみんなが小声で言った。

シェリーのほかにも泣いている者がいるかどうか、確かめるひまはなかった。私は部屋の外へ出た。ドアをしめた。エレベーターへ走った。奇蹟的にエレベーターはその階でとまっていた。エレベーター・ボーイはうつらうつらしていた。だれも追って来なかった。追ってもむだだと思ったのだろう。

エレベーターの中で、私は鸚鵡を籠に入れ、母という字の縫いとりがあるショールで籠を包んだ。エレベーターは歳月のなかをゆっくりと下って行った。私はこれからあとの歳月のことを思った。鸚鵡をどこかに隠し、どんな天候のときでも暖かくしてやり、きちんきちんと餌を与えなければならない。日に一度は籠に近寄って、ショールごしに話しかけてやることも必要だ。だれかに見せることは絶対おことわり。新聞記者も、雑誌記者も、カメラマンも、シェリー・ケイポンも、バー「クーバ・リーブレ」のアントニオさえも、おことわりだ。そうして歳月が流れるうちに、鸚鵡が喋らなくなったのではないかという突然の恐怖に襲われるかもしれない。その場合、真夜中に起き出して、そっと鳥籠に近づき、こう問いかける。

「イタリア、一九一八年……?」

　すると母という字の下で、老人の声が喋り出すだろう。「その冬、雪は白い細かい埃のように山の端から飛び散って……」

「アフリカ、一九三二年」

「私たちはライフルを取り出し、ライフルに油を引いた。銃は私たちの手のなかで青く、美しく、私たちは背の高い草に隠れて待ち受け、微笑みをかわし――」

「キューバ。メキシコ湾流」

「その魚は水の中から現れて、太陽と同じ高さまで跳び上った。私がそれまでに魚というものについて考えたことのすべてが、その魚に含まれていた。私がそれまでに跳躍ということについて考えたことのすべてが、その跳躍に含まれていた。私の全生涯がそこにあった。その日、太陽と海があり、私は生きていた。私はそれらすべてを自分の手でしっかり摑みたかった。決して放したくなかった。けれども魚が落ちたあり、海水は白から緑に変化し、そこへ……」

　ここでようやくエレベーターはロビーに着き、ドアが開き、私は母という字の縫いとりのあるショールに包まれた鳥籠を持ってエレベーターの外へ出ると、急ぎ足でロビーを横切り、一台のタクシーをつかまえた。

　一番むつかしい仕事――そしてまた一番危険な仕事――がまだ残っていた。私が空港に着くまでには、空港の警備員やカストロの市民軍は指令を受けているだろう。国宝が国外へ流出しようとしていると、シェリー・ケイポンほどの男が通報しない筈はあるまい。ひょっとすると、ブック・クラブの収益や映画化権の一部をカストロに与える約束までしているかもしれない。私はなんとか税関をくぐり抜ける手を編み出さねばならなかった。

けれども私は文学者だから、答はすぐに見つかったのである。途中タクシーにちょっと止ってもらって、私は靴墨を買った。そしてエル・コルドバを変装させた。つまり、鸚鵡を全体まっくろに塗ったのだ。

「いいか、よく聴け」と、車がハバナの町を行くあいだ、私は体をかがめて鳥籠に囁きかけた。「ふたたびはあるまじ（ポーの詩「大鴉」の繰り返しの言葉）」

この言葉を覚えさせようと、私は何度も繰り返した。これは鸚鵡にはたぶん初めての言葉だったろう。何年も前に倒したミドル級の選手の作品を、親爺さんは決して引用しなかっただろうから。言葉が記録されるあいだ、ショールの下は静まりかえっていた。

やがて、とうとう返事があった。「ふたたびはあるまじ」と、聞き馴れたなつかしい親爺さんのテノールの声が言った。「ふたたびはあるまじ」と。

灼ける男

おんぼろフォードが巻きおこす黄色い土埃は、世界全体が茫然としてしまう七月中旬の独特の睡気のなかで、元通り鎮まるのに一時間もかかった。行手には湖が、暑さにうだる緑の草地に落された一粒の冷たい青色の宝石のように待っていたが、それはまだまだ遥か彼方で、ニーヴァとダグラスが全速力で走らせている灼けきったがたがたの車のバックシートでは、魔法瓶からレモネードがこぼれ、芥子をたっぷりきかせたハムサンドはダグラスの膝の上で発酵し始めていた。少年と叔母が吸いこむ空気は熱く、吐き出す息はもっと熱かった。

「まるで見世物の火喰い男だね」とダグラスが言った。「息をすると火を吸いこむみたいだよ。畜生、湖が待ち遠しいなあ！」

突然、前方の道ばたに一人の男が現れた。

シャツの前をあけて日焼けした体を腰までむき出しにし、髪は七月の陽に小麦色に染められ、灼けた皺のかたまりのなかで青い目が火のように燃えていた。暑さに息も絶え絶えといった恰好で、男は手を振った。

ニーヴァはブレーキを踏んだ。土埃が激しく立ちのぼって、男の姿を消した。黄金色の土埃が少し流れると、猫のように熱い黄色い目が、この晴天と灼けつく風に挑むように、敵意をこめて光った。

その目がダグラスを見た。

ダグラスは神経質に目をそらした。

なぜなら、男の背後に、一滴の雨も降らぬ八週間のあいだに炙られ灼かれた黄色い草のぼうぼうと生い茂る野原が見えたからである。男が草を踏みわけて街道まで出て来た小道がはっきりと認められた。その小道は眼路の果てまで延びていて、その先には干上った沼があり、炙られた石と、焼かれた岩と、溶けた砂しかない、空っぽの河床が横たわっているのだ。

「よく止ったな！」と男は怒ったように叫んだ。

「そうよ、よく止ったもんよ」とニーヴァがどなり返した。「あんたどこへ行くの」

「これから考えるさ」男は猫のように跳び上って、うしろの座席に飛びこんだ。「さあ出発だ。追っかけてくる！　もちろん、お陽さんがさ！」男は天を指した。「早く！　でないと、みんな狂っちまうぞ！」

ニーヴァがアクセルを踏んだ。車は小石まじりの道から、白熱した土埃の道に入り、時おり大き目の石や小石との接触を避けて左右に傾いた。車の軋む音は地面を切り裂くようだった。それよりも大きな声で男が叫んだ。

「もっとアクセルを踏めよ。七十、八十、えいくそ、九十でも構うもんか！」

ニーヴァは、うしろの座席のライオン、乱入者に、ちらと厳しい視線を向けた。視線で相手を黙らせることができるかどうか試すように。相手は黙った。

もちろんダグラスもこの粗暴な人物については同じように感じていた。ただの見知らぬ男でもなければ、ヒッチハイカーでもない、乱入者だ。ジャングルのような髪をして、ジャングルのような匂いを発散させながら、この熱く灼けた車に飛びこんで来て、二分も経たぬうちに、この男は晴天を、車を、ダグラスを、ダグラスのすてきな叔母、今は汗を流している叔母を、敵にまわしてしまったのである。今、叔母は熱風と小石の衝突に逆らって車の安定を保とうと、ハンドルの上にかがみこんでいた。

一方、うしろの座席では、ライオンのたてがみのような髪と、真新しい貨幣のような黄色い目をもつけだものは、しきりに唇を舐め、バックミラーのなかのダグラスを見つめた。そしてウインクした。ダグラスはウインクを返そうとしたが、なぜか瞼が動かなかった。

「天気のせいで——」と男がわめいた。

「なんですって?」とニーヴァが叫んだ。

「天気のせいで」と、少年と叔母のあいだに首をのばして男はどなった。「——気が狂うってことがあるかどうか、考えてみたことはないかい。それとも、もう狂ってるのかな」

この熔鉱炉をあけ放したような日に、突然冷気を吹きかけられるような、驚くべき質問だった。

「さあ、私にはわからないわねえ」とニーヴァが言った。

「だれにだってわかるもんか！」男はライオンの檻のような匂いがした。痩せた両腕はだらりと垂れ、手は目に見えぬ紐を結んだりほどいたりするような動作を絶えず繰り返していた。両の腋の下で毛が灼けて熱くてたまらぬような不自然な姿勢だった。「今日みたいな日にゃ、頭んなかの地獄の蓋があくんだ。こんな日に、こんな荒地で、悪魔が生れたんだ」と男は言った。「そのとき、あたりは火と炎と煙ばっかりでな」と男は言った。「何もかもさわれないぐらい熱いんだ、だから人はさわられるのをいやがるんだ」と男は言った。

そしてニーヴァと少年の肘をつついた。

二人はびくっと身をふるわせた。

「だろう？」男はにやりと笑った。「今日みたいな日にゃ、いろんなことを考えつくもんだ」男はまた微笑した。「この夏にゃ、地震や台風みたいに、十七年蟬（幼虫期間が十七年といわれるアメリカ産のセミ）が現れるんじゃなかろうか。伝染病みたいにぞろぞろとさ」

「どうかしらね！」ニーヴァはまっすぐ前を見つめたまま運転していた。

「きっと現れるぜ。災難はすぐそこまで来ている。ああ、次から次へといろんなことを考えついて、目の奥が痛いよ。頭が割れそうだ。とりとめのないことばっかり考えてるうちに、おれは火の玉になって爆発するんじゃなかろうか。この——どうして——こう——」

ニーヴァはごくりと唾を呑んだ。ダグラスは息を殺した。

二人とも突然の恐怖に襲われたのである。道の両側でぎらぎらと燃えている緑の木々を眺め、おんぼろ車のまわりに巻きおこる土埃の匂いを嗅ぎながら、男はもはや高くもなければ低くもない、しっかりと落ち着いた声で、人生論のようなことを語り始めていた。

「そうだよ、この世の中にゃ人間に計り知れないことがあるもんだ。十七年蟬があるなら十七年人間があってもよかりそうなもんじゃないか。そんなこと考えたことがないかい」

「ない」と誰かが言った。

それはぼくが言ったのかもしれない、とダグラスは思った。少年の口はネズミのようにひとりでに動いたのだった。

「でなきゃ、二十四年人間とか、五十七年人間なんてのはどうだ。いや、つまり、人間はだんだん大きくなって、嫁さんをもらって、子供が生れて、という考え方におれたちはすっかり馴れちまってるだろう。だから人間がこの世に現れるのに、別のやり方があるかもしれないとは決して考えない。ひょっとしたら蟬みたいに、夏の暑い日に突然現れる人間がいるかもしれない。絶対にいないとは、だれにも言えないじゃないか！」

「そうだね」またネズミだ。ダグラスの唇が震えた。

「それから、先天的な悪というやつも、この世の中にないとは言いきれまい？」と、男はまばたきもせずに太陽をまともに見上げて言った。

「なんの悪ですって？」とニーヴァが訊ねた。

「先天的な悪さ、奥さん。悪の血筋ということさ。生れたときから悪で、育っていくときも悪で、死ぬときも悪という人間だ。それが先祖代々ずうっと続いてきたやつらさ」

「うわあ！」とダグラスが言った。「赤ん坊のときから悪人で、大人になっても悪人っていうこと？」

「その通りだ、坊や。これもないとは言いきれないだろう。生れたときから最期の息をひきとるまで、あの人は天使のような人だと、みんなが認めるような人間がいるならば、元旦から大晦日まで年がら年中、紛れもない悪党であるやつだって、いないわけがない」

「そんなこと、考えたこともなかった」とネズミが言った。

「じゃ考えろ」と男が言った。「考えてみなよ」

五秒ほど考える間があいた。

「いいか、よく聴けよ」と、細めた片方の目を五マイル前方の涼しい湖に据え、閉じたもう一方の目では暗黒をのぞきこみ、その石炭置場にひそむ現実について反芻しながら、男は言った。

「よく聴け。この熱が、こういう季節の、こういう日のものすごい暑さがだな、ちょうどパンを焼くみたいに、河の泥から悪党人間を焼き上げたとしたらどうなる。そいつは例えば四十七年間、蟬の幼虫みたいに泥のなかに埋もれて、生れる日を待っていたんだ。そいつが目を醒まして、すっかり一人前の恰好であたりを見まわし、熱い泥のなかから世間に出て来て、こう言うんだ。『ひとつ、夏でも食ってやろうか』」

「何を食べるって？」

「夏をだよ、坊や。夏をさ、奥さん。夏をまるごと食っちまうんだ。あの木を見てみろ、うまそうじゃないか。あの小麦畑を見てみろ、大した御馳走じゃないか。道ばたのヒマワリなんか朝めしにちょうどいい。あの家の屋根のタール・ペーパー、あれは昼めしだ。この先の湖なんか、てへっ、晩めしの葡萄酒だ。みんな飲み干しちまえ！」

「そりゃ喉はかわいてるけど」とダグラスが言った。

「喉がかわいてるだと。冗談じゃないよ。この男は喉がかわいてるなんて生やさしい状態じゃない。熱い泥のなかで三十年も待って、生れたはいいが、たった一日で死ぬんだぜ！　喉がかわいてるだと！　やれやれ！　ものを知らんにもほどがある」

「それはわかるけど」とダグラスが言った。

「それはわかる、か」と男が言った。「喉がかわいてるだけじゃない、腹が減ってるんだよ。飢えだ。あたりを見てみろ。木や道ばたのヒマワリを食うだけじゃない。暑さにはあはあいってる犬がいるだろう。ほら、いた。あそこにも、もう一匹！　それに国中の猫だ。ほら、あそこに二匹、それ、三匹通った！　大食らいの男は思う、考えつく、どうだろう、ひとつ、人間を食ってみるのは？　そう、人間をだよ！　焼いたり、煮たり、茹でたり、半熟にしたりした人間をだ。日に焼けた、きれいな人間どもをな。年とったの、若いの。婆さんのかぶってる帽子、その帽子の下の婆さんそのもの。若い娘のスカーフ、そのスカーフの下の若い娘そのもの。それから若い男の海水パンツ、その海水パンツをはいてる若い男そのもの、肘、踵、耳、足の指、それに眉毛！　そう、眉毛だよ。男、女、男の子、女の子、犬、さあ、メニューはまだまだ続くぞ、歯を研げ、唇を舐めろ、食いものはどんどん出てくる！」

「やめて！」とだれかが叫んだ。

　ぼくじゃない、とダグラスは思った。ぼくは何も言わなかった。

「やめなさい！」とだれかがわめいた。

　それはニーヴァだった。

　叔母の膝が無意識のうちに持ち上げられ、それから充分に意識して急激に下ろされるのが見えた。

　ばたん！　と叔母の踵が床を踏んだ。

　車にブレーキがかかった。ニーヴァは車のドアをあけ、唇をわなわな震わせながら、片手で男のシャツを引き裂かんばかりに引っ張り、もう一方の手で車の外を指して叫んだ。

「下りなさい！　早く！」

「ここでかい、奥さん」男は呆気にとられた。

「そうよ、ここでよ、ここで下りなさい、下りなさい、早く！」

「でも奥さん……！」

「下りろ、でないと、とどめをさしてやる！」とニーヴァは荒々しく叫んだ。「この車のトランクには聖書がたくさん積んであるし、この物入れには銀の弾をこめた拳銃が入ってるのよ。シートの下には十字架が山ほど置いてある。アクセルには杭とハンマーをテープで貼りつけてあるんだ。気化器に入ってるのは聖水で、今朝来る途中の三つの教会でちゃんと祝福を受けてきたんだからね。セント・マシュー・カトリック教会と、グリーンタウン・バプテスト教会と、ザイオン・シティ・ハイ・エピスコーパル教会さ。その聖水の蒸気だけでもお前さんをやっつけるには充分だろう。一マイル後から来るのは、シカゴのケリー司教さんだ。あと一分もすると追いつくだろう。この湖じゃミルウォーキーのルーニー神父さんが待ってるし、ダグラスは、そうよ、このダグラスはズボンのポケットにトリカブトの枝を一本と、マンダラゲの根っこを二個入れてるんだ。下りろ！　下りろ！　下りろ！」

「わかったよ、奥さん」と男が叫んだ。「今すぐ下りるよ！」

ほんとうに男は下りようとした。

次の瞬間、地面に落ちて、土埃のなかをころがった。

ニーヴァがいきなり車を走らせたのだ。

土埃のなかで男は立ち上り、車にむかって悪態をついた。「お前ら人でなしだ。お前ら気違いだ。人でなし。気違い」

「私が人でなし？　私が気違い？」とニーヴァは言い、あざけりの声をあげた。「笑わせないでよ！」

「……人でなし……気違い……」男の声は遠ざかった。

ダグラスが振り返ると、男は威嚇するように拳を振り、それからシャツを脱いで地面に叩きつけ、裸足で地団太を踏んだ。白熱した土埃がもうもうと立ちのぼった。

車は爆発しそうな音を立てながら、猛烈な勢いで遮二無二突っ走り、ニーヴァは血相を変えてハンドルにしがみついた。やがて悪態をつきつづける男の小さな姿は、陽の光に炙られる沼地の灼けつく空気のなかで見えなくなった。ダグラスはほっと息をついた。

「叔母さんが今みたいな喋り方をするの、初めて聞いたよ」

「もう二度としないわ、ダグラス」

「叔母さんが言ったこと、本当なの」

「全然でたらめよ」

「じゃ嘘をついたの」

「そうよ」ニーヴァは目をぱちぱちさせた。「だってあいつも嘘をついたでしょ。そう思わない？」

「ぼくわからないや」

「とにかくね、ダグラス、嘘を殺すために嘘をつかなきゃならないことがあるのよ。時にはね。少なくとも、今はそうだった。こんなこと、しゅっちゅうじゃ困るわ」

「そうだね」少年は笑い出した。「ねえ、マンダラゲの根っこのこと、もう一度言ってみてよ。ぼくのポケットにトリカブトが入ってるって言ってよ。銀の弾をこめた拳銃のことも言ってみてよ、ねえ」

　叔母はもう一度繰り返した。二人は声を合せて笑い出した。

はしゃぎながら、二人はブリキのバケツのような廃車寸前のおんぼろ車で、小石まじりのでこぼこ道を飛ばしていった。叔母は脅しのせりふを繰り返し、少年は目を固く閉じて、げらげら、くすくす笑い、ときどき大声で間の手を入れた。

笑いの発作がようやく収まったのは、二人が水着に着替えて湖に跳びこみ、笑顔で浮び上って来たときだった。

　太陽は中天に燃え、二人は五分ほど愉快に犬かきをしてから、メントールのようにひんやりする水のなかで本格的に泳ぎ始めた。

　たそがれどき、太陽が急に姿を隠し、木々の影が長く伸びて、二人は突然思い出した。これからあの淋しい道路の暗い所や、空っぽの沼地のそばを通って、町まで帰らなければならない。

二人は車のそばに立って、行手を眺めた。ダグラスは生唾を呑んだ。

「帰りには何も起らないよね」

「もちろんよ」

「じゃ出発！」

二人は車に乗りこみ、ニーヴァは犬の死骸を蹴とばすようにスターターを蹴った。

車は動き出した。

濃い紫色の木々の下を、淡い紫色の丘のあいだを、車は進んだ。

何事も起らなかった。

紫色にたそがれていく幅の広い砂利道を進み、リラの香りに似たなまぬるい大気の匂いを嗅ぎながら、何事かを待ち受けるように二人は顔を見合せた。

何事も起らなかった。

ニーヴァはとうとう低い声で鼻歌を歌い始めた。

道路に人影はなかった。

いや、人影が動いた。

ニーヴァが笑った。ダグラスは目を細め、叔母と一緒に笑った。

それは小さな男の子だったのである。年は九歳ぐらいだろうか、ヴァニラ色の白っぽい夏服を着て、白い靴をはき、白いネクタイを締め、顔は清潔な桃色である。道ばたに立っていたその子が手を振った。

ニーヴァは車を止めた。

「町へ行きますか」と男の子は明るい声で言った。「ぼく迷っちゃったんです。家の人とピクニックに来て、ぼく一人残っちゃいました。ああ、車が来てよかった。ここはとっても気味が悪いんです」

「お乗んなさい！」

男の子は車に乗りこみ、車は動き出した。男の子はうしろの座席に坐り、ダグラスとニーヴァは前の席から男の子に笑いかけた。まもなく笑いは鎮まった。いい姿勢できちんと坐り、暫く（しばら）くのあいだ、うしろの座席の男の子は何も言わなかった。白い服を着こなした姿はすがすがしかった。見るからに清潔で、明るくて、

空にはちらほらと夕星が見え始め、吹く風は冷たくなり、人影の全くない道を車は走りつづけた。

やがて男の子が口をひらき何か言った。ダグラスにはその言葉は聞きとれなかったが、ニーヴァが突然体をこわばらせるのが見えた。ニーヴァの顔が蒼ざめ、男の子の服と同じアイスクリーム色になった。

「え？」とダグラスは振り向いた。

男の子はまばたきもせずに、まっすぐダグラスを見つめた。男の子の唇は、顔から切り離された別物のように、ひとりでに動いていた。

車のエンジンが異様な音を発して、止った。

たちまち速度が落ちて、車は停止した。

ニーヴァがアクセルやスターターを懸命に踏むのを、ダグラスは見ていた。だが耳に聞えるのは、この新たな永遠の静けさのなかで男の子が呟く言葉だった。

「あの、こんなこと、考えたことありませんか——」

一息ついて、男の子は続けた。

「——この世の中に先天的な悪というものがあるでしょうか」

木製の道具

「お掛けなさい」と士官が言った。

「どうも」青年は腰を下ろした。

「きみの噂はいろいろ聞きました」と士官はにこやかに言った。「いや、噂というほどのことではない。きみは神経過敏だそうですね。周囲の人間ともあまりうまくいっていないらしい。そんなことを何カ月か前から聞いていたので、来てもらったのです。仕事を変えて欲しいのではないかと思ってね。どこか海外の、別の戦区はどうですか。デスクワークが退屈なら、前線に出るのは？」

「とくにそういう希望はありません」と若い軍曹は言った。

「じゃ何が希望なのかな」

軍曹は肩をすくめ、自分の手を眺めた。「平和に暮したいです。なぜか一晩のあいだに世界中の銃砲類が一つ残らず錆(さ)びつき、細菌爆弾の細菌が死に絶え、戦車が突然タールの穴と化した道路で有史前の怪物のように沈んでしまえばいい。それが私の望みです」

「もちろん、それがわれわれ全員の望みですよ」と士官は言った。「しかし夢物語はそれくらいにして、どこへ派遣されたいか具体的に言って下さい。選ぶのはきみの自由です。西部戦区か、それとも北部戦区か」デスクの上の淡紅色の地図を士官は指で叩いた。

だが軍曹は自分の手にむかって語りつづけ、その手をひっくり返しては指をじっと見つめるのだった。「もしあすの朝起きたら銃砲類がぼろぼろに錆びていたとして、あなた方士官のみなさんは、私たち部下は、いや世界全体はどうするでしょうか」

この軍曹は注意深く扱わねばならない、と思った士官は、静かな笑顔を見せた。「それは面白い質問ですね。そういう仮定について話すことは興味深い。恐慌状態が広範囲に拡がるだろうというのが私の答です。どの国も世界中で武器を失くしたのは自国だけだと考えて、その災厄をもたらした張本人としての敵国を非難するでしょう。自殺や、株の暴落が続けさまに起って、数限りない悲劇が生れるでしょう」

「しかし、そのあとは」と軍曹は言った。「すべての国が武器を失ったことは事実だとわかり、もう何一つ恐れるべきものはない、私たちはみんな新鮮な気持で再出発できるのだとわかったあとは、どうなります」

「どこの国も先を争って再武装するでしょうね」

「もしそれを阻止できたとしたら?」

「その場合は拳で殴り合うでしょう。事態がそこまで進めばの話ですが。鋼鉄のスパイクのついたグローブをはめて、男たちの大群が国境地帯に集まるでしょう。そのグローブをとりあげれば、爪や足を使うでしょう。脚を切り落せば、唾を吐きかけ合うでしょう。舌を切り、口にコルクを詰めたとしても、男どもは大気を憎しみで満たすでしょう。その大気の毒にあてられて、蚊も地面に落ち、鳥も電線からばったり落ちるほどにね」

「じゃ結局、武器を破壊しても、なんにもならないということですか」と軍曹が言った。

「その通りです。ちょうど亀の甲羅を剝がすようなものだ。ショックのあまり、文明は息がとまって死ぬでしょう」

青年は頭を振った。「御自分にも私にも嘘をついておられるんじゃありませんか？御自分の安定した仕事を失くしたくないばっかりに」

「それは九割のシニシズムに一割の合理的説明といったところかな。とにかく、きみの錆作戦はおやめなさい、忘れてしまいなさい」

軍曹はぎくりと顔を上げた。「どうしてそれを御存知なんです」

「何を」

「錆作戦のことです、もちろん」

「一体なんの話です」

「私にはできるんです。その気になれば今夜からでも錆作戦を開始できます」

士官は笑った。「まさか。冗談でしょう」

「いえ、まじめな話です。このことはお話ししなければと思っていました。ですから呼んで下さってとても嬉しいんです。私はだいぶ前からこの発明を完成させようと努力してきました。これは私の夢でした。ある種の原子構造に関わりのあることでしてね。研究してみますと、鋼鉄の装甲において原子がどのように配置されているかは簡単にわかります。私の専攻は物理と冶金でした。私が探したのはそのバランスを狂わせる要素(ファクター)です。御存知の通り、私が探したのはその……で、思いついたのは、空気中にはつねに錆のファクターが存在するということです。つまり、水蒸気ですね。ですから鋼鉄に一種の神経衰弱を起させる方法を見つけ出しさえすればいい。あとは世界中どこにでもある水蒸気が仕事を仕上げてくれます。もちろん、すべての金属を錆びつかせるわけではありません。私たちの文明は鋼鉄の上に築かれていますから、大部分の建物を破壊する気は私にはありません。ただ銃や弾丸や戦車や飛行機や軍艦を消してしまいたいだけです。もし必要なら、銅や真鍮やアルミニウムにも作用するように器械をセットすることはできますが。私が近くを歩くか、またはただそばにいるだけで、兵器はみんなぼろぼろに崩れてしまうのです」

士官はデスクに身を乗り出し、軍曹を見つめた。

「一つ質問してもいいだろうか」

「はい」

「きみは自分がキリストだと思ったことはありませんか」

「ないと思います。しかし探していたものが見つかったときは、神様のおかげだと思いました。御質問の意味はそういうことでしょうか」

士官は胸ポケットから、ライフルの薬莢をキャップにした高価なボールペンを取り出した。そのペンを派手に動かして、一通の書類に何やら書きこみ始めた。「これを持って行って、今日の午後、ドクター・マシューズの精密検査を受けて下さい。いや、べつに病気だからというわけじゃない。でも医者に診てもらったほうがいいと、きみ自身思いませんか」

「器械のことは嘘だとお思いなんですね」と軍曹は言った。「でも嘘ではありません。このタバコの箱に隠せるくらい小さな器械です。効果が及ぶ範囲は九百マイル四方です。ある種の鋼鉄だけにこの器械をセットして、五、六日もあればこの国の兵器はすっかり破壊できます。敵国が攻撃してきたとしても、近づけば兵器がみんな錆びてしまうから心配ありません。この国がすんだら、ヨーロッパへ飛ぶことにしましょうか。ひと月もすれば世界中から戦争がなくなります。どうしてこんな発明ができたのかは、自分でもよくわかりません。まるで考えられないことです。でも原爆だって考えられないことだったじゃありませんか。発明はとっくに完成していましたが、この一カ月間は迷っていたんです。さっきおっしゃったように、亀の甲羅を剝がすようなことをしたらどうなってしまうか、それが心配でしたから。でも、たった今決心しました。こうして話し合ってみて、おかげさまでいろんなことがはっきりしたようです。飛行機が空を飛ぶだろうとは誰一人思わなかったし、原子が爆発するとは誰一人思わなかったし、世界に永遠の平和が訪れるとは現在誰一人思っていない。でも間違いなく平和が訪れます」

「この書類を忘れずにドクター・マシューズに渡して下さいね」と士官はあわてて言った。

　軍曹は立ち上った。「じゃ、私が別の戦区に派遣されるのはとりやめですか」

「今のところはね。気が変りました。決定はドクター・マシューズに任せましょう」

「でしたら、私は決めました」と青年は言った。「数分後に基地を出ます。通行証は持っています。貴重なお時間をさいていただいて、どうもありがとうございました」

「ちょっと待ちなさい、軍曹、そんなに深刻に考える必要はありませんよ。何も出て行くことはない。だれもきみに危害を加えるわけじゃない」

「それはそうです。その代り、だれも私を信じてくれないでしょう。失礼します」軍曹は事務所のドアをあけて、出て行った。

　ドアがしまり、士官は一人になった。少しのあいだ、立ったままで、士官はドアを眺めていた。それから溜息をついた。両手で顔をこするような動作をした。電話が鳴った。士官はぼんやりと受話器をとった。

「あ、ドクター、どうも。いま電話しようと思っていたところです」間。「ええ、その男をそちらへやったのは私です。大丈夫でしょうか、入院させずに放っておいても？　大丈夫ですか。ドクターがそうおっしゃるなら。しかし休息をたっぷりとらせる必要はありますね。可哀想に、ちょっと面白い種類の妄想を抱いていましてね。ええ、そうです。困ったもんです。これも十六年戦争の影響でしょうか」

電話の声が何か呟いた。

士官は耳をすまし、うなずいた。「それはメモしておきましょう。ちょっと待って下さい」胸ポケットのボールペンを探った。「ちょっと待って下さい。どこかに置き忘れたかな」胸ポケットを叩いた。「ついさっきここに入れたんだが。すみません、ちょっと」士官は受話器を置いて、デスクの引出しを探した。胸ポケットをもう一度さぐった。突然、その手の動きがとまった。それから手はこわごわポケットの奥深く差し入れられた。親指と人差指が何かをつまみ出した。

士官は一瞬それを凝視した。それから受話器を持ち上げた。「ドクター」と士官は言った。「すみません、ちょっと電話を切って下さい」カチリと電話を切る音が聞え、士官はすぐ別の番号をまわした。「守衛の詰所か。よく聴け。まもなくそこを通る者がいる。ホリス軍曹だ。引きとめろ。必要なら撃ち殺してもいい。何も訊くな。あの野郎を殺すんだ、わかったか、私の命令だ！　そうだ、殺すんだ、わかったな！」

「はい、ですが」と電線のむこうのうろたえた声が言った。「それは、あの、不可能……」

「不可能だ？　不可能とはどういうことだ、はっきり言ってみろ！」

「それは……」声が跡切れた。一マイルむこうの守衛の荒い息づかいが聞えた。

士官は電話機をゆすぶった。「おい、聴いているのか、銃を使うんだ！」

「銃が使用できないのであります」と守衛が言った。

士官はふらっと椅子に腰を沈めた。喘ぎながら、三十秒ほど茫然と坐っていた。電話のむこうではすでに——直接見る必要はないし、だれかに報告してもらう必要もない——格納庫が赤錆の山と化し、飛行機の茶色の錆のかたまりは風に吹き払われて跡形もなくなり、戦車は熱いアスファルトの道路の下へ恐竜のように（あの男はそう言わなかったか）沈んで行く。トラックは黄土色の煙となって吹っ飛び、運転手は道ばたに投げ出され、タイヤだけが高速道路をころがっていく。

「ああ……」と、それらの光景を目撃しながら、電話のむこうで守衛が言った。「大変です……」

「おい、よく聴け！」と士官は絶叫した。「奴を追いかけろ、つかまえろ、手で絞め殺せ、拳でぶん殴れ、足で肋（あばら）を蹴っとばせ、死ぬまで蹴っとばせ、何をしてもいいから奴をつかまえるんだ。俺もすぐ行く！」士官は受話器を置いた。

それから本能的にデスクの一番下の引出しをあけて、拳銃を取り出そうとした。真新しい革のホルスターには褐色の錆がいっぱい詰まっていた。悪態をつきながら、士官は跳びあがった。

そして事務室から出て行こうとして、一脚の椅子を摑んだ。こいつは木製だ、と士官は思った。昔なつかしい木の椅子だ、昔なつかしい楓（かえで）の木だ。壁に二度叩きつけると、椅子はこわれた。鼻息も荒く、口は大きくあけ、真赤にのぼせた顔で、士官は椅子の脚を一本もぎとり、それを固く握りしめた。強度を試すように、片方の掌に打ちつけてみた。「よし、くそ、いつでも来やがれ!」と叫んだ。

ドアをぴしゃりと閉め、何やらわめきながら、士官は駆け出した。

救世主

「若いときはだれでもそういう特別の夢をもつものです」とケリー司教が言った。

食卓の一同は呟き、うなずいた。

「キリスト教を信じる少年で」と司教はつづけた。「ある夜、私がその人ではないのだろうか、と思わぬ者がいるでしょうか。これは永らく待ち望まれた再来ではないのか、私がそれではないのか。もしも、ああ、もしも私がイエスだったら。なんとすばらしいことだろう！」

カトリックの司祭たち、新教の牧師たち、そしてこの席でただ一人のユダヤ教の教父（ラビ）も、みんなそれぞれの幼年時代や、幼かりし日の愚かな夢を思い出して、低い笑い声をひびかせた。

「定めし」と、若い司祭のナイヴェン神父が言った。「ユダヤの少年は、自分がモーぜかもしれないと思うのでしょうね」

「いいえ、そうではありません」と教父（ラビ）ニットラーが言った。「救世主です。救世主！」

再び一同がおだやかに笑った。

「そうでしたね」と、ピンクとクリーム色のさわやかな顔色で、ナイヴェン神父が言った。「これは愚問でした。あなた方にとって、キリストは救世主ではなかった。だからあなた方は今でも救世主の到来を待っている。奇妙ですね。いや、多義的というべきか」

「これほど多義的なことは他にありますまい」と、ケリー司教は立ち上り、一同の先に立ってテラスへ出た。テラスからは火星の丘のつらなりや、古代都市や、昔の街道や、砂埃だらけの河床がよく見えた。六千万マイル離れた地球は、この異郷の空に澄んだ明るい光を放っていた。

「しかし幼い頃の愚かな夢にせよ」とスミス牧師が言った。「われわれの一人一人が、ここ火星に、バプテスト教会とか、聖母チャペルとか、シナイ山会堂（シナゴーグ）とかを、それぞれ一つずつ持つだろうなどと、考えたことがあったでしょうか」

否定の答がしずかに一同から返ってきた。

この静けさは、割りこんできた別の声に乱された。手摺にもたれている一同のそばで、ナイヴェン神父が時刻を確かめようとして、トランジスタ・ラジオを入れたのである。眼下に見える小さなアメリカ人開拓地からの放送が、ニュースを伝えていた。一同は耳を傾けた。

「――と町の近辺で噂されております。これは本年度この町に現れた最初の火星人ということになります。市民のみなさまはこのような訪問者を丁重にもてなすよう要請されております。もしも――」

ナイヴェン神父はラジオを切った。

「未来の信者はなかなか姿を現しませんな」とスミス牧師は溜息をついた。「白状しますが、私が火星に来たのは地球人の信者たちと付き合うためだけではなく、たとえ一人でもいい、火星人を日曜の夕食にでも招いて、その神学や精神的欲求を聞き出すためでもあったのです」

「われわれはまだ彼らにとっては新入者です」とリップスコム神父が言った。「しかし、あと一、二年のうちには、われわれがバッファローの毛皮を取りに来た人間ではないということを、彼らも理解してくれると思う。それにしても好奇心を統御することはむつかしい。結局のところ、火星ロケット・マリナーの撮った写真にはいかなる生命の痕跡もなかったのですから。しかし、ここにも生命は存在すると思います。非常に神秘的な、半ば人間に似た生命がね」

「半ば、とおっしゃいますか」教父（ラビ）がコーヒーをすすりながら言った。「私の感触としては、彼らはわれわれよりもむしろ人間的です。なにせ、われわれの侵入を許したのですから。彼らはそれ以来、山に隠れてしまって、稀にわれわれの町に出て来るときは、たぶん地球人に変装して――」

「ということは、彼らにテレパシーや催眠能力があることを信じるのですか。そのような力によってわれわれの町に入って来て、仮面や幻覚でわれわれをあざむいているのだと？　彼らがわれわれよりも賢いのだと？」

「私はそう信じますね」

「だとすれば」と、一同にブランデーと薄荷リキュールをまわしながら司教は言った。「今夜の集いは挫折者の集いですな。火星人は容易に姿を現さないから、われわれ文明人によって救われることもなく――」

一同のほとんどはこの言葉に微笑した。

「――しかもキリストの再来は数千年もおくれている。おお主よ、われわれはあとどれだけ待たねばならないのですか」

「私自身のことを申しますと」と若いナイヴェン神父は言った。「私は自分がキリストの再来であればよいなどと思ったことは一度もありません。私はただ以前から、再来したキリストに逢いたいと心の底から念じつづけておりました。そう思い始めたのは八歳の頃です。それが僧侶になった第一の理由かもしれません」

「キリストの再来にそなえて精神的な通路を作っておくということですか」と教父が親切に敷衍した。

若い神父はにっこり笑ってうなずいた。他の僧侶たちは手をのばして若い神父にさわりたいという衝動を感じた。なぜなら若い神父は一同の内側の目に見えぬやさしい小さな神経に触れたのだった。だれもが限りなくやさしい気分になっていた。

「教父、みなさん、乾杯の音頭をとらせて下さい」とケリー司教がグラスを挙げた。「救世主の初めての出現のために、あるいはキリストの再来のために乾杯。それがわれわれのかつての愚かな夢以上のものでありますように」

一同は乾杯し、しばし沈黙した。

司教は洟をかみ、目頭を抑えた。


それからあとは、いつもの集まりの雰囲気になった。一同はトランプをして遊び、まもなく聖トマス・アクイナスについての議論が始まったが、教養豊かな教父ニットラーの猛攻にあえなく屈伏した。みんなは教父をジェズイット派と呼び、もう一杯ずつ寝酒を飲み、ラジオの遅いニュースを聴いた。

「――心配されるのは、この火星人が私たちの町で罠にかけられたような気持になることです。もしも通りで出逢った場合は、この火星人の行動を妨げぬよう、さりげなく振舞って下さい。火星人が現れたのは単なる好奇心のためであろうと思われます。騒ぎ立てる必要は全くありません。要するに、私たちの――」

帰りしなに、カトリックと新教とユダヤ教の僧侶たちは、自分たちがさまざまな国語に翻訳した新約聖書と旧約聖書について論じ合った。そのとき、若いナイヴェン神父がこう言ってみんなを驚かした。

「私が以前、福音書を映画シナリオ化する仕事を頼まれたことは御存知でしたか。映画会社としては、ちゃんとした結末が欲しいと言うのです!」

「しかし」と司教が不審そうに言った。「キリストの生涯には一つの結末しかないでしょうが」

「ところが司教様、四つの福音書が語る結末は少しずつ違っています。私は比較してみまして、興奮いたしました。なぜ興奮したかと申しますと、忘れかけていたことを思い出したからなのです。つまり、最後の晩餐は本当は最後の晩餐ではなかった！」

「ほう、とすると何だったのです」

「つまり司教様、幾度かの晩餐のなかの最初の晩餐だったのです。幾度かのなかの最初のものです！　キリストが十字架にかけられ、埋葬されたあとで、シモン・ペテロは他の弟子たちとガリラヤの湖へ魚をとりに出掛けませんでしたか」

「その通りです」

「そして彼らの網には奇蹟のように大量の魚がかかりましたね」

「そうです」

「そして湖の岸に青白い光を見た彼らはそこに上陸し、白熱した炭火のようなものの上で漁(すなど)ったばかりの魚を焼きましたね」

「ああ、そうだ、そうだった」とスミス牧師が言った。

「そして炭火のあかりのむこうに、何かの霊の存在を感じとって、彼らはそれに呼びかけましたね」

「そうでした」

「返事がないので、シモン・ペテロがもう一度『そこにいるのは誰ですか』と囁きましたね。すると、ガリラヤの湖のほとりの、何者とも知れぬ幽霊は、焚火のあかりのなかに手を差し出した。その掌に、釘を打ちこまれた跡、決して直らぬ聖痕がはっきりと認められたのでしたね。

「彼らは逃げ腰になったが、幽霊はこう言いました、『それらの魚を取り上げて、兄弟たちに食べさせなさい』そこでシモン・ペテロは炭火の上で焼いた魚を取り上げて、他の弟子たちに食べさせた。するとキリストの儚い幽霊は言いました、『私のことばを諸国の民に伝え、罪の赦しを祈りなさい』

「こうしてキリストは立ち去りました。私のシナリオでは、地平線にむかって湖の岸辺をキリストに歩いてもらったのです。だれでも地平線にむかって歩くと、だんだん高みへ登って行くように見えるでしょう？　たいていの場所では遠景が高くなっていますからね。で、キリストを演じた役者は湖の岸を歩きつづけ、やがて一つの点に見えるまで遠ざかり、まもなく姿が消えました。

「そして古代の世界に陽が昇ると、湖の岸から一直線につづいていたキリストの足跡は、夜明けの風に吹き消され、まったく見えなくなった。

「灰になった炭火も風に散らされ、弟子たちは本当の最後の晩餐の味をまだ口中に残したまま、そこから立ち去ります。私のシナリオでは、カメラを高い所に据えて、弟子たちが唯一者の物語を諸国に伝えるべく、ある者は北へ、ある者は南へ、ある者は東へと歩いて行く姿を捉えました。そして巨大な車輪の輻のように八方に拡がった弟子たちの足跡もまた、朝風に吹かれ、砂の上から消えてしまう。それは新しい日の始まりであった、というわけでエンド・マークが出ます」

若い神父は頬を真赤に染め、目を閉じて、友人たちの輪のなかに立っていた。それから突然目をあけ、今の自分の立場を思い出したように言った。

「すみません」

「すまないことはない」と、司教が手の甲で目頭を拭い、ぱちぱちまばたきしながら叫んだ。「私を一晩に二度泣かせたことがすまないのかね。きみのキリストへの愛を披瀝（ひれき）したことが恥かしいのかね。そう、きみはそのことばを私に返してくれたのだ！　そのことばを私はもう千年も知っていたような気がするのだが。ああ、きみは私の魂を洗い浄めてくれた、少年の心をもつ善良な若者よ。ガリラヤの湖の岸辺で魚を食べたのが真の最後の晩餐だった。ブラボー。きみはキリストに逢う資格のある人だ。キリストの再来はきみのためになされねばならない、それが当然というものだ！」

「私はそれに値いせぬ人間です！」とナイヴェン神父は言った。

「われわれはみな値いせぬ人間です！　しかし、もし魂の貸し借りが可能なものなら、私は今すぐにでも自分の魂を貸し出して、洗い立てのきみの魂を借りたいくらいだ。みなさん、もう一度乾杯しましょう。ナイヴェン神父に！　さて、もうお開きにしますか、だいぶ遅くなった」

一同は乾杯し、帰り始めた。教父（ラビ）と新教の牧師たちは丘を下ってそれぞれの教会に帰り、あとに残ったカトリックの神父たちは暫く戸口に立って、火星の風景を、冷たい風の吹きすさぶこの不思議な世界を眺めた。

真夜中になり、それから一時、二時、そして火星世界の冷たい午前三時、ナイヴェン神父は寝返りをうった。ろうそくがゆらめいて、そっと囁いたのだろうか。木の葉がかさこそと窓に触れたのだろうか。

群集が叫びながら追いかけてくる夢を見て、突然、神父は起き上った。耳をすました。

階下の遠い所で、表のドアがしまる音が聞えた。

僧衣をまとって、ナイヴェン神父は薄暗い司祭館の階段を下り、一ダースばかりのろうそくがあちこちに光の輪をつくっている教会の内部を通り抜けた。

一つ一つのドアの戸締りを確かめながら神父は思った。教会の戸締りとは馬鹿げている。盗まれるものがどこにあるだろう。それでも神父は暗がりを歩きまわり……。

……教会の正面のドアの錠が外れ、風に吹かれてドアが揺れているのを発見した。

寒さに身震いしながら、神父はドアをしめた。

ぱたぱたと足音がかすかに響いた。

神父はすぐ振り向いた。

教会の内部に人の気配はなかった。ろうそくの炎はそれぞれの場所で右に左にゆらめいていた。蠟（ろう）と香煙の匂いだけが立ちこめていた。それは時と歴史という名の市場で売れ残った、かつての太陽、かつての真昼の残骸のように思われた。

正面の祭壇の上の十字架像をなにげなく眺めていて、神父はぞっとした。暗がりで、一しずくの水がぽたりと落ちる音がしたのである。

神父は教会の奥の洗礼場に、ゆっくりと視線を移した。

そこにはろうそくはともっていないのだが、しかし――

洗礼盤のある小さな壁の凹みのあたりに、青白い光が見えた。

「ケリー司教ですか」と神父は小声で呼びかけた。

ゆっくりと通路を歩いて行く途中で、神父は再びぞっとして立ちどまった。

もう一しずくの水がぽたりと落ち、再び静まったのである。

どこかの蛇口から水が洩れているような音だった。しかし蛇口はどこにもない。洗礼盤だ。洗礼盤のなかへ、何かの液体が一滴ずつしたたり落ちているのだ。心臓の鼓動三つ分の間隔で。

ナイヴェン神父の心臓が奥の方で何かを呟き、いきなり早鐘のように悸ち始めたと思うと、すぐに速度が緩くなり、ほとんど止りそうになった。体中に汗が噴き出た。とても動けないが、動かねばならぬ。一歩一歩ようやく足を動かして、洗礼場のアーチ型の戸口にたどり着いた。

洗礼場の暗がりには、確かに青白い光があった。

いや、光ではない。人のかたち。人影。

その人影は洗礼盤のうしろに立っていた。水のしたたり落ちる音はすでに止っていた。

舌は口のなかでこわばり、目は狂ったように見開かれ、その瞬間、ナイヴェン神父は視力を失ったかと錯覚した。すぐに視力が戻ってきた。神父は思いきって叫んだ。

「だれだ!」

その一語が教会中に反響して、ろうそくの炎ははためき、香炉の埃は舞い上った。「だれだ、だれだ」と繰り返されるこだまが神父を震えあがらせた。

洗礼場の唯一のあかりは、神父と向き合って立っているその人影の青白い衣服が放つ光だった。その光のなかで、信じられないことが始まった。

ナイヴェン神父が見守るうちに、人影は動いた。洗礼場の空中に、青白い一本の手が突き出された。

その手はあたかも幽霊の本体から独立した生きもので、ナイヴェン神父の恐怖に魅せられた視線に引き寄せられて、いやいやながらそこに浮んでいるかのように見えた。その開かれた白い掌の中央にあるものを見せるために。

それはぎざぎざにあけられた一個の穴だった。その穴からゆっくりと、一滴また一滴、血がしたたり落ち、ゆっくりと洗礼盤のなかに消えた。

血のしたたりは聖水にぶつかり、それを血の色に染め、小さな漣(さざなみ)を立てて溶解した。明滅を繰り返す神父の視野のなかで、その手は一瞬くっきりと突き出された。

神父はひどく殴られでもしたように、悲鳴をあげて床にがっくり膝をついた。心の半ばは絶望に、半ばは啓示に満たされた。神父の片手は目を覆い、もう一方の手は幻を追い払おうとするように動いた。

「ちがう、ちがう、ちがう、ちがう、そんな筈はないい！」

まるで誰か恐ろしい歯医者が神父に襲いかかり、麻酔もせずに、一挙動で、血まみれの魂を神父の肉体から引き抜いたかのようだった。自分がこじあけられ、生命をひきずり出されるのを神父は感じた。それに、ああ、この根の……深いこと！

「ちがう、ちがう、ちがう！」

いや、そうではない。

指の隙間から神父はもう一度見た。

男はそこにいた。

血を流しつづける恐ろしい掌が洗礼盤の上で揺れていた。

「もうやめてくれ！」

掌が遠ざかり、消えた。幽霊は何かを待ち受けるように立っていた。

そして精霊の顔は善良な、見馴れた顔だった。深い、刺すような、奇妙に美しい目は、昔から神父が予想していた通りの目だった。口にはやさしさがみなぎり、頭髪とあご鬚にふちどられた顔全体は青白かった。着ているものは、ガリラヤの岸辺や荒地で用いられたのと同じ、素朴きわまる長衣だった。

神父は意志の力をふりしぼって、涙がこぼれそうになるのを堪え、内部で荒れ狂って今にも外へ溢れ出そうな驚き、疑惑、衝撃など、ぶざまな苦しみのかずかずを抑えつけた。神父は震えた。

そして気づいたのは、この人影、精霊、男、幽霊、なんでもいい、この相手もまた震えているということだった。

まさか、と神父は思った。そんなことがあるのだろうか。こわいのか……私が？　まるで鏡に映った神父自身の分身のように、精霊は今や神父そっくりの苦しみに身を震わせ、口を大きくあけて喘ぎ、目を閉じ、呻き声を洩らした。

「ああ、お願いだ、逃がしてくれ」

これを聞いて、若い神父はいっそう大きく目を開き、喘いだ。そして思った。でもあなたは自由ではないか。だれもあなたを引き止めてはいない！

その刹那、「いや、ちがう！」と幻影は叫んだ。「あなたが引き止めている！　お願いだ！　視線をそらしてくれ！　あなたに見られれば見られるほど、私はこんなふうになってしまう！　私の正体は見かけとは全く違うのだ！」

しかし、と神父は思った、私は何も喋らなかった！　唇も動かさなかった！　どうして私の考えることがこの幽霊にわかるのだろう。

「あなたの考えることは全部わかる」と幻影は青白い姿で震えながら言い、洗礼場の奥の暗がりへじわじわと引き下った。「一語一語まで全部わかる。私は来るつもりではなかった。ついふらふらと町へ入ってしまった。突然、逢う人ごとに私はいろんなものに変化した。私は走った。みんな追って来た。私はここまで逃げて来た。ドアがあいていた。私は入った。それから——ああ、それから、つかまってしまった」

　そんなことはない、と神父は思った。

「いや」と幽霊は呻いた。「あなたにつかまったのだ」

恐怖よりもいっそう重い啓示の重みに喘ぎながら、神父は洗礼盤のふちに摑まって、よろよろと立ち上った。それから思い切って質問を口に出した。

「あなたの正体は……見かけとは全然違うと言ったね」

「そうだ」と相手は言った。「許してほしい」

　私は発狂しそうだ、と神父は思った。

「発狂しないでほしい」と幽霊は言った。「でないと私もあなたと一緒に狂気に引きずりこまれてしまう」

「おお神よ、これほど永い年月夢みたあなたが遂に現れた以上、あなたを諦めるわけにはいかない。わかるだろう、それではあまりにも惨(むご)すぎる。二千年も人々が待ちに待ったあなたの帰還なのだ！　そして余人ならぬ私があなたに逢い、あなたの姿を見て——」

「あなたは自分の夢に逢っているだけだ。あなた自身の欲求を見ているだけだ。こういうものの蔭にいる私は——」人影は自分の長衣や胸に触れた。「——全然別のものだ」

「じゃ私はどうしたらいいんだ！」神父はとうとう癇癪（かんしゃく）を起し、天をふり仰ぐかと思うと、目の前の幽霊を睨（にら）みつけた。その叫びを聞いて、幽霊は身震いした。「どうしたらいいんだ」

「視線をそらしてくれ。その隙に私はドアから外へ出て、帰る」

「たった——それだけか」

「お願いだ」と男は言った。

　神父は震えながら何度か深く息を吸いこんだ。

「ああ、この瞬間がせめて一時間でも続いてくれたら」

「私を殺す気なのか」

「ちがう！」

「これ以上私を引き止めて、むりにこのかたちに縛りつけておいたら、私は必ず死ぬ」

　神父は手の甲を噛み、悲しみが痙攣のように背筋を走るのを感じた。

「じゃ、あなたは——火星人なのか」

「それ以外の何者でもない」

「で、あなたをそういう姿にしたのは、私の頭のなかの考えだというのか」

「あなたには悪意はなかった。あなたが階段を下りて来たとき、あなたの昔からの夢が私をつかまえ、この姿に変えてしまった。あなたの秘かな願いに傷つけられて、私の掌はまだ血を流している」

神父は茫然となって頭を振った。

「ちょっと待ってくれ……もう少しだけ……」

幽霊の立っている暗がりを、神父は執拗に、飢えた目で見つめた。その顔は美しかった。それに、ああ、その手は愛らしく、形容を絶していた。

神父はうなずいた。一時間前に本当のゴルゴタの丘から戻って来たかのように、神父は悲しかった。一時間はすでに過ぎ去った。ガリラヤの湖のほとりの炭火は消えかけていた。

「もし――もしあなたを帰したとして――」

「もしではなく、ぜひともそうしてほしい!」

「もし帰せば、約束してくれるだろうか――」

「何を」

「また戻って来ると約束してくれるか」

「戻って来る?」と暗がりの人影は叫んだ。

「一年に一度でも構わない。一年に一度でいいから、この教会に、この洗礼盤に、同じ時刻に戻って来てくれないか――」

「戻って来る――?」

「約束してくれ！　ああ私はこの瞬間をもう一度経験したいのだ。それがどんなに重要なことか、あなたにはわかるまい！　約束してくれ、でないと私はあなたを放さない！」

「私は――」

「約束してくれ！　誓ってくれ！」

「約束する」と暗がりのなかの青ざめた幽霊は言った。「誓う」

「ありがとう、ああ、ありがとう」

「一年後のいつ、戻って来ればいいのだろうか」

涙が若い神父の頬を伝っていた。もう自分が何を言いたいのかもわからず、口に出したことばはほとんど聞えなかった。

「復活祭。そう、そうだ、一年後の復活祭に！」

「お願いだ、泣かないでくれ」と人影は言った。「戻って来るから。復活祭だね。わかった。あなた方の暦は知っている。それでは――」傷ついた青白い手が嘆願するように空中で静かに動いた。「もう行っていいだろうか」

神父は悲しみの叫びが爆発するのを抑えようと唇を噛んだ。「私を祝福してから行ってくれ」

「こんなふうに？」と声が言った。

手が伸びてきて、ごく軽く神父に触れた。

なさい。走るんだ！」

「早く！」と、目を閉じ、相手をつかまえたいのをこらえようと、握りしめた拳を肋骨に押しあてて、神父は叫んだ。「行きなさい、私に永久につかまらぬうちに。走りなさい。走るんだ！」

青白い手がもう一度、神父の額に触れた。ぱたぱたと裸足の音が響いた。

遠くでドアがあいた。ぴしゃりと閉じた。

そのぴしゃりという音は永い時間かかって教会のすみずみにまでこだました。自由を求めて盲滅法に飛ぶ小鳥のように、すべての祭壇、すべての小部屋に、そして祭壇のうしろの後陣にまでぶつかった。やがて教会中の震動は収まり、神父はいかに振舞い、いかに呼吸するかを自分自身に教えるように、胸に両手をあてた。静かにしろ、落ち着け、背筋をのばして……。

それから、よろめく足を踏みしめ、ドアまで歩いた。ドアをあけて外を見たい、と神父は思った。通りにはもう人の姿はないだろう。ひょっとすると遠くへ逃げて行く白衣の姿が見えるかもしれない。だが神父はドアをあけなかった。

やりかけの仕事を思い出したことを喜びながら、神父は教会の中を歩きまわって、ドアの戸締りを確かめた。すべてのドアをまわるのはかなりの道のりだった。次の復活祭までもかなりの道のりがある。

洗礼盤の前で立ちどまり、赤みの全然ない澄んだ水を神父は見つめた。片手をその水に浸して、額や、こめかみや、頬や、まぶたをその手で冷やした。

それから通路をゆっくりと歩いて行って、祭壇の前に身を投げ出し、もはや何の気兼ねもなく思いきり泣いた。吊された鐘が沈黙している鐘撞堂にまで、悲しみの声が立ちのぼり、そこから再び戻ってくる同じ声が聞えた。

神父が泣いたのには理由がたくさんあった。

神父自身のこと。

つい今し方までここにいた男のこと。

岩をとり除き、空っぽの墓を発見するまでの永い時間のこと。

シモン・ペテロが火星の岸辺でもういちど幽霊に逢うまでの、神父自身がシモン・ペテロになるまでの永い時間のこと。

そして何よりも、神父が泣いた最大の理由は……ああ、それは……この夜の出来事を死ぬまで誰にも話せないことなのだった……。

第五号ロボットＧＢＳ

「チャーリー！　どこへ行くんだ」

ロケットの乗組員たちが擦れちがいざまに声をかけた。

チャールズ・ウィリスは返事をしなかった。

真空チューブに入り、親しげにざわめく宇宙船の内臓のなかを、ウィリスは下って行った。下りながら思った。これからがすばらしい一時（ひととき）なのだ。

「おい！　御旅行かい」とだれかが言った。

そう、死んではいても生きている、冷たいけれども暖かい、永遠に触れられないがなぜか手を差しのべてくれる、その人に逢いに行くのだ。

「馬鹿！　間抜け！」

声がこだました。ウィリスは微笑した。

そのとき反対側のチューブを上って行く親友のクライヴの姿が見えた。ウィリスは目をそらしたが、貝殻型の耳ラジオを通じてクライヴは声をかけてきた。

「おい、一緒に遊ばないか！」

「あとで！」とウィリスは言った。

「ちゃんとわかってるぜ、お前の行くとこは。馬鹿だな！」

クライヴは上昇して行き、ウィリスは両手を震わせながらゆっくりと下降して行った。

靴が床に触れた。その瞬間、ウィリスは新たな喜びが涌きあがるのを感じた。ロケット内部の秘められた機械装置のあいだを、ウィリスは歩いて行った。まったく、連中はどうかしている、とウィリスは思った。この宇宙船は宇宙のただなか、地球から百日の距離を航行しているというのに、乗組員の大部分は蛤型の閉じたベッドに寝そべって、さわったり唄を歌ったりしてくれる催淫生理装置のダイヤルを夢中で調節している。一方おれは？　とウィリスは思った。これだ。

小さな倉庫室があり、ウィリスは覗きこんだ。

その永遠の暗がりに老人が坐っていた。

「もしもし」とウィリスは言い、老人の反応を待った。

「ショー」とウィリスは囁いた。ああ、ジョージ・バーナード・ショー先生（その頭文字がGBS）」

一つの概念を吞み下したかのように、老人の目がぱっちり開いた。

手は骨ばった膝を摑み、口からはけたたましい笑いが洩れた。

「いや、わたしはだんぜん味方だぞ」

「だれの味方です、ショー先生」

ショー氏は明るい青い目でチャールズ・ウィリスを見た。

「宇宙のさ！　宇宙は思う、ゆえにわれ在り！　従ってわたしは最良の味方だろう？

まあ坐んなさい」

ウィリスは薄暗い通路に腰を下ろし、再びここへ来たことの喜びを噛みしめるように両膝をかかえた。

「きみの心を読もうか、ウィリス。この前話し合ってから今まで何をしていたか、あててみせようか」

「ショー先生、あなたは人の心も読むんですか」

「いや、幸いそんなことはできない。わしがジョージ・バーナード・ショーの姿をした楔形（せっけい）文字板記念ロボットであるばかりか、きみの頭の中を覗きこみ、きみの夢まで語るとしたら、恐ろしいことじゃないかね。それこそ嫌がらせの極致だ」

「それでなくてもあなたの嫌がらせは有名ですよ、ショー先生」

「これは一本やられたな。いや、まったく」老人は細い指で赤茶けたあご鬚（ひげ）をひねくり、それからウィリスの脇腹をそっとつついた。「ところで、この宇宙船の乗組員でわしを訪問してくるのが、きみ一人というのは、これはどういうことかな」

「それは、あの、つまり――」

青年の頬がぱっと赤くなった。

「ああ、そうか、わかるよ」とショーは言った。「上の巣箱じゃ仕合せな働き蜂どもが、甘ったるい唄を聞かせてくれる玩具や、きんきらきんの女の人形のねじを夢中で巻いているところなんだね」

「たいていは唖の人形ばかりです」

「そう、結構。以前は必ずしもこうじゃなかった。この前の旅行では、私の戯曲の登場人物の名前や、戯曲の構想・アイデアだけを使ってするスクラブル・ゲームを、船長に挑まれたりしてな。それにしても、きみ、こんな所で、こんないやな爺さんと顔を突き合わせているのは、どういうわけなんだ。上の連中ともっと気楽な楽しい遊びをしたいとは思わないのかい」

「長い旅ですからね、ショー先生。二年がかりで冥王星のむこうまで行って来る旅です。上の連中は時間がありあまっています。それなのに、ここへ来る時間はないんです。ぼくは山羊の夢も見ますが、聖人の夢も見ますからね」

「なかなかうまいことを言う!」老人は身軽に立ち上り、あご鬚をケンタウルス座のアルファ星に向けたかと思うと、オリオン大星雲に向けたりして、行ったり来たり歩き始めた。

「今日のメニューは何にしようかな、ウィリス。『聖ジョーン(ジャンヌ・ダルク)』からでも始めようか。それとも……」

「おい、ウィリス……」

ウィリスはぴくりと頭を動かした。貝殻型のラジオが耳のなかで囁いた。「ウィリス! こちらクライヴ。きみは夕食に遅れたぞ。どこにいるかはわかってるんだ。今すぐ下りて行く。そのまま、そこに——」

ウィリスは自分の耳を叩いた。声はとぎれた。

「ショー先生、早く！　あなたは、あの、走れますか」

「イカルスは太陽から遠ざかるか。さあ一っ走りだ！　この細い脚でもきみには負けないよ！」

二人は走った。

エア・チューブの代りに螺旋階段を駆け上り、一番上の踊り場で振り返ると、ちょうど小さな倉庫室へ入って行くクライヴの姿がちらと見えた。ショーがいくたびも死んでは再び目醒めるその墓場へ。

「ウィリス！」とクライヴの声が聞えた。

「地獄へ落ちやがれ」とウィリスが言った。

ショーは顔を輝かした。「地獄？　地獄のことならわしはよく知ってる。さあ。景色を眺めに行こうじゃないか！」

笑いながら二人はフェザー・チューブに入り、上昇して行った。

そこは星々の場所だった。

つまり、その気にさえなれば、やって来て宇宙を心ゆくまで眺めることのできる、この宇宙船のなかで唯一の場所だった。そこに立てば、神々の狂った搾乳場からクリームを流し、流しつづけることを決してやめない、何億何兆もの星々を眺めることができた。だが見方を変えれば、それは創造に疲れたエホバの神の夢魔から生み出されたすばらしい怪物、あるいは突然変異の化けものというふうにも考えられた。悪魔的な無数の太陽と、そのまわりを回る無数の恐竜世界。

「それはみな単なる思念にすぎないよ」と、横目で若い仲間をちらと見ながら、ショー氏が意見を述べた。

「ショー先生！　やっぱり人の心が読めるんですね」

「下らない。わしは顔の表情を読むだけさ。きみの顔は素通しのガラスだ。今もちょっと見ただけで、悩めるヨブや、モーゼと燃える柴など、いろいろ見えたよ。さて。空の深みを眺めようじゃないか。百億年前に神が神自身と衝突して、宇宙空間を産み出した。それ以来、今日までに神が造り出したものを、見てみようじゃないか」

二人はそこに立って宇宙を観察し、十億もの星を数えた。

「ああ」と突然、青年が呻き、その目から涙が流れた。「あなたが生きておられた時分に、ぼくも生きていたらどんなによかったか。本当のあなたと知り合っていたら、どんなによかっただろう」

「このショーは最良だよ」と老人は言った。「パイの中身は極上で、粗悪品は一切使用してないさ。フロックコートの裾は人間よりはましなんだ。裾につかまって生きながらえることだね」

神の最初の思いつきのように広大に、神の最初の息遣いのように深く、宇宙はその全貌を現していた。

一人は背が高く、一人は低く、二人は窓からアンドロメダ大星雲のみごとな眺めを楽しんだ。もっと近くに見たい場合は、ボタンの一押しで拡大装置が働き、どんな天体もすぐそばに引き寄せることができた。

しばらく舐めるように星の観望を楽しんでから、青年は深い溜息をついた。

「ショー先生……？　話して下さい。ぼくがどんな話を聞きたいか、おわかりでしょう」

「そうかな？」ショー氏は目をぱちぱちさせた。

二人の眼前には空間のすべてが、宇宙のすべてが、天体と夜のすべてが、星のすべてが、星間物質のすべてがあり、宇宙船は音もなくそのコースを進み、乗組員たちは仕事やゲームやエロチックな玩具を相手の遊びに忙しかった。この二人だけが宇宙の神秘を観望し、語らねばならぬことを語り合っていた。

「話して下さい、ショー先生」

「そう、それでは……」

ショー氏は二十光年ばかり離れた一つの星に視線を据えた。

「われわれとは何か」とショー氏は自問した。「そう、われわれとは、想像力と意志とに姿を変えたエネルギーと物質の奇蹟だ。実に信じがたい。形態の実験をつづける生命力だ。きみはその一例。わしもその一例。かつて宇宙は生命の叫びを発した。わわれわれはその叫び声の一つだ。創造は渾沌のなかで行われる。われわれは形態を夢みて、創造に干渉した。虚ろな空間は眠りに満たされていた。何億回、何兆回の光の爆撃を受けて、己れをまだ知らぬ物質、動きながら眠っていた物質は、遂に目を生み出し、目醒めた。大多数の飛ぶもの、無知なるもののなかにあって、われわれは数十億光年の彼方の墓場からラザロのように手探りする盲目の力だ。われわれはわれわれ自身を呼び出す。われわれは言う、おお、ラザロの生命力よ、今こそ現れよ、と。すると、もろもろの死の運動である宇宙は、時の彼方から手探りして己れの肉に触れ、それがわれわれの肉であることを知る。われわれは両方向から探り合い、お互いに奇蹟を発見する。なぜならわれわれは唯一者であるから」

ショー氏は振り向いて、若い友人の表情をうかがった。

「まあ、こんなところだ。満足したかね」

「ええ、もちろんです！　ぼくは――」

青年のことばがとぎれた。

二人のうしろ、展望室の戸口に、クライヴが立っていた。その背後から、乗組員たちと等身大の人形とがエロチックなゲームにふけっている船室の音楽が漂ってきた。

「こんな所で」とクライヴが言った。「一体全体何を――？」

「何をしているかと？」ショー氏は明るい声でさえぎった。「二種類のエネルギーを混同したのでは混乱を招くだけだ。いいかね、この機械は――」と自分の胸に触れ、

「コンピューターにプログラミングされた〈年寄りの冷水〉で喋りつづけ、こちらの遺伝因子の塊は——」と若い友人を顎で指して、「生の感情、愛のこもった真の感情でそれに答えているのさ。両者を加え合せるとどうなるか。ビスケットに塗られ、おやつの時間にむしゃむしゃ食われてしまう伏魔殿マーマレードといったところかな」

クライヴはウィリスに視線を向けた。

「おい、お前は馬鹿だよ。晩めしのとき、みんな笑っていたぞ。お前とこの爺さんとで、ただ喋るだけだ、って！　ただ喋るだけか！　いいか、あと十分でお前の当直時間だ！　忘れるなよ！　なんてざまだ！」

クライヴは戸口から消えた。

ウィリスとショー氏は無言で下降チューブに入り、巨大な機械装置の下の倉庫室に戻った。

老人は再び床に腰を下ろした。

「ショー先生」ウィリスは低く鼻を鳴らしながら頭を振った。「どうしてだろう。ぼくの知っている誰よりも、あなたのほうが生き生きしてるように見えるのは、なぜですか」

「それは、きみ、なんということはない」と老人はやさしく言った。「きみが手を暖めているものは概念だろう？　わしは概念や、ちょっとした思いつきの細工物でいっぱいの、歩く記念碑であり、哲学や警句を喋りちらす電気人形だよ。きみは概念が好きなんだ。わしは概念の容れ物だ。きみは動く夢が好きで、わしは動く。きみはお喋りが好きで、わしは申し分のないお喋りだ。きみとわしは一緒にケンタウルス座のアルファ星を嚙み砕いて、宇宙の神話を吐き出す。ハレー彗星の尻尾にまたがって煙草を吸い、〈馬の首〉星雲を悩ます。終いに〈馬の首〉が降参して、われわれの創造に参加するまでな。きみは図書館が好きで、わしは図書館そのものだ。脇腹をくすぐってごらん、わしはメルヴィルの白鯨でもなんでも吐き出すから。耳をくすぐってごらん、きみがすぐにでもそこに住みたくなるようなプラトンの共和国を舌先三寸で作ってみせるから。きみはおもちゃが好きで、わしはおもちゃだ。途方もない遊び道具だ、コンピューターの組みこまれた――」

「――友人です」とウィリスは静かに言った。

ショー氏はウィリスを見つめた。鋭いというよりはむしろ温かい目で。

「友人か」とショー氏は言った。

ウィリスは立ち去ろうとして、足をとめ、暗い倉庫室の壁に寄りかかっている奇妙な老人の姿を、もう一度じっと見つめた。

「なんだか――帰るのが心配です。あなたの身に何か起るような予感がして」

「わしは生きながらえるよ」とショーは辛辣に答えた。「ただ、一つだけ船長に警告しておいてくれないかな、大きな流星雨が接近しつつあるとな。コースを二、三万マイルずらしたほうがいい。わかったね？」

「わかりました」だがウィリスはまだ帰ろうとしなかった。

「ショー先生」と、ようやくウィリスは言った。「あの……ぼくらが眠っているとき、あなたは何をするんですか」

「何をするかと？　いやはや、なんという質問だ。わしは自分の音叉に耳をすますのさ。それから右耳と左耳のあいだでシンフォニーを書くんだ」

ウィリスは立ち去った。

くらやみに一人残された老人は、うなだれた。その甘い寝息にまじって、目に見えぬ蜜蜂の巣箱のような音がかすかに唸り始めた。


四時間後、当直を終えたウィリスは、自分の寝台にもぐりこんだ。

うすやみのなかで人間の口が待っていた。

クライヴの口だ。それは唇を舐め舐め囁いた。

「みんな言ってるぞ。お前はどうかしてるって。二百年昔のインテリ爺さんのとこへ通いつめるなんて、馬鹿げてるよ。あしたあたり精神科の医者に呼ばれて、ドタマにX線かけられても知らないからな！」

「きみらが毎晩やってることよりは、いくらかましだと思うね」とウィリスは言った。

「おれたちのやることはおれたちの勝手だろう」

「じゃ、ぼくのすることもぼくの勝手だろうが」

「しかし異常だよ」舌は唇を舐め、ちろちろ動いた。「今晩なんか、お前に見せたかったたぜ。でっかい人形をぜんぶ集めてきて、部屋のまんなかに積み重ねて――」

「そんな話、聞きたくもないよ！」

「そうかい、そうかい」と口は言った。「じゃ、一っ走り、お前の友達の老紳士のとこへ行って、こういう話を聞かせたら――」

「あの人に近寄るな！」

「いやあ、わからんぞ」暗がりで唇が動いた。「お前だって四六時中見張ってるわけにもいかないだろう。お前がぐっすり眠ってるあいだに、だれかがあいつに――ちょっと細工するってのはどうだい。回路をちょっぴりいじくって、『聖ジョーン』の代りに漫談を一席ってのは？　は、は。まあ考えてみろよ。長い旅だ。みんな退屈してる。こういういたずらをやって、お前が泡をくうとこを見物するのは何ものにも換えがたいからな。まあ気をつけな、チャーリー。おれたちと一緒に遊べば問題はないんだから」

　ウィリスは目を閉じたまま、炎のようなことばを吐き出した。

「だれでもショー先生にさわったりしてみろ、ぼくが間違いなく殺してやる！」

　そして乱暴に寝返りをうち、手の甲を噛んだ。

　うすやみのなかで、クライヴの口がまだ動いていた。

「殺す？　おやおや。可哀想に。まあ、いい夢でも見ろよ」

一時間後、ウィリスは薬を二錠のみ、ほとんど気絶するように眠りに落ちた。

真夜中に聖ジョーンが火刑台で焼かれる夢を見た。夢の途中で、ロープや葡萄の蔓に固く縛められた田舎娘は、いつのまにか老人の姿に変った。老人のあご鬚は炎が届かぬうちから火のように赤く、明るい青い目は炎を無視し、きっと永遠を見つめていた。

「邪教を捨てよ！」と声が叫んだ。「悔い改めて、邪教を捨てよ！　捨てよ！」

「悔い改めることは何一つない、従って何かを捨てる必要も全然ない」と老人は静かに言った。

炎が狂ったねずみの群のように老人の体を包んだ。

「ショー先生！」とウィリスは金切声をあげた。

そして跳び起きた。

シ、シ、ショー先生。

寝室は静かだった。クライヴは眠っていた。

その顔に微笑みが浮んでいた。

その微笑みを見てウィリスは小さな叫び声を発し、あとじさりした。そして服を着た。走った。

秋の枯葉のように下降チューブを舞い下りた。一瞬一瞬がひどく永く、自分がどんどん老いて、重くなってゆくように感じられた。

老人が「眠って」いる倉庫室は、何やら異様に静かだった。

ウィリスはかがみこんだ。手が震えた。やっと老人に触れた。

「先生――？」

動きがない。あご鬚は逆立たなかった。目も青い炎と燃えはしなかった。唇もやさしい悪罵に震えはしなかった……。

「ああ、ショー先生」とウィリスは言った。「死んだんですか、ほんとに死んでしまったんですか」

もはや喋らず、動かず、コンピューターで思考しなくなったとき、ロボットは「死んだ」といわれるが、その意味で老人はまさしく死んでいた。老人の夢想も哲学も、その固く閉じられた唇のなかの雪だった。

ウィリスは死体を裏返し、肌につけられた切り傷あるいは打撲傷を探した。

これから先の歳月のことをウィリスは思った。一緒に歩いたり、語り合ったり、笑ったりするショー先生のいない、永い旅の日々。倉庫の棚には女たちがいる。そう、夜、寝床のなかで奇妙なテープの笑いを笑い、機械じかけの奇妙な動きを繰り返し、数限りない世界で数限りない夜々に幾度となく口にされた馬鹿げたせりふを喋りちらす女たちが。

「ああ、ショー先生」とウィリスはやがて呟いた。「一体だれがこんなことをしたのです」

馬鹿な質問だ、と記憶に残るショー氏のなつかしい声が囁いた。きみは知っている筈だよ。

ぼくは知っている、とウィリスは思った。

そして一つの名前を呟き、走り去った。

「畜生、あの人を殺したな！」

ウィリスはクライヴの夜具を摑み、その瞬間、まるでロボットのようにクライヴは目をぱっちり開いた。微笑みは依然として残っていた。

「生きていなかったものを殺すことはできないだろう」とクライヴは言った。

「こいつ！」

ウィリスはクライヴの口のあたりを一発殴った。クライヴは唇の血を拭き拭き、妙に野性的に笑いながら立ち上った。

「あの人に何をしたんだ」とウィリスは叫んだ。

「大したことはしてないよ。ただ――」

しかし二人の会話はこれで終りだった。

「配置につけ！」と声が叫んだ。「衝突の危険あり！」

ベルが鳴った。サイレンが悲鳴をあげた。

ウィリスもクライヴも腹立たしげにぶつぶつ言いながら、寝室の壁から非常用の宇宙服とヘルメットを下ろした。

「えい、くそ、くそ――く――」

最後の「くそ」を半分だけ言いかけて、クライヴは喘いだ。突然ロケットの横腹に穴があき、クライヴの姿はかき消えた。

一秒の何十億分の一かのあいだに、流星が衝突し、飛び去ったのだった。宇宙船には小さな自動車ほどの穴があき、そこから船内の空気はみるみる吸いとられていった。なんということだ、とウィリスは思った、クライヴは永久に行ってしまった。

ウィリスが助かったのは、そばにあった梯子のおかげだった。吸い出されてゆく空気の激流が、ウィリスをその梯子に叩きつけたのだ。瞬間、ウィリスは動くことも呼吸することもできなかった。次の瞬間、吸い出しは終り、船内の空気はすっかりなくなった。あわてて宇宙服とヘルメットの圧力を調整し、あたりを見まわすと、傾いた宇宙船はまるで宇宙戦争に巻きこまれて爆撃されたような有様だった。乗組員たちは狂ったように叫びながら、到る所で走って、というより空中に浮遊していた。

ショー。思いもかけずその名前が心に浮び、ウィリスは苦笑した。ショー。

流星群の最後の流星がロケットの機関部に衝突し、宇宙船をまっぷたつに断ち割った。ショー、ショー、ああ、ショー、とウィリスは思った。

引き裂かれた気球が、そのガスのせいで更に分解を促進されるように、ロケットがばらばらになるのをウィリスは見た。狂乱する乗組員たちは、学校からも人生からも解き放たれ、すべてから解き放たれ、お互いにもう二度と顔を合せることなく、別れの挨拶をする暇さえなく、宇宙船の破片に縋（すが）りついたまま飛び散っていった。それは突然の別れであり、驚きそのものともいうべき死と孤独だった。

さようなら、とウィリスは心のなかで言った。

だがそれは本当の別れではなかった。ウィリスの耳ラジオには、泣き声や嘆きの声が少しも聞えてこなかった。全乗組員のなかで、ウィリスは最後の、ただ一人の生存者なのだ。宇宙服とヘルメットと酸素のおかげで奇蹟的に助かったのだ。何のために？　一人ぼっちで落ちて行くためにか？

一人ぼっちで。落ちて行く。

ああ、ショー先生、ああ、先生、とウィリスは思った。

「電話一本で出前迅速」と一つの声が囁いた。

まさか。しかし……。

まるで気紛れな神の息の一吹きに吹き飛ばされたように、くるくる回転しながら、赤いあご鬚と明るい青い目をもつ古い人形が、暗黒のなかを飛んで来た。

ウィリスは本能的に両腕を差しのべた。

笑顔で、はあはあいいながら、老人はその腕のなかに跳びこんできた。はあはあいうのはこの老人のただの癖なのかもしれない。

「やれやれ、ウィリス！　ひどい目にあったな」

「ショー先生！　死んだんじゃなかったんですか！」

「下らない！　だれかが配線をいじったのさ。今の衝突のショックでそれが元に戻った。線が切れたのはこの顎の下のところだよ。悪党め、ここを切ったんだ。もしまたわしが死んだら、顎の下を軽く叩いて、線をつなげておくれ。わかったね」

「はい、わかりました！」

「ウィリス、きみは現在、食料をどれくらい持っている」

「宇宙空間で二百日分は充分にあります」

「そりゃまた結構、結構だ！　で、自動リサイクル酸素供給器も二百日保つかね」

「はい、保ちます。ショー先生、あなたのバッテリーはどれくらい保つでしょう」

「一万年さ！」と老人は楽しげに言った。「ほんとだよ、嘘じゃない！　わしには宇宙の光を集める太陽電池がそなわっているから、回路が擦り切れるまでは保つんだ」

「つまり、ぼくが食べたり息をしたりをとっくにやめたあとでも、ショー先生、あなたのお喋りはまだ続くということですね」

「だったら、きみは食料の代りに話を食べ、空気の代りに酸素や窒素の分子を吸いこむことだな。しかし何よりもまず、救助の可能性を考えてみよう。チャンスはどうかね」

「ロケットはよくこの辺を通ります。ぼくは送信機を持っていますし――」

「それなら今すぐでもこの宇宙の闇にむかって、ここで老いぼれバーナード・ショーと一緒にいますと呼ばわることもできるわけだな」

老いぼれバーナード・ショーと一緒、とウィリスは心のなかで繰り返し、にわかに暖かみが手足にゆきわたるのを感じた。

「では、チャールズ・ウィリスくん。救助を待つあいだに、どうしようかね」

「救助を待つあいだにですか。それはもちろん――」

二人は宇宙空間を漂っていった。孤独であって孤独ではなく、恐ろしくはあっても高揚した気分で、二人はなんだか急にことば少なになった。

「話して下さい、ショー先生」

「何を」

「おわかりでしょう。もう一度話して下さい」

「そうか。それでは」二人は手をつなぎ合い、ゆっくりと回転していた。「生命とは不思議なものではないか。物質とエネルギー。そう、知性と意志とに姿を変えた物質とエネルギーだ」

「それがわれわれの本質なんですね、先生」

「その通りだ、どんな宝ものをどれだけ賭けてもいい、それがわれわれの本質なのだ。もっと語ろうかね、ウィリスくん」

「先生、お願いします」とウィリスは笑って言った。「もっと聞かせて下さい！」

　こうして老人が語れば若者は聴き、若者が語れば老人はひやかし、二人は食べては喋り、喋っては食べながら、視野の彼方、宇宙の一廓へ落ちて行った。若者は固形の宇宙食をかじり、老人は太陽電池の目で太陽の光をむさぼり、こうして最後に目撃されたとき、二人はさかんに手を振りまわしながらお喋りしていたが、やがて二人の声は時のなかに消え、太陽系は寝返りをうって、二人を闇と光の毛布で覆った。このあと、行方不明の子供たちを探すラケルという名の救助船がやって来て、二人を発見することになるか否かは、だれにもわからないし、本当のところ、それは蛇足というものではなかろうか。

非の打ち所ない殺人

それは一点の非の打ち所もない、信じられぬほど愉快な殺人計画だったので、アメリカ大陸を横切るあいだ、私はほとんど心も空の状態だった。

その計画を思いついたのは、なぜか私の四十八歳の誕生日のことだった。なぜ三十歳あるいは四十歳のときに思いつかなかったのかはわからない。たぶんその頃はよき時代で、私は時代の波をわけて悠々と航海しつづけていたから、時間や時計のこと、そしてこめかみに白いものがふえたことや、目の下に隈ができたことは意識しなかったのかもしれない……。

いずれにせよ、四十八歳の誕生日の夜、子供たちは月光の忍び入るそれぞれの部屋で眠り、私はベッドで妻と並んで横になっていたとき、突然思ったのだ。

今こそ起って、ラルフ・アンダーヒルを殺しに出掛けよう。

ラルフ・アンダーヒル！　と私は叫んだ。そりゃ一体全体何者だ。

三十六年も経った今、殺すのか。何のために。

それはもちろん、あいつが十二歳の私にしたことのお返しだ、と私は思った。

一時間ばかり経って、物音を聞きつけた妻が目をさました。

「ダグ」と妻は呼んだ。「何してるの」

「支度だ」と私は言った。「旅行の」

「まあ」と妻は呟き、寝返りをうって、再び眠りに落ちた。

「発車！　発車します！」と、プラットホームで赤帽たちが叫んだ。

汽車は身震いし、がたんと動いた。

「行ってくるよ！」と、ステップに跳び乗って私は叫んだ。

「この次は飛行機にしてね！」と妻が大声で言った。

飛行機？　と私は思った。大平原を横切りながらじっくり殺人計画を練る楽しみが台なしになる。拳銃に油をさしたり弾丸をこめたりする楽しみが、三十六年前の片をつけに私が出現したときのラルフ・アンダーヒルの顔を空想する楽しみが、台なしになるではないか。飛行機？　いっそ大きな荷を背負って徒歩旅行をして、夜になれば焚火をたいて、自分の胆汁や酸っぱい生唾を呑み、ミイラ化してもまだ生きている古い敵意を食べて飢えをしのぎ、生涯消えない疵痕にさわってみるほうがまだましだ。

飛行機だと⁉

汽車が走り出した。妻の姿が遠ざかった。

過去への旅が始まった。

二日目の夜、カンザス州のまんなかで、すてきな雷雨にぶつかった。私は午前四時まで寝つけずに、荒れ狂う風や雷の音に耳を傾けた。嵐が最高潮に達したとき、冷たい窓ガラスに映った自分の顔のネガ写真を眺めて、私は思った。

あの馬鹿はどこへ行くんだ。

ラルフ・アンダーヒルを殺しに！

なぜ。その理由！

奴に腕を殴られたのを憶えているだろう。痣になった。私の両腕は痣だらけだった。黒ずんだ青い痣、まだらの黒い痣、奇妙な黄色い痣。殴りつけては轢き逃げのように逃げてしまう、それがラルフだった。轢き逃げのように――

それでも……ラルフが好きだったのだろう？

そう、少年が八歳、十歳、十二歳の頃は、そんなふうに好きになったりするものだ。なにしろ邪気のない時代で、悪い少年といっても自分では何をしているのかわからずに、ただ悪いことをするのだから。そんなわけで、ある意味では、私は殴られなければならなかった。親友同士だった私たちはお互いの存在を必要としていた。殴られる私。殴るラルフ。私の痣は私たちの愛情のしるしであり、象徴であったのだ。

今頃になってラルフを殺したいと思う理由は、ほかには？

汽笛が悲鳴をあげた。深夜の景色が窓の外を通りすぎて行く。

そこで私が思い出したのは、ある春の日、新調のツイードのニッカー・スーツを着て学校へ行き、ラルフに突き飛ばされて雪どけのぬかるみに倒れたことだった。ラルフは笑い、私は泥だらけの恰好で、べそをかきながら家へ帰り、さんざん叱られた末にやっと乾いた新しい服を着せてもらった。

なるほど！　ほかには？

ターザンのラジオドラマの記念の置物を欲しがっていただろう。憶えているか。ターザンと、猿のカーラと、ライオンのヌーマの陶器の置物を、たった二十五セントで売り出していた！　そう、そうだった！　きれいな置物だった！　今でも憶えている、遥か彼方の緑のジャングルで蔓にぶらさがって木から木へ飛び移りながら、ターザンが吠えた、あの声！　しかし大不況のまったただなかで、二十五セント持っている少年がどこにいただろう。どこにもいなかった。

ラルフ・アンダーヒルのほかには。

そしてある日、ラルフが言った、あの置物を欲しくないか。

欲しい！　と私は叫んだ。もちろん！　欲しいよ！

同じ週のことだった、私の兄が愛情と軽蔑のいりまじったふしぎな感情に捉えられて、かなり使い古した、しかし高価なキャッチャー用のミットを私にくれたのは。

「よし」とラルフは言った。「ターザンの置物は余分のがあるからお前にやろう。但し、あのミットととりかえっこだ」

馬鹿みたい！　と私は思った。置物の値段は二十五セントだ。ミットは二ドルもする！　とりかえっこにならない！　やめておけ！

だが私はミットを持ってラルフの家へ走って行き、それを手渡したのだ。ラルフは私の兄よりもひどい軽蔑の笑みを浮べて、ターザンの置物を私にくれた。私は大喜びで走って家に帰った。

兄はミットと置物を交換したことに二週間ばかり気づかなかった。気づいたのは私たちが田舎にハイキングに行ったときで、兄は私を間抜けと罵って、道ばたの溝に突き落した。「ターザンの置物！　野球のミット！」と兄は叫んだ。「もうお前には絶対になんにもやるもんか！」

田舎の道ばたに倒れたまま、私は泣き、いっそ死んでしまいたいと思ったが、兄の捨てぜりふは惨めな幽霊のようにつきまとい、それを振り切ることはどうしてもできなかった。

遠くで雷が呟いた。

寝台車の冷たい窓に雨のしずくがふりかかった。

ほかには？　それだけで全部なのか。

いいや。最後にもう一つある。これはほかのことよりずっと恐ろしい。

私はよくラルフの家まで行って、七月四日午前六時の朝霧に濡れた窓に小石を投げたり、六月下旬あるいは八月下旬のさわやかな鉄道駅にサーカスの一団が到着するのを迎えに行こうと誘ったりしたのだが、そのような何年かのあいだに、ラルフが私の家に誘いに来たことは一度もなかったのである。

その何年間かに、ラルフあるいは他の誰かが、迎えに来ることによって友情を証（あか）したことは一度もなかった。ドアは決して叩かれなかった。寝室の窓が高く投げ上げられた土くれや石ころのコンフェティによってかすかな誘いの音を響かせることは決してなかった。

そしてまた、私がラルフの家へ朝誘いに行くことをやめれば、私たちの友情もまた終りを告げるだろうことは明らかだった。

一度それを試してみたことがある。まる一週間、私は誘いに行かなかった。ラルフは決して誘いに来なかった。私はまるで死んだも同然で、しかも私の葬式にはだれも来ないのだった。

学校で顔が合っても、ラルフは驚きもしなければ、訊ねもしなかった。ほんの僅かの好奇心の綿ごみを私の上着からつまみ上げることさえしなかった。どこに行ってたんだい、ダグ。ぼくにはいじめる相手が要るんだ。抓る相手がいなくて淋しかったよ、ダグ！

すべての罪を加えあわせてみろ。特に、最後の罪を忘れてはいけない。

ラルフが一度も私の家へ誘いに来なかったこと。朝まだきの私のベッドにむかって誘いの声を投げかけ、新婚の二人に米を投げるように窓ガラスに小石を投げつけて、夏の日々のよろこびに加わらないかと一度も呼びかけなかったこと。

その一つのことのために、ラルフ・アンダーヒルよ、と午前四時の列車のなかで、嵐はすでに過ぎ去り、目に涙を浮べて私は思った。その一つのことのために、あすの夜、お前を殺してやる。

三十六年後の殺人、と私は思った。なんということだ、エイハブ以上の執念深さ。汽車が嘆きの声をあげた。汽車は田園を横切って走りつづけた。不吉な金属製の復讐の巫女たちが器械じかけの運命の女神を持ち運ぶように。

ふるさとにはふたたび帰れず、という言葉がある。それは嘘だ。

運がよければ、そしてタイミングがよければ、日の沈む頃に帰れるだろう。ふるさとの町は黄色い光に満たされているだろう。

私は汽車から下りて、グリーンタウンの通りを歩き、日没の光に燃える市役所の建物を眺めた。どの街路樹にも金貨が鈴生りだった。どの屋根も、塀も、いくつかの安っぽい装飾も、美しい真鍮、あるいは古代の黄金だった。

夕陽が沈み、グリーンタウンが暗くなるまで、犬たちや老人たちと一緒に、私は市役所前の広場に坐っていた。ラルフ・アンダーヒルの死をじっくり味わいたかったので。

こんな犯罪を実行する人間は史上初めてかもしれない。

見知らぬ人々のなかで、一人の見知らぬ者として私はこの町に滞在し、殺し、立ち去るだろう。

ラルフ・アンダーヒルの死体が発見されたところで、これは十二歳の少年が自己嫌悪の国からタイムマシンに乗ってやって来て、過去を一撃の下に倒したのだ、などと誰にわかるだろう。そんな話は常軌を逸している。この純粋な狂気ゆえに、私は安全なのだ。

遂に、このうすら寒い十月の午後八時半、私は町を横切り、川べりを歩いた。ラルフがまだ同じ家に住んでいることを、私は少しも疑わなかった。人はたいてい引越してしまうものだけれども……。

パーク通りに入って、二百ヤードほど歩くと一本の街灯がある。そこに立って私は眺めた。ラルフ・アンダーヒルの白塗り、二階建のヴィクトリア風の家は、私を待っていた。

ラルフがそこに住んでいることは、はっきりと感じられた。

四十八歳のラルフはそこにいる。四十八歳の私が、老いて疲れた心を、自己破滅の心を抱いてここにいるように。

私は街灯の光から離れ、スーツケースを開いて、拳銃をコートの右のポケットに入れると、スーツケースを閉め、それを茂みの蔭に隠した。あとでその隠し場所からスーツケースを取り上げ、川ぞいの道を歩き、町を通りすぎて停車場まで行くだろう。

通りを横切って、私はラルフの家の前に立った。三十六年前にも、こんなふうにこの家の前に立ったのだった。私が友情と献身の小石を幾度となく投げた窓も昔のままだ。歩道にはかんしゃく玉の焼け焦げの跡がまだ残っている。七月四日がめぐってくるたびに、ラルフと私は祝いの言葉をわめきながら、全世界をかんしゃく玉で吹き飛ばさんばかりの勢いだった。

私はポーチに歩み寄った。郵便箱に小さな字で「アンダーヒル」とあるのを見た。細君が出て来たら、どうしよう。

いや、と私は思った、ギリシャ悲劇の寸分の狂いもない完璧さで、ラルフ自身がドアをあけるだろう。昔の非行のために、なぜか今では犯罪としか思えないまでに肥大してしまった微罪のために、進んで傷を受け、ほとんど欣然と死んで行くだろう。

私はベルを押した。

これだけの年月が経った今、ラルフには私がわかるだろうか。最初の一発を撃ちこむ前に名を名乗ってやらねばなるまい。私が何者なのかをはっきり教えてやること。

静寂。

もう一度ベルを押した。

ドアのノブががちゃがちゃと動いた。

胸を弾ませながら私はポケットのなかの拳銃に触れたが、それを取り出しはしなかった。

ドアが開いた。

ラルフ・アンダーヒルがそこに立っていた。

まばたきをして、私を見つめた。

「ラルフ?」と私は言った。

「はい——?」と相手は言った。

引き裂かれたような気持で、そうして顔を見合せていたのは、五秒より永くはなかったと思う。だが、ああ、その短い五秒間にさまざまなことが起ったのだ。

私はラルフ・アンダーヒルを見つめた。

はっきりと見た。

それは十二歳のとき以来のことだった。

当時のラルフは私よりずっと大きく、真上から私の頭を叩いたり、どなりつけたりしたものだ。

今、ラルフは小柄な老人だった。

私の身長は五フィート十一インチである。

ラルフ・アンダーヒルは十二歳当時からあまり成長していなかった。

私の前に立っている男は、五フィート二インチそこそこなのだ。

私がラルフを見下ろしていた。

私は喘いだ。凝視した。そして更に見た。

私は四十八歳である。

だが同じ四十八歳のラルフは頭髪の大部分を失い、残っているのは白髪まじりの申しわけ程度の髪の毛だった。まるで六十歳あるいは六十五歳に見える。

私の健康状態は良好だ。

ラルフ・アンダーヒルは蠟のように蒼かった。顔には病気の兆が現れていた。まるで陽のあたらぬ国を旅して来た人のようだ。表情は荒(すさ)みきっていた。息は葬式の花環のような匂いがした。

私が瞬間的に見てとったこれらすべての事柄は、前の晩の嵐に似ていた。たくさんの稲妻と雷鳴を集めて形成された一つの輝かしい激動。むかい合って立っている私たちは爆発の中心だった。

このためにはるばる来たというわけか、と私は思った。これが真相なのか。この恐ろしい瞬間。拳銃を出してはいけない。殺してはいけない。そう、そうだ。殺さずに、ただ――

この瞬間のラルフ・アンダーヒルの現実を見つめるのだ。

それだけだ。

ここに立って、ラルフの成れの果てを眺めるのだ。

ラルフ・アンダーヒルは何やら物問いたげに片手を上げた。その唇が震えた。その目は私を上から下まで眺め、その心は戸口に立ちはだかったこの巨人を思い出そうとした。やがて非常に低い、弱々しげな声が曖昧(あいまい)に発音した。

「ダグ――?」

私はあとずさりした。

「ダグ?」とラルフは喘いだ。「きみなのか」

これは予期せぬことだった。そんな昔のことを人は憶えていないものだ！　憶えている筈がない！　ラルフは記憶をふりしぼり、断片をつなぎ合せ、遂に思い出し、私の名を呼んだ。なぜこんなことが起ったのだろう。

ここで私は途方もないことを考えた。私がこの町を去ったあとで、ラルフ・アンダーヒルの半生は崩壊したのではあるまいか。私という者はラルフの世界の中心だったのかもしれない。いじめたり、殴ったり、生傷を負わせたりする相手が、三十六年前にいなくなったという、ただそれだけのことで、ラルフの人生にひびが入ったのではないだろうか。

馬鹿げた考えだ！　だが、私の脳髄のあたりを小さな知恵のネズミが狂ったように駆けまわり、かぼそい声でわめいた。お前にはラルフが必要だったが、ラルフにはお前がもっと必要だったのだ！　お前は許すべからざることを、残酷なことをやった！　すなわち、姿を消した。

「ダグ?」と、私がポーチに立ったまま無言で、両手をだらりと垂らしているのを見て、ラルフはまた言った。「きみなのか?」

これが私の待ち望んでいた瞬間だった。

決して拳銃を使用しないだろうことは、どこか心の奥底で初めから思っていた。拳銃をわざわざ持って来たことは事実だが、私はいわば歳月に先を越されていたのだ。

より小さな、より恐ろしい、かずかずの死に……。

ずどん。

心臓めがけて六発。

だが拳銃は使わなかった。私は拳銃の発射音を低い声でささやいただけだ。発射音をささやくたびに、ラルフ・アンダーヒルの顔は十年ずつ老けていった。最後の一発がささやかれたとき、ラルフは百十歳だった。

「ばん」と私はささやいた。「ばん。ばん。ばん。ばん。ばん」

ラルフの肉体は衝撃に揺れた。

「きみは死んだ、わかったか、ラルフ、きみは死んだんだ」

回れ右して石段を下り、通りまで歩いたとき、ラルフが呼びかけた。

「ダグ、きみなのか」

私は答えずに歩きつづけた。

「答えてくれ」とラルフは弱々しく叫んだ。「ダグ！ ダグラス・スポールディング、きみなのか、誰なんだ。きみは誰なんだ」

私は隠し場所からスーツケースを取り、コオロギの啼きかわす夜のなかへ歩き出した。川ぞいの暗い道を通り、橋を渡り、段々を上って遠ざかった。

「誰なんだ、あれは」と、泣くようなラルフの声が最後にもう一度聞えた。

しばらく歩いてから、私は振り向いた。

ラルフ・アンダーヒルの家の窓という窓にあかりがついていた。私が立ち去ってから、ラルフが家中を駆けまわって、あかりをつけたのかもしれない。

川の向う岸に出た私は、自分が生れた家の前の芝生で立ちどまった。

それから小石を拾うと、未曾有のことをやってのけた。

生れてから十二歳になるまで、自分が毎朝のように目醒めた部屋の窓にむかって、小石を投げたのである。そして私は自分の名前を呼んだ。もはやどこにもありはせぬ永い夏の日を共に遊ぼうと、友情をこめて私自身に呼びかけた。

それから少しのあいだそこに立ち、私の若い分身が出て来て私に加わるのを待った。

そして夜明けが訪れぬうちに、私たちはさっさとグリーンタウンから逃げ出し、神よあなたに感謝します、残りの生涯を過ごすべく、「現在」と「今日」のなかへ帰って行ったのである。

罪なき罰

「あなたは、奥さんを殺したいのですね」と、色の浅黒いデスクの男は言った。

「ええ。いや……殺したいというのと、ちょっとちがいます。つまり……」

「お名前は？」

「家内の名前ですか、わたしの名前ですか」

「あなたのお名前です」

「ジョージ・ヒル」

「お住まいは？」

「グレンビュー町、南セント・ジェイムズ、一一番地」

男は表情を動かさずに書きとめた。「奥さんのお名前は？」

「キャサリン」

「お年は？」

「三十一歳」

次から次へと、迅速に、質問がつづいた。髪の色、目の色、肌の色、好きな香水、好きな布地、体のサイズ。「奥さんの立体写真をお持ちですか。口紅は……？」

一時間たち、ジョージ・ヒルは汗をかいていた。

「わかりました」色の浅黒い男は起ちあがり、顔をしかめた。

「御決心は変りませんね」

「ええ」

「ここにサインして下さい」

ジョージは署名した。

「これが非合法であることは御存知ですね」

「知っています」

「御依頼の結果として、あなたの身にどんな事態が生じようと、わたくしどもは一切責任を負わないということも御存知ですか」

「ああ、じれったいな！」と、ジョージは叫んだ。「質問攻めにはいい加減くたびれました。早く始めて下さいませんか！」

男はかすかに微笑した。「奥さんのマリオネットを準備するのに、三時間かかります。そのあいだ、お眠りになっていて下さい。神経も休まります。左側三番目のミラー・ルームがあいていますから」

しびれたような手足を動かして、ジョージはミラー・ルームへ行った。青いビロードの寝台に横たわると体の圧力が作用して、天井の鏡(ミラー)の群が回り始めた。やわらかな声が歌った。「おやすみ……おやすみ……おやすみ……」

ジョージは呟いた。「キャサリン、おれはここへ来るつもりじゃなかった。お前がこんなことをさせたのだ。お前がいけないのだ。ああ、来なければよかった。帰れるものなら帰りたい。お前を殺したくない」

鏡の群は、しずかに回転しながら、きらめいた。

ジョージは眠った。

夢のなかで、ふたたび四十一歳に戻ったジョージは、ケイティ（キャサリンの愛称）と手を取りあい、走っていた。ここはどこだろう。緑の丘に、ピクニックの弁当がひろげてあり、すぐそばに二人のヘリコプターがある。風がケイティの髪をなぶり、金色の髪は風になびき、ケイティは笑っている。二人はくちづけし、手を握り、弁当をたべようともしない。そして詩を読む。いつも、いつも詩を読んでいた二人。

景色が変化する。目まぐるしく変る色彩。ここは空中だ。ケイティと二人で、ギリシャを、イタリアを、スイスを、空から眺めた。あの一九九七年の澄みわたった平和な秋！　飽きもせず飛びつづける二人！

やがて悪夢。ケイティと、レナード・フェルプス。ジョージは夢のなかで叫ぶ。どうしてあんなことになったのだ。どこからフェルプスが現れたのだ。あいつはなぜ人の生活にわりこんで来た。どうしておれたちの生活はこうまでこじれてしまったのか。原因は年齢のちがいか。ジョージはもうじき五十、なのにケイティはまだ若い。二十八にもならない。どうして、どうして？

忘れようとしても忘れられぬ情景。町はずれの公園に、レナード・フェルプスとキヤサリンがいる。ジョージが小道を歩いてくる。
そして二人が唇を重ねあわすのを目撃する。
怒り。諍(いさか)い。レナード・フェルプス殺害の試み。
さらに月日が流れ、悪夢が繰り返される。
泣きながら、ジョージ・ヒルは目をさました。

「ヒルさん、用意ができました」

ヒルは、ぎくしゃくと起きあがった。すでに動きをとめた天井の鏡に、自分の姿が映っていた。そこには、五十歳という年齢の醜さがあらわにされていた。やはり恐るべき誤りだったのだ。ジョージ・ヒルより優秀な男にしたところで、もしも若すぎる妻をめとったとすれば、やがては妻が自分の手の内で、水のなかの角砂糖のように溶けていくのを見守らねばならぬ羽目に陥るだろう。ジョージは自分の姿を凝視した。腹が出っぱっている。顎が張りすぎている。髪の毛だけが不釣合に豊かで、反対に手足が貧弱で……。

色の浅黒い男が、ジョージを一室へ案内した。

ジョージ・ヒルは喘いだ。「これはケイティの部屋だ！」

「わたくしどもは、何もかも完璧に、をモットーにしております」

「確かに完璧だ。一分の狂いもない！」

ジョージ・ヒルは、一万ドルの小切手を切った。男はそれを受け取り、立ち去った。

しずかな、あたたかい部屋。

ジョージは腰をおろし、ポケットの拳銃にさわってみた。なんと高価につく殺人だろう。しかし金を払ったからこそ、感情浄化殺人(カタルシス)というぜいたくが許される。暴力的な非暴力。死ではない死。殺人ではない殺人。ジョージは気分がよくなってきた。俄かに冷静になった。そのままの姿勢でドアを見守った。これこそ半年前から待ちこがれていたことではないか。それも、もうすぐおわるだろう。今にも美しいロボットが、操られる糸をもたぬマリオネットが現れて……。

「こんにちは、ジョージ」

「ケイティ!」

目まいがする。

「ケイティ!」

ふうっと息を吐く。

戸口に彼女が立っていた。羽毛のようにやわらかな緑色のガウンを着て。金糸で編んだサンダルをはいて。喉のあたりに流れる金髪。青く澄んだ目。

しばらくのあいだ、ジョージはものも言えなかった。「美しい」と、ようやくささやいた。

「美しくないとお思いになった?」

「きみをよく見せてくれ」

ジョージの声は恐ろしくかすれていた。

夢遊病者のように両手を前に差しのべ、鈍く鼓動する心臓をかかえて、ジョージは前進した。水圧に逆らうように歩きつづけた。彼女に触れ、そのまわりを回った。

「もうわたしなんか見飽きてらしたんじゃない」

「見飽きるもんか」と、ジョージは言った。その目に涙が溢れた。

「わたしに何かおっしゃりたいことがあったんじゃない」

「ちょっと待ってくれ。お願いだから、すこし待ってくれ」ジョージは弱々しく腰をおろし、ふるえる手で胸を抑えた。まばたきをした。「信じられない。これも悪夢だ。きみはどうやって作られたのだ」

「それを言うことは許されていないわ。夢がこわれるから」

「まるで魔術だ！」

「科学よ」

彼女の指はあたたかかった。指の爪は貝殻のように完璧だった。継目もないし、瑕瑾（きず）もない。ジョージは視線を上げた。かつてよき日々に、幾度も読み返した詩のことばが、今またよみがえって来た。アア汝ウルワシキカナ、ワガ友ヨ、アア汝ウルワシキカナ。汝ノ目ハ面帛（カオオオイ）ノウシロニアリテ鳩ノゴトシ。汝ノ唇ハ紅色（クレナイ）ノ線維（イトスジ）ノゴトク、ソノ言葉ハウルワシ。汝ノ両乳房（モロチブサ）ハ雙子（フタゴ）ナル小鹿ガ百合ノ中ニ草食（ハ）ミオルニ似タリ。

汝ハコトゴトクウルワシクシテ、スコシノキズモナシ。(旧約聖書のソロモンの雅歌より。以下も同じ)

「ジョージ?」

「なんだ」ジョージの目は冷たいガラスだった。

彼女の唇にキスしたい。

汝ノ舌ノ底ニハ蜜ト乳トアリ。

汝ノ衣裳(コロモ)ノ香気(カオリ)ハればのんノ香気(カオリ)ノゴトシ。

「ジョージ」

茫漠たるざわめき。部屋が回り始めた。

「わかった、わかった、ちょっと待ってくれ、待ってくれ」ジョージはざわめく頭を振った。

オオ、王子ノ女(ムスメ)ヨ、汝ノ足ハ鞋(クツ)ノ中ニアリテ如何ニウルワシキカナ! 汝ノ腿(モモ)ノ接点(ツギメ)ハマロラカニシテ玉ノゴトク、巧匠(タクミ)ノ手ニテ作リタルガゴトシ……。

「どうやって作ったのだ」と、ジョージは叫んだ。わずかの時間に? たった三時間のうちに? 金(きん)を熔かし、時計のゼンマイや、ダイヤモンドや、そのきらめきや、紙(コン)吹雪(フェティ)や、ゆたかなルビーや、流動する銀や、銅の糸や、その他もろもろをつなぎ合せたのか。どんな小さな金属製の昆虫が、その髪を紡いだのだ。黄色い炎を鋳型に流しこみ、凍らせたのか。

「いけないわ」と、彼女は言った。「そんなことばかりおっしゃっているのなら、わたしは出て行きます」

「行かないでくれ！」

「じゃあ、仕事の話をしましょう」と、彼女は冷たく言った。「レナードのことを言いたかったのでしょう」

「ちょっと待ってくれ、あとで言うから」

「今すぐよ」と、彼女は言い張った。

ジョージは、怒りを感じなかった。彼女が現れると同時に、怒りは洗い流されていた。自分がひどく汚れたもののように思われた。

「なぜわたしに逢いにいらしたの」彼女は微笑してはいなかった。

「頼む、待ってくれ」

「いやよ。レナードのことでしょう？　わたしが彼を愛しているのを、御存知なんでしょう」

「やめてくれ！」ジョージは耳をふさいだ。

彼女は喋りつづけた。「よくって。わたしはもう彼と一緒に暮しているのよ。前にあなたとよく行った場所へ、今度はレナードと行くのよ。バード山へピクニックに行ったときのこと、おぼえていらっしゃる？　わたしたち、先週あそこへ行ったわ。ひと月前には、シャンパンのケースを持って、アテネへ飛んだわ」

ジョージは、唇を舐めた。「きみがわるいんじゃない、きみじゃない」立ちあがり、彼女の手頸を摑んだ。「きみは新しい女だ、あの女じゃない。わるいのはあの女だ、きみじゃない。きみはちがう女だ！」

「ちがいます」と、女は言った。「わたしはまちがいなくあのひとです。あのひとのようにしか行動できないわ、わたしのどの部分をとっても、あのひととつながっているのよ。意志の点でも、欲望の点でも、わたしとあのひとはおなじ一人の女なのよ」

「しかし、きみは、あの女のしたことを、したわけじゃない！」

「したわ、彼とキスしたわ」

「そんな筈はない、きみは生れたばかりじゃないか！」

「あのひとの過去と、あなたの心から生れたのよ」

「ねえ」と、彼女をゆすぶりながら、ジョージは哀れっぽく言った。「何か方法はないだろうか。何か——金をもっと出せばいいのか。そうすれば、きみを連れて帰ってもいいのだろう？　パリや、ストックホルムや、どこでもいい、きみの行きたい所へ旅行しよう！」

彼女は笑った。「マリオネットは貸すだけよ。売りはしないわ」

「でも、金はあるんだ！」

「そんなことは、ずいぶん前に試されたのよ、結果は発狂です。不可能なことね。これだけでも非合法なのは御存知でしょ。政府が黙認してくれなかったら、わたしたちマリオネットは存在できないのよ」

「おれはただ、きみといっしょに暮したいだけなんだ、ケイティ」

「そんなことはできないわ。だって、わたしはケイティですもの。張り合うのはいやだわ。マリオネットは、限界を越えることはできないの。分解してごらんなさい、そういうふうにできているのよ。もうこんな話は沢山。さっきも言った通り、こういうことは話しちゃいけないの。夢がこわされるわ。お帰りになるときに、がっかりなさるといけないわ。さあ、予定通りのことをしてちょうだい。せっかくお金をお払いになったのに」

「きみを殺したくはない」

「いいえ、殺したいのよ、あなたの心の一部分では。それが外に出ないように、隠していらっしゃるだけなのよ」

ジョージはポケットから拳銃を出した。「おれは馬鹿だった。ここに来なければよかった。きみはとても美しい」

「わたし今晩レナードに逢うわよ」

「黙っていてくれ」

「あしたの朝はパリへ飛ぶのよ」

「黙っていろというのに！」

「それからストックホルム」彼女はかろやかに笑い、ジョージの顎をなでた。「ふとったおじさま」

ジョージの内部で何かが動き出した。顔は蒼白になった。何が起ったのかはわかっている。隠れた怒りと激情と憎しみが、かすかな脳波を造り出しているのだ。そして彼女の精密な頭脳の中の細かいテレパシー網が、死という観念を受け取ったのだ。マリオネット。目に見えぬ糸。彼女の肉体を操っているのはほかならぬジョージ自身なのだ。

「ふとったおじさま、昔はあんなにきれいだったのに」

「やめてくれ」と、ジョージは言った。

「わたしはまだ三十一よ。ああ、ジョージ、あなたって馬鹿ね。五年も十年も働いて、あげくの果てに、女房を人に取られるなんて。レナードは美男子よ。そう思わない?」

ジョージは思わず拳銃を構えた。

「ケイティ」

「ソノ頭(カシラ)ハ純金ノゴトク――」と、彼女はささやいた。

「ケイティ、やめてくれ!」とジョージは金切声を上げた。

「ソノ髪ハフサヤカニシテ黒キコト烏(カラス)ノゴトク、ソノ手ハキバミタル碧玉(ミドリダマ)ヲ嵌メシ黄金(コガネ)ノ釧(クシロ)ノゴトシ!」

どうして彼女がこの詩を口に出すのだ! ジョージの心にあるこの詩のことばを、なぜ彼女が口に出すのだ!

「ケイティ、おれに馬鹿なことをさせないでくれ！」

「ソノ頰ハ馨(カグワ)シキ花ノ床ノゴトク」と、目をとじ、しずかに部屋のなかを歩きまわりながら、彼女は呟いた。「ソノ躰(ムクロ)ハ青玉(アオダマ)ヲモテ覆イタル象牙ノ彫刻物(ホリモノ)ノゴトシ。ソノ脛(ハギ)ハ蠟石(ロウセキ)ノ柱ヲ――」

「ケイティ！」と、ジョージはわめいた。

「ソノ口ハナハダ甘ク――」

一発。

「――コレゾワガ愛スル者――」

もう一発。

彼女は倒れた。

さらに四発、ジョージは弾丸を彼女の体に射ちこんだ。

「ケイティ、ケイティ、ケイティ！」

彼女の体を震えが走った。意味を失った口がぽかんとひらき、ねじれたメカニズムがおなじ言葉を繰り返した。「愛スル者、愛スル者、愛スル者、愛スル者、愛スル者……」

ジョージ・ヒルは気絶した。

額に冷たいタオルを当てられて、ジョージは我に返った。

「全部すみました」と、色の浅黒い男が言った。

「すんだ?」ジョージ・ヒルは呟いた。

色の浅黒い男はうなずいた。

ジョージ・ヒルは、こわごわ自分の手を眺めた。手には血がついていた筈である。気絶したとき床に倒れたのだった。噴き出てきたほんものの血が両手にべっとり付着したのをおぼえている。両手は、いま見れば、きれいに洗われていた。

「もう帰ります」と、ジョージ・ヒルは言った。

「気分は直りましたか」

「もう大丈夫です」ジョージは立ちあがった。「すぐパリへ発ちます。もうケイティに電話しちゃいけないわけですね」

「ケイティは死にました」

「そうだ。わたしが殺したんでした。ああ、あの血。あれはほんものだった!」

「あの血の手ざわりはわたくしどもの自慢のたねです」

ジョージは、エレベーターで街路に下りた。雨がふっていた。しばらく散歩しよう、とジョージは思った。怒りと激情は、すでに洗い清められていた。けれども、もう二度と人を殺したいとは思わないだろう。恐ろしい記憶である。今、ほんもののケイティがむこうからやって来たとしたら、安堵のあまり再び気絶するかもしれない。いずれにせよ、彼女はもう死んだ。ジョージはやりたいことをやった。だれにも知られずに、法にそむいたのである。

頬にふりかかる雨はつめたかった。この清められた精神状態がつづいているうちに、一刻も早く出発しなければなるまい。このまま、ずるずると昔の生活に還るのでは、なんのためにこんなことをしたのかわからなくなってしまう。マリオネットの第一の機能は、現実の犯罪を防止することである。だれかを殺したいとか、なぐりたいとか、拷問したいとか思ったら、ああいう自動人形にその捌け口を求めればいいのだ。今アパートに帰るのはまずいだろう。ケイティがいるかもしれない。ケイティのことは、もう死んだ者として、然るべき処理のすんだ相手として考えるようにしなくてはいけない。

ジョージは歩道の縁に立ち車の往来を見守った。それから新鮮な空気を胸いっぱいに吸いこみ、歩き出そうとした。すぐそばから声がきこえた。

「ヒルさんですか」と。

「そうです」

ジョージの手頸に、がちゃりと手錠がかけられた。「きみを逮捕する」

「しかし――」

「さあ来い。スミス、階上(うえ)の連中を逮捕してくれ！」

「どうしてだ」と、ジョージ・ヒルは言った。

「殺人容疑さ。それなら心当りがあるだろう。え？」

空にかみなりがとどろいた。

午後八時十五分である。雨はもう十日間もふりつづいていた。今も雨のしずくが刑務所の壁をたたいている。ジョージは両手をのばして、ふるえる掌に雨水を受けようとした。

ドアがギイと鳴ったが、ジョージは窓から両手を出したまま、うごこうともしない。椅子に乗っているジョージの恰好を、入って来た弁護士はじっと見上げた。「終りました。あなたは今夜、処刑されます」

ジョージ・ヒルは、雨の音に耳を傾けた。

「あれはほんものじゃなかった。わたしはケイティを殺しませんでした」

「とにかく、こういう法律なのです。思い出して下さい。ほかの被告にも判決が下りました。マリオネット株式会社の社長は、夜半十二時に死刑を執行されます。三人の社員は、午前一時に処刑です。あなたは一時半頃」

「ありがとう」と、ジョージは言った。「できるだけのことは、して下さったのですね。どこからどう見ても、あれは殺人でした。殺意があり、計画があり、実行があったのですから。欠けていたのは、ほんもののケイティだけです」

「また時期も悪かった」と弁護士は言った。「十年前なら、あなたは死刑にはならなかったでしょう。十年後でも、おなじことです。ところが現在となると、当局はたまたま犠牲者を探していた。あなたは大勢のマリオネット利用者の代表として鞭打たれるわけです。最近のマリオネット利用たるやとどまるところを知りませんからね。一般大衆は非常におびえています。この状態がつづいたら、どうなるかわからない。精神文化の面でも、いったい生命というものはどこに始まりどこに終るのかという問題が生じた。ロボットには生命があるのか、ないのか。この問題をめぐって、いくつもの教会が分裂しました。しかしロボットは生きてはいないとしても、生物に準ずるわけです。かれらは反応するし思考する能力さえそなえている。そこで御存知の通り、二カ月ほど前に『生きたロボット』法というのが成立しました。あなたはその法に裁かれたのです。要するに時期がいけなかった。それだけのことです」

「当局は正しいのです。わたしも、そう思うようになりました」

「法の観点を理解して下さって、嬉しく思います」

「ええ。いずれにしろ、殺人を合法化するわけにはいかないでしょう。器械やテレパシーや蠟人形を使うとしてもおなじことです。わたしの犯罪を放置したとしたら、当局の人たちは偽善者といわれても仕方ないでしょうね。あれは確かに犯罪でした。あれ以来、わたしは罪の意識から脱け切れない。いずれは罰を受けるものと覚悟していました。妙じゃありませんか。社会というのは、人にそういう影響をおよぼすものです。罪を意識する理由がないのに、罪を意識しなければならないというのは……」

「もう行かなければなりません。ほかに何か御用がありますか」

「ありません。どうもありがとう」

「では、さようなら、ヒルさん」

ドアがしまった。ジョージ・ヒルは、もういちど椅子の上に立ちあがり、鉄格子の外へ両手を出して、雨のしずくを受けようとした。突然、監房の壁に赤ランプがついた。オーディオから声が流れた。「ヒルさん、奥さんが面会に見えられました」

ジョージは鉄格子を握りしめた。

女房は死んでしまったのに、とジョージは思った。

「ヒルさん」と、声が呼んだ。

「家内は死にました。わたしが殺したのです」

「奥さんが面会室で待っておられますが、逢いますか」

「倒れるところを見た。わたしが射ったのです。死んだのを見とどけたのです！」

「ヒルさん、きこえないのですか」

「きこえるとも！」と、拳で壁を叩きながら、ジョージは叫んだ。「よくきこえる。よくきこえるよ！　家内は死んだんだ。死んじまったんだ。放っておいてくれ！　おれが殺したんだ。逢うもんか。家内は死んだんだ！」

間。「わかりました、ヒルさん」と、声が呟いた。

赤ランプが消えた。

稲妻が空を走り、ジョージの顔を照らした。何かを待ち受けるように、ジョージは冷たい鉄格子に頬を押しあてた。雨は依然としてふりつづいた。しばらく経ってから、街路に面した刑務所の玄関のドアがあき、そこからレインコートを着た二人の人間が出てくるのが見えた。二人はアーク灯の下で足を止め、ちらと顔を上げた。

それはケイティだった。彼女のかたわらには、レナード・フェルプス。

「ケイティ！」

彼女は顔をそむけた。男が彼女の腕をとった。ふりしきる雨のなか、二人は急ぎ足で街路を横切り、小さな車に乗りこんだ。

「ケイティ！」ジョージは鉄格子を摑んだ。大声をあげ、コンクリートの壁を叩いた。「生きている！　看守さん！　看守さん！　見たんだ！　死んじゃいない！　おれは殺さなかった。早くここから出してくれ！　おれはだれも殺さなかった。何もかも笑い話だ、まちがいだ。いま見たんだ、確かに見た！　ケイティ、戻って来てくれ、みんなに言ってくれ、ケイティ、生きてると言ってくれ！　ケイティ！」

看守たちが走って来た。

「おれを殺してもいいのか！　何もしなかったんだぞ！　ケイティは生きている、いま見たんだ！」

「わたしたちも見ましたよ」

「じゃあ、おれを釈放してくれ！　ここから出してくれ！」

狂ったような勢いだった。彼は涙にむせて、床にくずおれた。

「それは裁判で決ったことですから、仕方がありません」

「まちがった裁判だ！」ジョージは跳びあがり、窓に駆け寄って、吠えるように叫んだ。

車はケイティとレナードを乗せて走り去った。パリへ、アテネへ、ヴェニスへ、そして来年の春にはロンドンへ、夏にはストックホルムへ、秋にはウィーンへ。

「ケイティ、戻って来てくれ、あんまりだ！」

赤いテール・ライトが冷たい雨のなかに消えた。叫びつづけるジョージを鎮めようと、看守たちが監房に入って来た。

なんとか日曜を過ごす

ダブリンの日曜。

その言葉は運命そのものだ。

ダブリンの日曜。

その言葉を崖から落しても、決して下まで落ちないだろう。灰色の午後五時にむかって虚空を落下しつづけるだろう。

ダブリンの日曜。それをなんとか過ごすにはどうするか。

弔いの鐘が鳴っている。ぼくは毛布にもぐりこむ。ものいわぬドアに掛けられた黒い羽根の花環がかさこそいう音を聞け。ホテルの部屋の下のがらんとした通りは、ぼくが昼前に外出したら呑みこんでやろうと待ち構えている。窓枠の下にフランネルの舌を滑らせ、ホテルの屋根を舐めている霧を見よ。ホテルの巨体からしたたり落ちる倦怠の音に耳を傾けよ。

日曜、とぼくは思った。ダブリン。居酒屋は束の間、開かれるだけで、あとは固く閉じられている。映画の切符は二、三週間前から売り切れだ。フェニックス公園の動物園へでも行って、小便くさいライオンを眺めるか、鳥もちにまみれて屑屋の頭陀袋の中に落っこちたような禿鷹(はげたか)でも見物するか。リフィ河のほとりを散策し、霧と同じ色をした河の水を眺めようか。裏通りをさまよって、リフィ河と同じ色をした空を振り仰ごうか。

いや、とぼくはやけ気味に思う、いっそ寝ていよう。日の暮れ方に目を醒まし、何か軽い食事をして、また寝床にもぐりこむ。おやすみなさい、みなさん！

だが日曜の打撃にもめげず、ぼくは雄々しくもよろよろと起き上り、鬚を剃り、時計を見るともう正午、なんとなく慌てて、あとの半日を横目で睨む。明け方のぼくの舌の表側と同じ色をした、人っ子一人いない回廊のような時間。北国のこんな日には、神様でも退屈なさるに違いない。ぼくはシチリア島のことを思い出さずにはいられない。そこでは毎日曜が大々的な祭だった。お祝いの花火が打ち上げられ、パンケーキの練粉のようになまあたたかい通りでは、鶏と人間の群が、とさかや手足を振り振り、まぶしそうに目を細めて、意気揚々と行進した。音楽は無料の贈物で、決して閉じられぬ窓の一つ一つから投げ与えられるのだった。

けれども、ダブリン！　ダブリン！　ああ、大きなけものの死骸のような町！　とぼくは思い、雪と煤に覆われた死骸を窓ごしに見やった。二枚の硬貨で目を閉じてやろうか！

それからドアをあけ、ぼくだけを待っている罪深い日曜のすべてのなかへ、ぼくは入って行った。

もう一つのドアを閉めた。安息日の居酒屋の深い静けさのなかに、ぼくは立っていた。それから音を立てずに歩いて行って、一番いい酒を注文し、暫くのあいだ自分の魂をいたわるように静かに立っていた。そばでは一人の老人が、ぼくと同じように、グラスの深みに人生のパターンを探すことに熱中していた。十分も経ったろうか、老人はきわめてゆっくりと顔を上げ、蠅のしみだらけの鏡に映ったぼくの顔のむこう、自分の顔の彼方を凝視した。

「わしは今日」と老人は呻いた。「生きている人間のために何をした。なんにもしなかった！　だからひどく気が滅入るのだ」

ぼくは話のつづきを待った。

「年をとればとるほど」と老人は言った。「人のためにすることが少なくなる。人のためにすることが少なくなればなるほど、バーに来ても閉じこめられた囚人のような気持になる。ウィンドウを叩き割って品物をひっつかんで逃げる泥棒、それがわしだ！」

「しかし――」とぼくが言った。

「そうなのだ！」と老人は叫んだ。「世界はせっかくいろんなものを与えてくれるだろう。そんな場合、厳しい責任というものが生れるのが当然じゃないか。例えば夕暮れだ。何もかも桃色と金色に染まって、スペインから輸入したメロンみたいだ。これは一種の贈物だろう?」

「そうですね」

「じゃ、その夕暮れについて誰に感謝する？　ここはバーだから、神様なんぞは引き合いに出すなよ！　神について云々しても話は平和すぎる。もっと具体的にだね、相手をつかまえて、相手の肩を叩いて、今朝の光はきれいだった、どうもありがとう、とか、今日道ばたに咲いていた小さな花はすてきだったし、風に吹かれていた草もみごとだった、本当にありがとう、と言えるような相手のことだ。朝の光や花や草も贈物だろう。だれかそれを否定するやつがいるか」

「ぼくは否定しません」とぼくは言った。

「真夜中に目が醒めて、永い寒さのあと、ようやく夏が訪れたなあと、窓ごしに外の気候を感じたことがあるか。そんなとき、かみさんを揺り起して、感謝の気持を伝えるか。いや、一人ぼんやり横になっているだけだろう。めぐってきた気候とさしむかいで、なんとなくにやにやしているだけだろう。わしの言ってる意味がわかるかね」

「よくわかります」とぼくは言った。

「だとすれば、われわれは恐ろしく罪深い者ではなかろうか。罪の重荷によく背中が曲らないものだ。人生から美しいものをたくさん貰っておきながら、一文もお返しをしないとはな。美しい夏、凌ぎやすい秋、あるいはこのさっぱりしたスタウトの味でもいい、いろんな贈物はきみの浅黒い肌のどこかにしみこみ、きみの魂を明るく照らし出しているのに、そんな幸運を、だれか生きている人間に感謝するとなると妙に照れてしまう。感謝の気持を生涯貯めこんでおいて、ちっとも使おうとしないわれわれ守銭奴には、一体どんな運命がふりかかってくるだろう。ある日、梁(はり)が落ちてきて、われわれは押しつぶされて、腐れて死ぬのじゃあるまいか。ある夜、息が詰まって死ぬのじゃあるまいか」

「そんなふうに考えたことは一度も……」

「考えることだ！」と老人は叫んだ。「手おくれにならんうちにな。きみはアメリカ人だろう。しかもまだ若い。わしと同じ自然の贈物を受けている身だろう。だれかに、どこかで、なんらかの方法で、謙虚に感謝することを知らないと、やがて背中が曲り、息切れがしてくるぞ。行動することだよ、きみ、生ける屍にならないうちにな！」

これだけ言うと、老人は上唇にやわらかな黒ビールの泡の口髭をつけながら、おもむろに夢想の後半戦に移行していった。

ぼくは居酒屋から日曜の戸外へ出た。

灰色の石のつらなる通りを、灰色の石に似た空の雲をぼくは眺め、くすんだ色の服と煤けたコートを身につけた寒そうな人たちが、弔いの羽毛に似た灰色の息を吐きながらとぼとぼ歩く姿を観察した。そしてぼく自身の髪に白髪がふえるような錯覚に捉えられた。

こんな日には、とぼくは思った、やり残したもろもろのことが追いかけてきて、意地悪く靴紐をほどいたり、あご鬚をかきむしったりする。今日借金を払い終えなかった者こそ災いなれ。

風の弱い日の風見鶏のように、ぼくはわびしい気持で、ゆっくりと方向を変え、他人のもののような足をホテルに向けた。

そのときだった、それが始まったのは。

ぼくは立ちどまった。体をこわばらせた。耳をすました。

いつのまにか風向きが変ったらしく、いま風は西から吹いていたが、その風に乗って、ちくちくと軽く突き刺すような音が聞えてきたのである。ハープの音だ。

「これはまた」とぼくは呟いた。

まるで栓を抜かれたように、重苦しい灰色の海水は靴の穴から音を立てて流れ去った。ぼくのなかから悲しみが消えていくのが感じられた。

ぼくは街角を曲った。

そこに小さな婦人が坐っていた。身の丈はハープの半分ほどで、震える絃に触れているその両手は、澄んだ雨のしずくを受けとめている子供の手のようだった。

ハープの絃がせわしく震えた。岸にぶつかってかき乱された水の戦きのように、音はあとからあとから溶けた。「ダニーボーイ」がハープから躍り出た。「緑を身にまとって」がちゃんとした服装でつづいて躍り出た。それから「リメリックはわが町、シヨーン・ライアムはわが名」と、「こんな賑やかなお通夜はなかった」。ハープの音は、ぼくらの感覚に訴えるもののなかの王様だ。それは大きなグラスになみなみと注がれたシャンパンの飛沫が、まぶたを刺し、頬をやさしく叩くのに似ていた。

ぼくの唇は自然と微笑のかたちをとっていた。スペインのオレンジがぼくの頬に花開いた。鼻孔を通過する息は笛のように音を立てた。足は動かぬ靴のなかで秘かに踊り始めた。

ハープは「ヤンキー・ドゥードル」を演奏した。

夢中になったぼくがそばに立っていることに婦人は気づいたのだろうか。いや、単なる偶然だ、とぼくは思った。

それからぼくはまた悲しくなった。

なぜなら、婦人は自分のハープをろくに見てもいないのだ。自分の音楽を聴いてもいない！

そう、二匹の年老いた蜘蛛(くも)が大急ぎで網を張り、風に破られたその網を再び張り直すように、婦人の両手は独立して楽しげに空中を動きまわり、紘を爪弾いていた。指が勝手に演奏をつづける一方、婦人の顔はあちらこちらを眺めていた。両手が遊んでいて何か危い目にあわぬように、ときどき家の窓から顔を出してやりさえすればよい、といった具合に。

「ああ……」とぼくは心のなかで溜息をついた。

そのとき。

これがチャンスだ！　とぼくは叫び出しそうになった。そう、絶好の機会！

だがぼくは自分を抑え、婦人が「ヤンキー・ドゥードル」の最後の麦の束を刈りとるのを待った。

それからぼくは言った。心臓は喉から飛び出しそうに激しく打っていた。

「美しい音楽ですね」

一どきに百ポンドの重みがぼくの体から消えた。

婦人はうなずいて、「岸辺の夏」を弾き始めた。指は単なる息づかいを材料にスペイン風のヴェールを織った。

「ほんとにたいへん美しい音楽ですね」とぼくは言った。

更に七十ポンドほどの重みがぼくの手足から消えた。

「四十年も弾いていると」と婦人は言った。「美しいかどうかわからないわね」

「劇場に出演できるくらい上手です」

「冗談じゃない！」織機のなかで二羽の雀がぶつかった。「オーケストラだとか、バンドだとか、そんなものとは関係ないわ」

「でも室内で演奏できますよ」とぼくは言った。

「私の父がこのハープを作ったのよ」と忙しく手を動かしながら婦人は言った。「父は演奏が上手で、私にも教えてくれたの。でも言ったわ、屋根の下でだけは演奏するなよ、って」

年老いた婦人は父親を思い出して目をしばたたいた。「劇場の裏でもいい、表でもいい、横でもいい、とにかく外で演奏しろ、通ぶった奴が音楽をやたらに嗅ぎわけるようなとこで弾いちゃ駄目だ、父はそう言ったわ。そんなことをしたら、ハープを殺すのも同然だ、って」

「こういう雨模様の天気でハープは傷みませんか」

「父に言わせれば、室内のスチームや暑さでハープは傷む。だから外へ出て、楽器にのびのびと呼吸させてやれ。空気から音色をとるんだ。そう言ったわ、父は。それに、切符を買った人間は、自分の思う通りの音楽でないと承知しなくなる。だから金をとる音楽はやらないことだ。今年は誉められても、来年はくそみそに言われたりする。そんな連中が通りすぎる場所で弾きなさい。お前の音楽が気に入られればそれでよし。気に入らない人は離れて行くだけだ。父はそう言ったの。こうしていれば、生れつき合った友達と暮していけるというのに、何を好きこのんで鬼のような連中と付き合う必要がある。……でも私はなぜこんなことを喋ってるんだろう。どうしてなの」

暗い部屋から出て来た人のように目を細めて、婦人は初めて正面からぼくの顔を見た。

「あんたは誰なの」と婦人は訊ねた。「あんたのせいで、へんにお喋りになってしまった！　一体何を企んでるの」

「その街角を曲るまでは、よからぬことを企んでいました」とぼくは言った。「ネルソンの記念碑をひっくりかえすとか。劇場の行列にからんで、泣いたり、神の悪口を言ったりするとか……」

「そんなことをする人には見えないね」婦人の手は別の曲を奏で始めた。「で、なぜ気が変ったの」

「あなたのせいで」とぼくは言った。

それは婦人にむかって正面から大砲をぶっぱなしたような効果があった。

「私？」と婦人は言った。

「あなたが今日という日を墓石から引き剝がして、活を入れたんです。おかげで、今日のやつ、また大声をあげて走りまわってる」

「私がそんなことをしたって言うの」

ここで初めて、ハープの調べから音が一つ二つ欠落した。

「あるいは、お望みなら、あなたの手がそうしたんです。あなたとは無関係な仕事をしているその手がね」

「溜(たま)った洗濯物を片付けるようなものよ。こんな仕事、洗濯と同じよ」

鉄のような重みが手足に戻ってくるのをぼくは感じた。

「そんなこと、いけない！」とぼくは言った。「通りすがりのぼくらがこの音楽で仕合せになるのに、あなたがそうじゃないなんて、どうしてです」

婦人は頭を傾げた。手の動きがゆっくりになった。

「なぜ私ら風情のことをそんなに気にするんだろう」

ぼくは婦人の前に立っていた。ドゥーリーの居酒屋の催眠術的な静けさのなかで、あの老人が言ったことを、ここでぼくがこの婦人に話せるだろうか。山ほどの美しさが生涯にわたってぼくの魂を満たしてくれたのに、ぼくときたら玩具のシャベルで、ほんのちょっぴりずつそれを世間に返していたにすぎないのだということを、ここで話せるものだろうか。ぼくを笑わせ、泣かせ、生き返らせてくれた舞台や銀幕の人々からの、ぼくの借りのすべてを数え上げるべきなのか。暗い劇場のなかでは誰一人として、「きみに助けが必要なとき、ぼくが友達であることを忘れないで!」と叫び出す者はいなかったのだが。あるいは十年ほど前、バスに乗っていた男のことを、ぼくはこの婦人に話すべきなのか。その男は一番うしろの席でひどく楽しそうに明るく笑いつづけ、その声のおかげで乗客はみんな温かい気分になり、バスを下りてからもその陽気さ加減は暫く残っていたほどなのだが、しかも誰一人としてその男の腕に手を掛け、「ああ、きみのおかげで今夜は楽しかった。元気でね!」と声をかける者はいなかった。この婦人はすなわち、永いこと借りっぱなしになっていた多額の借金の一部なのだということを、どう語ったらいいのだろう。いや、そんなことはぼくにはどうしてもうまく言えなかった。そこで、やむをえず、こんなふうに言った。

「じゃ、ちょっと想像してみて下さい」

「どんなことを」と婦人は言った。

「自分はアメリカの雑誌記者だと思ってみて下さい。その記者は取材のために、妻子や友人たちから遠く離れ、厳しい冬のさなか、陰気なホテルに滞在している。その日は灰色の一日で、心のなかにはこわれたグラスと、嚙み捨てたタバコと、煤に汚れた雪とがあるばかり。呪わしい冬の通りを記者は歩いて行きます。角を曲ると、そこで小柄な婦人が金色のハープを弾いている。婦人が弾くものはすべてほかの季節であって、秋と、春と、夏とが自由勝手に入りみだれている。そして氷は溶け、霧は晴れ、風は六月の光に燃え、あなたは十年も若返る。お願いだから、想像してみて下さい」

音楽が止った。

突然の沈黙に婦人は衝撃を受けたようだった。

「あんたはどうかしてるわ」と言った。

「あなたはぼくなのだと思ってみて下さい」とぼくは言った。「ぼくはもうホテルへ帰ります。帰る途中で何か聴きたい。なんでもいいんです。弾いて下さい。あなたはぼくなのだから、弾きながら角を曲って、耳をすまして下さい」

婦人は絃に手をあて、口を歪めて考えこんだ。ぼくは待った。やがて婦人は溜息をつき、呻き声を出した。それから突然どなった。

「帰んなさい！」

「でも……？」

「あんたのせいで指がかじかんでしまった！　ほら、見てごらん！　あんたが駄目にしたんだよ！」

「ぼくはただ、あなたにお礼を――」

「余計なこった！」と婦人は叫んだ。「なんて間抜けな、野蛮な男だろう！　ほっといておくれ！　自分のことを考えるがいい！　自分の仕事をしてりゃいいんだ！　ああ、この可哀想な指、駄目にされちまった、駄目にされちまった！」

婦人は指を見つめ、きらきら光る恐ろしい目でぼくを睨んだ。

「行っちまえ！」とわめいた。

ぼくは角を曲り、絶望的に走った。

とうとう！　とぼくは思った。ぶちこわした！　ぶちこわしちまった！　お礼の言葉で駄目にした、と婦人は言う。ぼくもそう思う。死ぬまで後悔するだろう！　ぼくは馬鹿だ、なぜ口をつぐんでいなかった。

どこかの建物の壁に、ぼくは寄りかかり、しゃがみこんだ。その姿勢で一分も経っただろうか。

お願いだ、おばさん、頼む、とぼくは心のなかで言った。弾いてくれ。ぼくのためにじゃなく。あんたのために弾いてくれ。ぼくの言ったことは忘れてくれ！　お願いだ。

かすかな、試し弾きのような、ハープの呟きが聞えた。

また静まりかえった。

それから再び吹き始めた風に乗って、ゆるやかな演奏が聞えた。

それは古い唄の調べだった。ぼくは歌詞を知っていた。独りで歌詞を呟いた。

唄に合せてかろやかに歩めよ、
やさしい草を傷つけぬよう。
人のくらしには雨あり風あり、
砂時計のなかでは砂あらし。

そう、とぼくは心のなかで言った。つづけてくれ。

涼しい日蔭を気楽にさまよい、
日ざしのなかではひなたぼっこ。
飲みものよ、ありがとう、食べものも、
葡萄酒も、かわいい女たちも。
くらしはいずれ終るのだから、
クローバの上をかろやかに歩めよ、
いとしいひとを傷つけぬよう。
こうして、くらしから出て行こう、
さよなら、ありがとうと言いながら。

　すべてがすんだらゆっくり眠ろう、
　いのちと引き換えの眠りだもの。

ああ、なんという賢い婦人だろう、とぼくは思った。

唄に合せてかろやかに歩めよ。

ぼくは誉め言葉でもってあの婦人を危く押し潰すところだった。

いとしいひとを傷つけぬよう。

ぼくの軽率な親切でもって、あの婦人は傷だらけになった。

だが今、ぼくのことばでは言いあらわせぬほど多くを教えてくれたこの唄で、婦人はみずからを慰めていた。

唄が第三節に入るまで待ってから、ぼくは帽子を軽く浮かせて挨拶し、再び歩き出した。

しかし婦人は目を閉じて、自分の指の紡ぎ出す音に耳を傾けていた。その指は、生れて初めて雨というもので掌を洗った幼女のように、紘のなかで踊っていた。

極度の無関心から極度の関心へ、そして今、適度の関心へと、婦人の心は移り動いたのだ。

その唇はやさしい微笑のかたちを保っていた。

あぶないところだった、とぼくは思った。危機一髪だ。

ハープと婦人、街角で出逢った友人同士のような両者を残して、ぼくは遠ざかった。そしてホテルへ走った。婦人にお礼を言わなければならない。ぼくの知っている唯一の方法で。すなわち、ぼく自身の仕事を立派になしとげることによって。

だが途中でドゥーリーの居酒屋に寄った。

音楽はまだかろやかに歩み、クローバはまだやさしく踏まれ、いとしいひとは決して傷つけられず、ぼくは居酒屋のドアをそっと押して、今こそ握手したくてたまらないあの老人の姿を探した。

全量服用、群集の狂気を阻む薬

その夜もまた無茶苦茶に暑くて、午前二時頃まではぐったりと横になっているが、それからふらふら起きあがり、いやな匂いのする自分の汗を拭き拭き、よろめきながら、巨大なオーブンのような地下鉄構内へ入って行く。迷い子のような電車が金切声をあげて走って来る。

「まるで地獄だ」とウィル・モーガンは呟いた。

ほんとうに地獄のようだった。けものじみた人々の群が途方にくれて、ブロンクスからコニーアイランドへ、またその逆方向へと、丑三つどきから数時間も、ひょっとして潮風を吸えるかもしれないという僥倖を求めてさまようのだ。風にさえぶつかれば感謝の祈りを捧げたって構わないのだが。

どこか、ああ、マンハッタンか、そのむこうのどこかに、涼しい風がある筈だ。夜明けまでにはどうしてもそれを見つけて……。

「くそ！」

歯磨の広告の微笑が狂ったように電車の腹に涌きあがるのを、ウィル・モーガンは唖然として眺めた。自分が考え出した広告が、この暑い夜の島の端から端まで追いかけてくる。

電車は呻き声を発して止った。

別の電車が反対側の線路に止っていた。

これは呆れた。むこうの電車の開いた窓のそばに、ネッド・アミンジャー爺さんが坐っている。爺さん？　二人は同い年、どちらも四十歳だが、しかし……。

ウィル・モーガンはこちらの窓をあけた。

「おい、馬鹿、ネッド！」

「ウィルか、この悪党め。いつもこんな遅く電車に乗るのか」

「一九四六年以来さ。暑い晩はいつもだ！」

「おれもだ！　お前に逢えて嬉しいよ！」

「嘘つきやがれ！」

どちらの男も鋼鉄の悲鳴のなかに消えた。

なんてこった、とウィル・モーガンは思った、憎み合っている二人の男、十フィートも離れていない場所でお互いに相手を蹴落そうと歯をくいしばっている二人が、午前三時の暑さに熔けてゆく大都会の地下、このダンテの地獄のような所で鉢合せするとは。二人の声のこだまが消えてゆく。

「……つきやがれ！」

三十分後、ワシントン広場で、涼しい風がウィル・モーガンの額に触れた。その風を追って裏通りに入って行くと……。

気温が十度は下った。

「そのまま、もう上らないでくれ」とウィルは呟いた。

その風は、ウィルの少年時代の氷室（ひむろ）の匂いがした。ウィル少年は冷たい水晶の一片を盗んで、頬に押しつけ、シャツの中に入れて心臓が止りそうになり、悲鳴をあげたのだったが。

涼しい風に導かれて裏通りを行くと、一軒の小さな店にこんな看板が出ていた。

魔女メリッサ・トードの
クリーニング店
　午前九時までに悩みをお持ち下されば
　日暮れにはきれいに洗ってお返しします

もう一つの小さな看板には、

暑さ寒さに強くなる呪文と薬。サラリーマンの昇進を確実にする薬。古代の偉人のミイラから精製した軟膏。騒音に負けない方法。汚染大気の緩和剤。ノイローゼ気味のトラック運転手のためのローション。ニューヨーク港から船出する前に飲む薬。

ショーウィンドウには、こんなラベルを貼った何本かの壜が並んでいた。

　完璧な記憶。
　春風の息吹き。
　静けさと小鳥の囀り。

ウィルは笑い出したが、ふと真顔に返った。

店のドアが軋み、そこから涼しい風が漂ってきたのである。再びウィルは少年時代の氷室の白い洞窟を、その霜を思い出した。冬の夢の一部を切りとって、八月まで保存しておいたような世界。

「どうぞ」と声が囁いた。

ドアが音もなく開いた。

中では、冷たい柩がウィルを待っていた。

長さ六フィートの氷の塊が、二月の巨大な思い出のように、三本足の木挽台の上に置かれていた。

「そうだ」とウィルは呟いた。故郷の町の金物屋のウィンドウで、奇術師のかみさんのミスつららと称する女が、自分の体の曲線に合せて窪みをつくった巨きな長方形の氷のなかに横たわった。そして雪の姫君のように、そのまま幾晩も眠りつづけたのだ。

真夜中に、ウィルは友達と語らって、女が冷たい水晶の眠りのなかで微笑むのを見に行った。好奇心に燃える十四、五歳の少年が四、五人、夏の夜の半ばを眺めつづけた。自分たちの熱い視線が氷を溶かすことを期待しながら……。

氷は決して溶けなかった。

「待てよ」とウィルは呟いた。「あれは……」

ああ、間違いない。この氷だ！　この窪みの曲線のなかで、つい今し方まで雪の姫君が冷たい夢をむさぼっていたのではなかったか。そう。うつろな氷の曲線は美しかった。しかし……女はいない。どこへ行った。

暗い夜の店の内部へ、ウィルはもう一歩踏みこんだ。

「ここよ」と声が囁いた。

光り輝く冷たい柩のむこう、部屋の片隅で人影が動いた。

「ようこそ。ドアをしめて」

女は暗がりのなか、すぐそばに立っているように感じられた。しずくのしたたる雪の墓に今し方まで入っていたその肉体は、触れればひどく冷たいだろう。ウィルが手をのばしさえすれば――

「こんな所で何をしてらしたの」と女の声がやさしく訊ねた。

「なにしろ暑くて。歩いたり。電車に乗ったり。涼しい風を探していました。もう誰かに助けてもらわないとどうしようもない」

「それなら、ここへいらしたのはよかったわ」

「しかし、こんなのは気違いじみてる！　私は精神分析なんて信じないんです。フロイトだの、サーカスだのは、もう二十年も前に死に絶えたというのが私の持論でね、いつも友達にいやがられてるんです。星占いや、数字占いや、手相見のたぐいも信じないし――」

「私は手相は見ません。でも……ちょっと手を出して」

ウィルはやわらかなくらやみのなかへ手を差し出した。

女の指がウィルの指を軽く叩いた。さっきまで冷蔵庫を掻きまわしていた少女の手のような触感だった。ウィルは言った。

「看板に魔女メリッサ・トードと書いてありますね。一九七四年夏のニューヨークで、魔女にどんな仕事があるんです」

「今年のニューヨークほど魔女を必要としている町が、ほかにあるでしょうか」

「そう。われわれは発狂したようなものだ。しかし、あなたが本当に……？」

「魔女は時代の真の飢えから生れます」と女は言った。「私はニューヨークに産み落されました。この町の不正のかずかずが私を呼び寄せました。あなたは知らずにやって来て私を発見したのです。そちらの手もどうぞ」

女の顔は暗がりのなかでおぼろな肌色の影にすぎなかったが、その目はウィルの震える掌をじっと見つめているのが感じられた。

「ああ、どうしてこんなに遅くいらしたの」と女は悲しそうに言った。「もう少しで不可能になるところでした」

「不可能というと、何が」

「救われることが。私の与える贈物を受けとることが」

ウィルの心臓が烈しく打った。「平穏です。どんな贈物なんだ、あなたが与えるというのは」

「平和です」と女は言った。「平穏です。気違い沙汰のまっただなかの静けさです。油に汚れた、ごみだらけの深夜に、毒ある風がイースト・リヴァと交わって、私が生れました。私は両親に反抗します。自分をこの世にもたらした体液そのものを駆逐します。私は毒から生れた血清です。あらゆる時代の抗体です。〈治療〉それ自体です。あなたは〈都会〉に殺されかかっている。そうでしょう? マンハッタンがあなたを滅ぼしてしまう。私があなたの楯になりましょう」

「どうやって」

「私があなたの保護者になるのです。目に見えぬ猟犬のように、私の保護はあなたをとり囲みます。もう地下鉄はあなたの耳を痛めはしない。スモッグは決してあなたの肺や鼻を損ったり、あなたの視界を濁らせたりはしない。昼食のときには、一番安いホットドッグに豊かなエデンの園の味わいを感じとるすべを、あなたの舌に教えましょう。あなたの事務所の冷却器から飲む水は、最高級の葡萄酒になるでしょう。あなたが呼べば警官は親切に答えるでしょう。あなたがちょっとウインクすれば、勤務時間外のタクシーもすぐ止ってくれる。あなたが劇場の窓口に近づけば、芝居の切符はすぐに現れる。あなたが車を五十八番街からタイムズ広場まで運転するとき、信号はみんな緑に変り、赤信号は一つもなくなる。私があなたのそばにいる限りは。

「私があなたのそばにいる限りは、私たちの住居は、六月の最初の蒸し暑い日から労働休日（レイバーディ）（九月第一月曜日）の最後の一時間まで、小鳥が鳴き交す緑の森の草地になるでしょう。海から帰る人たちが暑さに打ちのめされ、なかなか動かない列車のなかで発狂しそうになるときにね。私たちの部屋は水晶のチャイムに満たされる。私たちの台所は七月でもイヌイットの小屋のようで、シャトー・ラフィットで味つけしたアイスキャンデーを私たちは食べる。貯蔵食料？　八月でも二月でも新鮮な杏（あんず）。毎朝のようにフレッシュ・オレンジジュース、朝食には冷たいミルク、午後四時にはさわやかなキス。私の唇はいつも冷やした桃の香り、私の肉体はいつも冷やしたプラムの味。イーディス・ウォートン（アメリカの女流作家、一九三七年没）が言った通り、香気はつねに手近な所から始まる。

「鬱陶（うっとう）しい昼間、勤め先から帰りたくなったら、私があなたの社長に電話すれば、すぐに帰れる。いずれにしろ、あなた自身がじき社長になって、家に帰れば、コールド・チキンと、フルーツ・ワイン・パンチと、私とが待っている。夏はヴァージン諸島へ。秋にはすばらしい収穫がたくさんで、あなたはとても仕合せに発狂する。冬はもちろんその反対。私はあなたの暖炉になる。やさしいワンちゃん、寝そべって。私は雪片になってあなたにふりかかる。

「要するに、あなたにはすべてが与えられます。お返しはほんのすこしで結構。あなたの魂だけで」

ウィルは思わず体をこわばらせ、女の手を放そうとした。

「あら、私がそれを欲しがることは初めからわかってらしたんじゃなかったの」と、女は笑った。「でも魂はお金では買えません。魂は失くしたら二度と再び見つけることができないものよ。私が本当はあなたに何をしてもらいたいか、言いましょうか」

「言ってごらん」

「私と結婚して」と女は言った。

お前さんの魂を売ってくれたら、とウィルは思ったが、口に出しては言わなかった。だが女はウィルの目の表情を読みとったようだった。「まあ、これがそんなに大変なお願いかしら。私のほうは何から何まで与えるというのに」

「よく考えてみないと！」

自分でも気づかずに、ウィルは一歩うしろにさがっていた。

女の声はひどく悲しそうだった。「よく考えてみないとわからないものは、もう決してわからないのよ。一冊の本を読み終えて、その本が好きか嫌いかはもうわかっているでしょう。お芝居の幕切れでは、目を醒ましているか眠っているか、どちらかでしょう。美しい女は美しい女だし、いい暮しはいい暮しじゃないかしら」

「どうしてあなたは明るい所に出て来ない？　あなたが美しいかどうか、どうしてわかる」

「くらやみに一歩踏みこまない限り、あなたには何もわからないのよ。私の声だけでそれがわからない？　わからない？　哀れなひと。今、私を信じないなら、もう永久に私と一緒にはなれないわ」

「私にだって考える時間は必要だ。あすの夜また来るよ！　二十四時間早かろうと遅かろうと、べつに違いはないだろう」

「それが大変な違いなのよ、あなたくらいの年齢の人には」

「私はまだ四十だ！」

「いいえ、問題はあなたの魂です。それがもうぎりぎりのところなの」

「あと一晩だけ余裕をくれ！」

「どうぞ幾晩でも。あなたが損をするだけですから」

「ああ、かみさま、ああ、かみさま」とウィルは目を閉じて言った。

「神があなたを助けてくれればいいのだけれど。もうお帰りなさい。あなたはただの駄々っ子です。可哀想。本当に可哀想。お母さまはお元気？」

「死んで十年になる」

「いいえ、生きてらっしゃるわ」と女は言った。

　ウィルはドアまで後退したが、そこでいったん立ちどまって、混乱した心を鎮め、鉛のような舌を動かそうとした。

「あなたはいつからここに？」

　女はかすかに苦々しさをこめて笑った。

「もう三度目の夏。この三年間にこの店に入って来た男の方はたった六人。二人はすぐ逃げて行ったわ。二人は少し経ってから出て行った。一人はもう一度来たけれど、そのあとは行方知れず。六番目の人は三度訪ねて来て、最後にとうとう認めたの、信じないということをね。すべてを包容し保護する真の愛がいざ目の前に現れると、だれもそれを信じない。雨と風と種子しか知らない単純なお百姓さんなら、ずっとここにいてくれたかもしれないわね。ニューヨークの人はだめよ。すべてを疑うから。

「あなたは誰で何をする人か知らないけれど、お願いよ、行かないで。牝牛の乳をしぼって、私の屋根裏部屋に生い茂る樫(かし)の木蔭の薄暗くて涼しい小屋に、しぼりたての牛乳をしまって欲しいの。和蘭芥子(おらんだがらし)の若葉を摘んで、それで歯を磨くのよ。北向きの食料貯蔵室で、柿や金柑や葡萄の香りに包まれなさい。私がこんなふうに喋りつづけるのを、くちづけで止めて欲しい。息もつけないほどくちづけして欲しい。お願い、行かないで、私は言葉に飽きた、愛が必要。行かないで、行かないで」

　女の声は熱烈だった。おののく声、やさしい声、甘い声。今すぐ逃げなければおれの負けだ、とウィルは思った。

「あすの晩！」とウィルは叫んだ。

靴に何かがぶつかった。長方形の氷の塊から落ちた鋭い一本のつららが、床にころがっていた。

ウィルはかがんで、つららを拾い上げ、走り出した。

ドアがぴしゃりと閉じた。あかりが一せいに消えた。「魔女メリッサ・トード」の看板ももう見えなかった。

醜女（しこめ）なんだ、と走りながらウィルは思った。とんでもない醜女なんだ、それに違いない。そう、そうだとも。嘘なんだ！　さっきの話はみんな嘘だ！　あの女は――

ウィルはだれかと衝突した。

道のまんなかで、二人の男は手を取り合い、睨み合った。

ネッド・アミンジャー！　なんだ、ネッド爺さんじゃないか！

時刻は午前四時、大気はまだ白熱していた。涼しい風を求めて、ネッド・アミンジャーは夢遊病者のように歩いていたのだ。その服は熱い肌の上でだんだら模様になり、顔からは汗がしたたり、目には生気がなく、炙（あぶ）られたように熱い皮靴のなかで足は軋んだ。

衝突のショックで、二人の男は少しのあいだ揺れていた。

悪意が痙攣のようにウィル・モーガンにとりついた。ウィルはネッド・アミンジャー爺さんをつかまえて、その体を二、三度ぐるぐる回してから、暗い裏通りをゆびさした。彼方、裏通りの奥では、あの店のウィンドウのあかりが再びともっているだろうか。そう！

「ネッド！　あっちだ！　あそこ、へ行け！」

暑さに目もくらみ、疲労困憊したネッド・アミンジャー爺さんは、よろめきながら裏通りへ入って行った。

「おい、待て！」と、自分の悪意を悔みながら、ウィル・モーガンは叫んだ。だが、アミンジャーは行ってしまった。

地下鉄のホームで、ウィル・モーガンはつららをしゃぶった。それは「愛」だった。「喜び」だった。「女」だった。電車が轟音とともにホームに入って来たとき、ウィルの手は空っぽで、体には再び汗が噴き出ていた。口のなかの甘い味は？　埃の味だった。

午前七時。遂に一睡もできない。どこかで巨大な熔鉱炉がその扉を開き、ニューヨークの町は焼けただれた。起きるんだ、とウィル・モーガンは思った。早く！　ヴィレッジまで走れ！　あの看板ははっきり記憶に残っていた。

クリーニング店

午前九時までに悩みをお持ち下されば

日暮れにはきれいに洗ってお返しします

だが、ヴィレッジへは行かなかった。ウィルは起きて、シャワーを浴び、熔鉱炉のなかへ出勤した。その日限りで職を失うために。

そのことは、気も狂わんばかりに暑いエレベーターで、日焼けした猛烈な人事担当取締役ビンズ氏と乗り合せたときからわかっていたようなものだった。ビンズ氏の眉毛はぴくぴく上下し、唇は声にならない呪いの言葉を絶え間なく呟いていた。背広の下では、ヤマアラシの熱い針が肌をしきりに刺していたのだろう。エレベーターが四十階に着いたとき、ビンズ氏は類人猿と化していた。

あたりでは同僚たちが、負け戦に出掛けるイタリア軍のように右往左往していた。

「アミンジャー爺さんは？」と、主のいないデスクに気づいて、ウィル・モーガンは訊ねた。

「電話してきたよ。病気だとさ。暑気あたりらしい。でも昼までには来るそうだ」と、だれかが答えた。

まだ昼までには間があるのに、冷却器の飲料水は空になり、エアコンは十一時三十二分に自殺した。二百人の人々は、決して開かないように作られた窓のそばで、デスクに繋がれた獣となった。

十二時一分前、ビンズ氏が社内放送で、全員デスクの脇に一列に並ぶようにと命じた。みんなは並んだ。ふらふらしながら待った。温度計は三十六度を指していた。社員たちの長い列に沿って、ビンズ氏はゆっくりと歩き始めた。目に見えぬ蠅がビンズ氏のまわりをぶんぶんと飛び交う暑苦しい音が聞えた。

「さて、諸君」と人事担当取締役は言った。「御承知の通り、現在は不況だ。大統領がどんなに明るく表現しようと、不況は不況だ。私としては諸君をうしろから刺すより、むしろ堂々と前から刺したいと思う。で、これから私は列に沿って歩いて、軽く会釈して『きみだ』と囁く。この一言を聞いた人は回れ右をして、自分のデスクを片付けて、帰ってもらいたい。四週間分の退職手当が出口で待っている。待てよ！　だれか一人いない！」

「ネッド・アミンジャー爺さんです」と、ウィル・モーガンは言い、次の瞬間、唇を噛んだ。

「ネッド爺さん？」と、ビンズ氏は凄い目をして言った。「爺さんだと？」

ビンズ氏とネッド・アミンジャーは同い年なのだ。

顔面をひきつらせて、ビンズ氏は答を待った。

「ネッドは」と、自己嫌悪に息をつまらせながらウィル・モーガンは言った。「おっつけ来ると思いますが――」

「遅くなりました」と声がした。

みんな振り向いた。

列の向う端、ドアのそばにネッド爺さんが、いや、ネッド・アミンジャーが立っていた。魂が抜けたような同僚たちを眺め、ビンズ氏の険悪な表情に気づいて、少しひるんだが、すぐにウィル・モーガンの隣りに並んだ。

「よし」とビンズ氏が言った。「始めよう」

人事担当取締役はゆっくり移動し、囁き、移動し、囁き、移動し、囁いた。二人の社員が、四人が、まもなく六人が、それぞれのデスクを片付け始めた。

ウィル・モーガンは深く息を吸いこみ、そのまま息をとめて待った。

ビンズ氏が正面に来て立ちどまった。

言わないだろう、とウィルは思った。言わないでくれ！

ウィルは回れ右をして、うねるように上下しているデスクにつかまった。きみだ。

「きみだ」とビンズ氏は囁いた。

ビンズ氏は移動し、ネッド・アミンジャーとむかい合った。

その言葉は頭のなかで鋭く鳴り響いた。きみだ。

「ネッド爺さんか」と言った。

ウィルは目を閉じて思った。言え、早く言え、お前はくびだ、ネッド、くびだ！

「ネッド爺さんか」とビンズ氏は楽しそうに言った。

ビンズ氏の奇妙に親しげな、やさしい声音に、ウィルは縮みあがった。

もの憂い南海の風がそよそよと吹いてきた。ウィルは目を白黒させ、鼻をくんくんいわせながら立ち上った。太陽熱に萎れた部屋が磯波と冷たい白砂の香りに満たされた。

「ネッド、きみはいい人だ、ネッド」とビンズ氏はやさしく言った。

茫然としてウィル・モーガンはその先を待った。おれは気が狂ったのだろうか。

「ネッド」とビンズ氏はやさしく言った。「きみは残ってくれ。いつまでもいてくれ」

それから早口に、「以上です。諸君。さあ昼めしだ！」

ビンズ氏は去り、戦場には負傷者や死者が残された。ウィル・モーガンは向き直って、ネッド・アミンジャー爺さんをまじまじと見た。なぜだろう、一体どうして……。

答はそこにあった。

そこに立っているネッド・アミンジャーは爺さんでもなければ若者でもなく、その中間といったらいいだろうか。それはゆうべ遅く暑い電車の窓にだらしなく寄りかかっていた男ではなかったし、午前四時にワシントン広場でよろめいていた男でもなかった。

このネッド・アミンジャーは静かに立っていた。遠い緑豊かな田園の風や葉擦れの音に耳を傾け、さわやかな湖のそよ風にたゆとう心地よい時の流れを感じとろうとでもいうように。

桃色の頬はさっぱりとして、汗はとうに乾いてしまっていた。目の充血はすっかり引いて、落ち着いた、静かな、青い目だった。いつ電気仕掛けの昆虫のように動き出し金切声をあげるとも知れぬデスクやタイプライターの並んだ、この死んで動かぬ海のなかで、ネッドは一つの島であり、オアシスなのだった。くびになった同僚が立ち去るのを、この男は静かに見守っていた。さしたる関心もなく。なぜなら今のネッドはその涼しい美しい肌のなかで、光輝ある孤立を楽しんでいるのだから。

「畜生！」とウィル・モーガンは叫び、走り出した。

どこへ走るつもりだったのか、気がつくと、ウィルは手洗所の屑籠を狂ったようにかきまわしていた。

見つかるに違いないと思ったものは、やはり見つかった。ラベルの貼ってある、小さな壜。

全量服用、群集の狂気を阻む薬

震える手で栓をぬいた。冷たい青い液体は文字通り一しずくしか残っていなかった。窓を閉め切った手洗所の暑さによろめきながら、その一しずくを舌の上に落した。瞬間、肉体は冷気の大波めがけて跳びこんだように感じられた。吐く息はクローバの香りの泉だった。

思わず壜を握りしめ、壜は砕けた。血を見て、ウィルは喘いだ。

ドアがあいた。ネッド・アミンジャーが手洗所をのぞきこんだ。それは一瞬間のことで、ネッドはすぐむこうを向き、立ち去った。ドアが閉じた。

少し経って、ウィル・モーガンは自分のデスクのがらくたを鞄に詰めこみ、がちゃがちゃいう鞄を抱えてエレベーターに乗った。

下に着くと、ウィルは向き直って、エレベーターボーイにありがとうと言った。

ウィルの息が青年の顔に触れた。

青年は微笑んだ。

野性的な、不可解な、愛らしい、美しい、美しい微笑！

丑三つどき、裏通りのあかりは消え、あの小さな店も暗かった。「魔女メリッサ・トード」の看板は消えていた。ウィンドウには壜が一本もなかった。

ウィルはドアをたっぷり五分間は叩きつづけたが、返事はなかった。更に二分間、ドアを蹴った。

やっと溜息のような音を立てて、いやいやながらのようにドアがあいた。

ひどく疲れた声が言った。「どうぞ」

中は戸外よりもほんの少し涼しいだけだった。美しい女のかたちに窪んでいた巨大な氷の塊は、すでに大半溶けて凋み、しずくがひっきりなしにしたたって、もう崩壊寸前の状態にあった。

暗がりのどこかで、女はウィルを待っていた。しかし今回はもう服を着て、荷物をまとめ、今にも立ち去ろうとしていることが感じられた。ウィルは大声をあげようと口を開き、手を差しのべようとしたが、女の声に先を越された。

「前に言っておいた筈よ。もう遅いわ」

「そんなことはない！」とウィルは言った。

「ゆうべならまだ大丈夫だった。でも、それから二十時間のうちに、あなたのなかで最後の細い糸が切れたのよ。感じでわかります。間違いないわ。そうよ。もう完全に失くなってしまった」

「何が失くなったんだ」

「もちろん、あなたの魂が。食べられた。消化された。消えた。あなたはからっぽ。何も残っていない」

　女の手が暗がりから伸びて来るのが見えた。その手はウィルの胸に触れた。女の指が肋骨を突き通して、ウィルの肺や、哀れに打ちつづける心臓をまさぐったと思ったのは、男の錯覚だったのだろうか。

「そうよ、失くなってしまった」と女は悲しげに言った。「悲しいことね。都会（まち）はキャンデーの包み紙をむくようにあなたを裸にして、ぜんぶ食べてしまった。今のあなたはアパートの入口に出しっ放しにされて、埃まみれになって、蜘蛛が口のところに巣を張り始めた牛乳壜にすぎない。車の騒音があなたの骨髄をこなごなに砕いてしまった。猫が赤子の魂を吸いとるように、地下鉄はあなたの息を吸いとった。電気掃除器はあなたの脳味噌をすっかり始末した。アルコールが残りのものを溶かした。タイプライターとコンピューターはあなたの残り滓（かす）を内臓から送り出し、あなたは紙に印刷されたり、紙リボンにパンチされたりしたあげく、下水に放り出された。テレビはあなたを古いお化け映画の顔面痙攣に変えた。あなたの遺骨は、市内バスという名の不機嫌なブルドッグが、ゴムの唇をもつドアにくわえて持ち去ってしまう」

「ちがう！」とウィルは叫んだ。「気が変ったんだ！　結婚してくれ！　結婚して――」

ウィルの声で、氷の墓が割れた。それは砕けて、ウィルの背後の床に飛び散った。美しい女のかたちは床に溶けた。ウィルは狂ったように駆けまわり、暗がりに跳びこんだ。

行手には壁があった。鼻先で回転ドアがしまり、錠を下ろす音が聞えた。絶叫は何の役にも立たなかった。ウィルは一人だった。

一年経ち、七月の日暮れどき、地下鉄に乗っていて、ウィル・モーガンは三百六十五日ぶりでネッド・アミンジャーに出逢った。

挽き臼の音、弾丸の音、熱い熔岩の音を立てながら、数億人の魂を地獄へ運んで行く電車のなかで、アミンジャーは緑の雨に打たれる薄荷の葉のように涼しげに立っていた。そのまわりでは、蠟で作られた人間たちが溶けていた。ネッドは鱒（ます）の遊ぶ自分専用の流れを徒で渡っていた。

「ネッド！」とウィル・モーガンは叫び、駆け寄ってその手を握りしめ、ゆすぶった。

「ネッド、ネッド！　逢いたかったよ、きみみたいな友達はほかにいない！」

「うん、ほんとだね」と若いネッドは笑顔で言った。

そう、本当にそうなのだ！　なつかしいネッド、すばらしいネッド、生涯の友達！　おれに息を吹きかけてくれ、ネッド！　きみの生気をおれにくれ！

「社長になったんだってね、ネッド！　噂は聞いていたよ！」

「うん。うちへ一杯飲みに来るかい」

荒れ狂う熱気のなかでタクシーを探していると、ネッドの小ざっぱりしたクリーム色の服から冷たいレモネードの水蒸気が立ちのぼった。罵声と叫び声と警笛のただなかで、ネッドは片手を上げた。

タクシーが止った。二人の男はうららかな気分でドライブを楽しんだ。

マンションに着くと、物蔭から拳銃を構えた一人の男が出て来た。

「金をありったけ出せ」と男は言った。

「あとでな」と、新鮮なりんごの香りを男に吹きかけながら、笑顔でネッドは言った。

「じゃ、あとで」男は一歩さがって、二人を通した。「あとで」

エレベーターのなかでネッドは言った。「おれが結婚したのは知ってるね。ちょうど一年になる。いい女房だよ」

「奥さんは……」とウィル・モーガンは少したためらった。「……美人か？」

「まあね。きみも気に入ってくれると思う。部屋も気に入ると思うよ」

そう、とウィルは思った。わかってる、わかってるさ。緑の森の草地、水晶のチャイム、敷物の代りに涼しい本物の草。わかってる、わかってるさ。

二人が入って行った部屋は、まさしく熱帯の島だった。若いネッドは大きなゴブレッドに冷やしたシャンパンを注いだ。

「何に乾杯しようか」

「きみにだ、ネッド。きみの奥さんに。おれに。今夜の十二時という時刻に」

「今夜の十二時とは？」

「下で拳銃を構えて待っている男のところへ、十二時になったら、おれは下りて行くよ。『あとで』ときみはあの男に言ったね。あの男も『あとで』と言った。おれは一人であいつと逢うことにしよう。滑稽な、馬鹿げた話だね。おれの息はふつうの息で、メロンや梨の香りはしないのに。あいつは何時間も拳銃を構えて、暑さにいらいらしながら待ってるだろうに。こりゃ大した冗談じゃないか。さて……乾杯するか」

「乾杯！」

二人は飲んだ。

そのとき細君が入って来た。二人の男がそれぞれの笑いを笑うのを聞きつけて、自分も笑いに加わろうとしたのだろう。

だがウィル・モーガンの姿を見て、女の目に突然涙があふれた。
その涙の理由（わけ）がウィルにはよくわかった。

日照りのなかの幕間

十月末の暑い緑色の昼さがり、二人は「ラス・フローレス」ホテルに宿をとった。内庭では赤、黄、白の花々が炎のように燃えさかり、その照り返しで二人の小さな部屋は明るかった。夫は背が高く、髪は黒く、顔色は青白く、まるで一万マイルも車を運転する夢から、たった今醒めたばかりのような表情だった。毛布を何枚か抱えてタイル張りの内庭を横切ると、夫は疲れきったような溜息を洩らし、小さな部屋の小さなベッドに身を投げて、そのまま動かなかった。夫が目を閉じている間に、年の頃は二十四、五、髪は黄色で、角縁の眼鏡をかけた妻は、支配人のゴンサレス氏に笑顔を見せながら、あたふたと部屋と車の間を往復した。まずスーツケースを二個運び、次に、見かねたゴンサレス氏には礼を言いながらも、手助けはきっぱり断わって、一台のタイプライターを運んだ。それから、パックアロ湖畔の町で買ったインディオの仮面の大きな包みを運びこみ、更に何度か往復して、もっと小さな箱や包みを、終いには予備のタイヤまで運んで来た。ごろた石を埋めこんだ通りの上をころがして、夜中に現地人がタイヤを持って行ってしまうといけない。力仕事に顔を火照(ほて)らせ、鼻歌を歌いながら妻は車のキーを抜くと、窓がしまっていることを確認し、それから急ぎ足で部屋に戻った。夫は目を閉じ、ツインベッドの片方に横たわっていた。

「こりゃひどい」と目を閉じたまま夫は言った。「ひどいよ、このベッドは。さわってごらん。ベッドはシモンズのマットレスじゃないと駄目だって、言っといたじゃないか」夫はうんざりしたようにベッドを叩いた。「この硬さ。まるで石だ」

「私スペイン語ができないでしょう」かたわらに立つ妻の顔に困惑の色が浮んだ。「あなたが支配人と掛け合って下さればよかったのよ」

「冗談じゃない」夫は薄目をあけて灰色の瞳をのぞかせ、妻の方に顔を向けた。「ぼくは運転手だぜ、この旅行じゃ。きみは坐って景色を眺めてるだけだろう。だから金や、宿や、ガソリンや、そういう問題はきみの受け持ちだよ。もうこれで二度目じゃないか、硬いベッドに当ったのは」

「ごめんなさい」と、まだ立ったまま、もじもじしながら妻は言った。

「夜はぐっすり眠りたいんだよ。ぼくのささやかな希望としては」

「ですから、ごめんなさい」

「ベッドにさわってみもしなかったのか」

「よさそうに見えたのよ」

「さわってみなきゃ駄目だ」夫は平手でベッドの表面を叩き、拳で脇を叩いた。

妻は自分のベッドに近づき、試すように腰かけた。「私にはちょうどいいみたい」

「ところが、そうじゃないんだな」

「こっちのほうがやわらかいのかしら」

夫は億劫そうに体をよじって手をのばし、もう一つのベッドを叩いてみた。

「よかったら、こっちで寝れば」と無理に笑顔をつくって妻は言った。

「これも硬い」と溜息まじりに夫は言い、仰向けの姿勢に戻って、再び目を閉じた。

二人は沈黙し、部屋の空気が冷たくなった。外では花々が緑の灌木のなかで燃えさかり、空は限りなく青かった。ややあって、妻は立ち上り、タイプライターとスーツケースを取り上げると、ドアの方へ歩き出した。

「どこへ行くんだい」と夫が言った。

「車に戻るのよ」と妻は言った。「べつのホテルを探しましょう」

「やめなさい」と夫は言った。「ぼくは疲れてるんだ」

「べつのホテルを探しましょう」

「いいから坐りなさい。今晩はここでいい。移るとしてもあすだ」

たくさんの箱や籠やスーツケース、衣類や予備のタイヤを妻は眺め、まばたきをした。それからタイプライターを置いた。

「じゃ仕方がないわ！」と妻は突然叫んだ。「私のベッドのマットレスを使いなさい。私はスプリングの上に寝るから」

夫は何も言わなかった。

「私のベッドのマットレスを使いなさい」と妻は言った。「それで、もうベッドの話はお終いにしてね。さあ！」妻は毛布を引き剝がし、マットレスをぐいと引っ張った。

「ほんとにそうしたほうがいいかもしれない」と夫は目をあけ、真顔で言った。

「そうよ、マットレスを二つ重ねて使いなさい、私は釘の植わったベッドでもなんでも寝られるわ！」と妻は叫んだ。「とにかく、がみがみ言うのはもうやめて」

「わかったよ」夫はそっぽを向いた。「きみに当り散らしてもしょうがない」

「私に当り散らす気がないんなら、ベッドのことはなんにも言わないで。そうよ、そんなに硬くなんかないわよ。疲れていれば眠れる筈よ。もういい加減にして、ジョゼフ！」

「大きな声を出すんじゃない」とジョゼフは言った。「それより、パリークチン火山のことを調べてきてくれないか」

「今行こうと思っていたのよ」妻は真赤な頬をして立っていた。

「タクシー代と、その先の馬代がいくらかかるのか訊いてみてくれ。それから空を見るんだ。空が青ければ、火山が今日は活動してない証拠だからね。とにかく現地人の口車に乗せられるなよ」

「大丈夫よ、そんなこと」

妻はドアをあけ、外に出て、ドアをしめた。ゴンサレス氏がそこに立っていた。何かお気に召さないことはございませんか。どうぞ遠慮なくおっしゃって下さいまし。

町のウィンドウの前を歩いていると、かすかに木炭のような匂いがした。頭上の空は青かったが、北の方角では（それとも東、あるいは西だろうか、よくわからない）

たくさんの黒煙が恐ろしい火山から立ちのぼっていた。心のときめきを感じながら、妻はその煙を眺めた。それから、肥った大男のタクシー運転手との駆け引きが始まった。金額は六十ペソからスタートして、出っ歯の大男の顔に浮ぶ悲しげな敗北の表情とともに、三十七ペソまで急速に下った。それで決り！　あすの午後三時に迎えに来てちょうだい、わかった？　三時に出発すれば、熔岩の灰がつもって冬景色のように見える灰色の土地を何マイルも突っ走り、日暮れまでには火山に着くだろう。わかったわね？

「シ、セニョーラ、エスタ・エス・ムイ・クラーロ、シ！（はい、奥さん、よくわかりました、はい）」

「ブエノ（それじゃあ）」妻はホテルの部屋の番号を教え、さようならと言った。

それから一人で小さな漆器の店をひやかして歩いた。漆塗りの小さな箱の蓋をあけて、楠と杉と肉桂樹の強い香りをかいだ。刃物を日にきらめかせながら花模様を彫り、赤や青の絵具で着色する職人たちの手さばきを、うっとりと見守った。町は静かな河のようにあたりをゆっくりと流れ、その流れに身を浸していると、われ知らず口元がほころんでくるのだった。

ふと腕時計を見た。もう出掛けてから三十分経っている。狼狽の色が顔に浮んだ。あわてて小走りになり、それから肩をすくめ、普通の歩度に戻った。

タイル張りの涼しい回廊に入ると、アドーベ煉瓦でできた壁には銀色のブリキの燭台があり、その下では籠の鳥が高い美しい声でさえずり、やわらかい長い髪の少女が空色に塗ったピアノにむかって、ショパンのノクターンを弾いていた。

二人の部屋の窓には窓掛けが下りていた。すがすがしい午後の三時。内庭の隅にソフトドリンクの自動販売機があったので、コーラを四本買った。それから笑顔で部屋のドアをあけた。

「ずいぶん時間がかかったじゃないか」と夫は言い、寝返りをうって壁の方を向いた。

「あすの午後三時に出発よ」と妻は言った。

「いくらだ」

冷たいコーラの罎を抱えたまま、妻は夫の背中にむかって微笑んだ。「たったの三十七ペソ」

「二十ペソでよかったのに。メキシコ人につけこまれちゃ駄目だ」

「私はあの人たちより金持よ。少しぐらいつけこまれても仕方がないんじゃないかしら」

「そうじゃない。値切ったり値切られたりがメキシコ人は好きなんだ」

「私、値切ってると、なんだか凄いあばずれになったみたいな気分になるの」

「案内書にも書いてある。彼らは初め倍の値段を吹っかけて、客が半値に値切るのを待ってるんだそうだ」

「一ドルぐらい多くても少なくてもいいじゃない」

「でも一ドルは一ドルだろう」

「私のお金から一ドル出しとくわ」と妻は言った。「冷たいものを買って来たの。おひとついかが」

「何だい」夫は上半身を起した。

「コーラ」

「ああ、ぼくがコーラ嫌いなことは知ってるだろう。ぼくの二本分はオレンジ・クラッシとかえて来てくれ」

「お願い、って言わなきゃいや」と妻は動かずに言った。

「お願いだ」と夫は言い、妻の顔を見た。「火山は活動してるかい」

「ええ」

「訊いてみたか」

「ううん、空を見たの。煙がたくさん出ていた」

「訊いてみたほうがよかったな」

「でも凄い煙だったのよ」

「しかし、あすも活動するかどうか、どうしてわかる」

「そうね。もし駄目だったら、延期すればいいわ」

「そりゃそうだ」夫はまた横になった。

妻は二本のオレンジ・クラッシを持って戻って来た。

「あんまり冷えてない」と夫は飲みながら言った。

二人は内庭で夕食をとった。じゅうじゅういうステーキ、グリンピース、スペイン風米料理、葡萄酒の小壜、デザートには香料(スパイス)をきかせた桃。

ナプキンで口を拭いながら、ふと思いついたように夫が言った。「あ、言おうと思って忘れていた。メキシコ・シティからここまでの六日間にきみに借りた分ね。きみの計算を確かめてみたんだ。ぼくがきみから借りたのは、百二十五ペソ、約二十五ドルということになってるね」

「ええ」

「ところが、ぼくの計算によると、二十二ドルしか借りていない」

「それは変ね」と、スプーンで桃をすくいながら妻は言った。

「ぼくは二度も計算したよ」

「私も」

「きみの計算は間違ってると思うな」

「かもしれないわね」妻は突然椅子をがたんといわせて立ち上った。「調べてみましょう」

部屋のスタンドの光のなかに、ノートがひろげられた。二人は一緒に計算をし直した。「ほらみろ」と夫は静かに言った。「三ドル間違えてる。どうしてこんなことになったんだろう」

「うっかり間違えたんだわ。ごめんなさい」

「会計係としては落第だ」

「一所懸命やってるんだけど」

「ところが結果はこれだ。こんなに無責任だとは思わなかったよ」

「ほんとに一所懸命やってるのよ」

「タイヤの点検は忘れる、硬いベッドには気がつかない、物は失くす。アカプルコじゃ車のトランクのキーを失くすし、気圧計は失くすし、金の計算も満足にできないんだからな。ぼくは日がな一日運転して――」

「ええ、ええ、あなたは日がな一日運転して疲れてるし、メキシコ・シティじゃ連鎖状球菌にやられて、それがまた悪化しやしないか心配だし、だからせめて精神的には楽をしたい。そのためには私はせいぜい頭脳明晰で、計算に強くなくっちゃいけないんでしょ。あなたの言いたいことはもう暗記してるわよ。私はただの物書きですからね、ぶきっちょなことは認めるわ」

「そんなことじゃ、いい物書きにはなれないよ」と夫は言った。「実に簡単なことじゃないか、ただの足し算なんだから」

「わざとしたわけじゃないのよ！」と妻は鉛筆を叩きつけて叫んだ。「しつこいわね！　いっそあなたを騙せばよかった。騙すたねはいくらもあったわ。あの気圧計をわざと失くして、あなたが怒るのを予想して悦に入ればよかった。わざと硬いマットレスのベッドを選んで、あなたが眠れないのを横目で見ながら快哉を叫べばよかった。そうよ、何もかもわざとやればよかったんだわ。お金の計算だってわざとごまかせばよかった。そしたらどんなに愉快だったかしら」

「大きな声を出すんじゃない」と子供を叱るように夫は言った。

「大きな声だろうと小さな声だろうと私の勝手でしょう」

「ぼくが今知りたいのはね、ぼくらの共同の財布に現金がいくらあるかだ」

妻は震える手で財布を探り、現金を洗いざらい出した。夫が数えてみると、五ドル足りなかった。

「金の計算を間違えて、ぼくに余分の借金を負わせるだけじゃ足りないんだな。今度は共同資金の五ドル紛失か」と夫は言った。「一体どこへ行っちまったんだ、五ドルは」

「わからない。きっと入れとくのを忘れたんでしょ、なぜ忘れたって言われても困るけど。でも、もういちど計算をやり直すのはまっぴらよ。不足分は私のお小遣いから出します。それで円満解決でしょ。はい、五ドル！　さあ、少し外出しない、ここは暑いわ」

怒りに身を震わせながら、妻は勢いよくドアをあけた。些細な失敗のせいにしては腹立たしさは異様に激しかった。全身が震え、熱っぽくこわばって、頬は真赤に燃え、目はぎらぎら光っているのが、自分でもよくわかった。ゴンサレス氏にこんばんはと挨拶されたときも、返す笑顔はひどくこわばっていた。

「ほら」と夫は部屋の鍵を妻に渡した。「頼むから今度は失くさないでくれよ」

緑の中央広場(ソカロ)では楽団が演奏していた。青銅の渦巻模様に飾られた演奏台の上で、汽笛のような、あるいはサイレンのような、ロバの啼き声のような、金切声のような、さまざまの音を発した。広場は人間の花盛りだった。男たちは老いも若きもピンクと青のタイルの上を一方向にぞろぞろと漫歩し、女たちは老いも若きもオリーブのような黒い瞳で目くばせし合いながら反対方向に歩いた。男たちは顔見知りの相手と出会うとお互いの肘を摑み合って口角泡をとばし、女たちは甘い香りを放つ花冠のように縺(もつ)れ合って、夏の夜風のなかで囁きかわしながら、冷えてゆくタイルの市松模様の上をそぞろ歩きし、冷たい飲物やタマールやエンチラーダの屋台をひやかした。角縁の眼鏡をかけたブロンドの女を喜ばせようと、楽団は一度だけ猛烈な勢いで「ヤンキー・ドゥードル」を演奏し、女は相好を崩して夫の顔を見た。次に楽団は汽笛のような音で「ラ・クンパルシータ」と「青い鳩」を演奏し、女は何か温かいものがこみあげてくるのを感じて、小声で節をくちずさんだ。

「よしなさい。いかにも観光客ふうだ」と夫が言った。

「音楽を聴いて楽しんじゃいけないの」

「馬鹿みたいに見えるからやめなさい。そんなこともわからないのか」

銀細工を売る男がのろのろと近寄って来た。「セニョール？」

楽団の演奏はつづいていたが、ジョゼフはあれこれ選り始め、きわめて精巧にできた一つの腕環を取り上げた。「いくら」

「ベインテ・ペソス（二十ペソです）、セニョール」

「吹っ掛けやがる」と夫は笑顔で言った。そしてスペイン語で「五ペソでいいだろう」

「五ペソじゃ」と男はスペイン語で答えた。「飯の食い上げです」

「値切らないで」と妻は言った。

「きみは黙っているんだ」と夫は笑顔で言った。そして男に、「五ペソだ、セニョール」

「いや、それじゃ大損です。十ペソがぎりぎりで」

「なんなら六ペソ出そう」と夫は言った。「それ以上は駄目だ」

狼狽のあまり痺れたような表情で男が黙ってしまうと、夫は赤いビロードを張った盆の上に腕環を投げ返し、そっぽを向いた。「もう買いたくなくなった。さよなら」

「セニョール！　じゃ六ペソでいいです！」

夫は笑った。「六ペソ払ってやってくれないか」

妻はぎごちない手つきで財布を出し、何枚かのペソ紙幣を男に渡した。男は立ち去った。「さぞかし御満足でしょうね」と妻が言った。

「満足?」夫はにやにやしながら蒼白い掌の上の腕環を爪ではじいた。「アメリカでなら三十ドルはする腕環を、たった一ドル二十五セントで買ったんだよ!」

「白状するわ」と妻が言った。「私あの人に十ペソ払ったの」

「なんだって!」夫の笑いが止った。

「一ペソ札のなかに五ペソを一枚入れてあげたの。心配しなくていいのよ、私の小遣いから出しとくから。今週末の会計報告には記載しませんから」

夫はなんにも言わずに、腕環をポケットに入れた。折から「アイ・ハリスコ」の最後の数小節を猛然と演奏している楽団を、ぼんやりと見つめた。それから言った。

「きみは馬鹿だ。あいつらに有金残らず取られても知らないぞ」

今度は妻が二、三歩離れて返事をしない番だった。なんだか爽快な気分で、妻は音楽に耳を傾けた。

「ホテルに帰る」と夫は言った。「疲れた」

「今日は百マイル運転しただけよ、パックアロから」

「また喉がすこし痛いんだ。行こう」

囁きと笑いを交しながらそぞろ歩きする人たちを後にして、二人は歩き出した。楽団は「闘牛士の歌」を演奏していた。夏めいた夜のなかで、ドラムの響きは巨大な心臓の鈍い鼓動に似ていた。空中にはパパイヤの匂い、ジャングルの樹海やそこに潜む水の流れの匂いが漂っていた。

「あなたをホテルまで送って、私はまた戻ろうかな」と妻が言った。「音楽を聴きたくなっちゃった」

「小娘じゃあるまいし」

「だって気に入ったのよ、とてもいい音楽よ。にせものじゃない、本物の音楽よ。この世界のなかにはっきり存在している感じ。だから気に入ったの」

「ぼくは具合がわるいんだ。そのぼくをほったらかして、一人で町を遊び歩くのは感心しないな。ぼくが見られないものをきみ一人が見るなんて、ひどいよ」

ホテルに入っても、音楽はまだかなりはっきりと聞えていた。「どうしても一人で出歩きたいんなら、あすから一人で旅行をつづけて、一人でアメリカへ帰ればいい」と夫は言った。「鍵は？」

「失くしたのかもしれないわよ」

二人は部屋に入り、服をぬいだ。夫はベッドの縁に腰を下ろして、夜の内庭を眺めた。やがて頭を振り、目をこすり、溜息をついた。「疲れた。今日は惨憺たるものだった」隣りに坐っている妻を夫は見つめ、片手を妻の腕に置いた。「ごめん。運転で神経がすりへって、なんだかひどいことを言ってしまった。さっきまで物凄く気が立ってたんだ」

「そうね」と妻は言った。

出しぬけに夫が体を寄せてきた。そしていきなり妻を抱きしめ、頭を妻の肩にのせて目を閉じ、低い熱烈な囁きを妻の耳に浴びせかけた。「ぼくらは一緒にいなきゃいけないんだ。わかるだろう。ほんとに、何が起ろうと、どんな面倒な問題があろうと、ぼくら二人だけで、ほかにはだれもあてにできない。きみを愛してるよ、わかるだろう。ぼくが気むずかしくても、許して欲しいんだ。なんとか二人でやっていかなきゃ」

妻は夫の肩ごしに、がらんとした壁を見つめた。この瞬間、壁は自分の人生に似ていた。無の大きな拡がり。凹凸も、輪郭も、感情もない。今、何を言い、どうしたらいいのか、さっぱりわからなかった。昔なら、うっとりしてしまうところかもしれない。だが、金属を白熱させて好みの形をつくる場合でも、あまりたびたびそれを繰り返すと、お終いには金属は白熱することも好みの形に変ることも拒んで、ただの重みになり下ってしまう。今の自分はまさしくただの重みだった。夫の腕に抱かれて機械的に動き、聞いているのだが聞いていない、理解しているのだが理解していない、答えるのだが答えていない状態。「そうよ、一緒にいなきゃ駄目よ」と自分の唇が動いていた。「私たち愛し合ってるのよ」唇は言わねばならぬことを言うだけで、心は目に現れていた。壁の真空のなかへ深くはまりこんでいる目。「そうよ」夫を抱いているのだが抱いていない。「そうよ」

部屋は薄暗かった。外の廊下をだれかが歩いていた。鍵のかかったこの部屋のドアを目にとめただろうか。二人の必死の囁きを耳にしただろうか。けれどもそれは他人にしてみれば、蛇口からしたたり落ちる水の音、排気管を水が流れる音、裸電球の下で本のページをめくる音にすぎない。どんなに部屋部屋のドアが囁こうとも、世間の人々はタイル張りの回廊を遠ざかって行き、囁きは耳に入らない。

「きみとぼくしか知らないことがたくさんあるだろう」夫の囁きは妙に新鮮に聞えた。夫も、自分も、世間の人たちも、みんな可哀想だ、と妻は突然思った。みんな孤独に呪われている。夫はまるで彫像に摑みかかっているようなものだった。妻の肉体は少しも反応しなかった。真黒で、かすかに蛍光を放つ雲のような妻の心だけが、少しばかり位置を変えた。「きみとぼくしか覚えていないこともある」と夫は言った。「だから二人のうち一人がいなくなれば、思い出も半分消えてしまうんだ。ぼくらは一緒にいなきゃいけない。一緒にいさえすれば、一人が忘れてももう一人が思い出すから」

何を思い出すの、と妻は自問した。だが恐らく夫はもう覚えていないだろう二人の生活のさまざまな部分を、妻はたちまち思い出していた。五年前の砂浜の夜、よく晴れた夜、テントのなかで睦み合ったこと。昼間は一緒に寝そべって暮れ方まで日の光を浴びたこと。銀山の廃坑をさまよったこと。ああ、一つに触れると次から次へ、思い出はたちまちつながって現れる！

夫はもう妻をベッドに押し倒していた。「ぼくがどんなに淋しいかわかるかい。さっきみたいに疲れているとき言い合いをしたり、喧嘩したりすると、どんなに淋しい気持になるかわかるかい」夫は妻の返事を待ったが、妻は何も言わなかった。夫がまぶたをぱちぱち動かすのが頸筋に感じられた。初めて耳のそばでまぶたをぱちぱちやられたときのことを、妻はぼんやりと思い出した。「蜘蛛みたいな目ね」と、そのとき笑いながら言ったのだった。「ちっちゃな蜘蛛が耳に入りこんだみたいよ」そして今、気違いじみたユーモアといおうか、その失われた小さな蜘蛛が頸筋に這い上ってきたのだ。夫の口調のせいだろうか、妻はなんだか自分が今汽車で旅立つところで、プラットホームに立つ夫が「行かないでくれ」と言っているような錯覚に襲われた。妻の心のなかで驚きの声が音もなく叫んだ。「汽車で旅立つのはあなたよ！　私はどこへも行かないのに！」

仰向けにされた妻はいくらかうろたえていた。夫が体に触れてきたのは二週間ぶりのことだった。体と体の触れ合いはひどくなまなましく、ここで一言でも何か不適当なことを言えば、夫が再び遥か彼方へ離れて行ってしまうのは目に見えていた。横たえられたまま、妻は黙っていた。

暫くして、ようよう夫が体を起し、溜息をつき、ベッドからおりる音が聞えた。自分のベッドにたどり着くと、夫は無言でカバーを剥がした。妻は初めて体を動かし、楽な姿勢になって、暑い小さなくらやみのなかで自分の腕時計の秒針の音に耳をすました。「あら」とやがて囁いた。「まだ八時半」

「寝てしまえよ」と夫は言った。

くらやみのなか、自分のベッドに汗ばんだ裸で横たわっていると、遠くから、心も魂も疼き出すほど甘やかに、かすかに、楽団の太鼓や金管楽器の音が聞えた。ここはアメリカ文明から百万マイルも離れたメキシコ奥地の田舎町。あのそぞろ歩きする浅黒い人たちにまじって歩きまわり、一緒に歌い、やさしい木炭の匂いに似た十月の香りを吸いこみ、すてきな音楽に耳を傾け、足を踏み鳴らしてハミングしたい、と妻は思った。ベッドに横たわり、まんじりともせずに。それから一時間のあいだに楽団の曲目はつぎつぎと変った。「つばめ」「マリンバ」「小さな老人」「緑のミチョアカン」「舟歌」「ルーナ・ルネーラ」。

午前三時になぜか目が醒め、もうすっかり寝足りた感じで、深夜の涼しさを味わいながら妻は横たわっていた。夫の寝息を聴いていると、なぜか世間からひどく遠い所に隔離されたような気分だった。まるで銀白色に沸きかえる悪夢のような、ロサンゼルスからテキサス州ラレイドーまでの長い旅が思い出された。それにつづいて色彩映画のような、緑と赤と黄と青と紫が、メキシコの夢が、洪水のように溢れ、降雨林やさびれた町の色と匂いで二人の車を呑みこんだ。さまざまな田舎町、商店、歩いていた人々、ロバ、そして二人の諍いや、喧嘩一歩手前のやりとりなどが思い出された。五年間の結婚生活を、妻は思った。長い、長い時間。その間に二人がお互いの顔を見ない日は一日もなかった。そして妻が一人で友達と逢ったことは一度もなかった。いつも夫がそばにいて、観察し、批評した。そしてまた、よほどの理由がない限り、三十分以上の外出を許されたことは一度もなかった。ときどき、ひどく意地悪な気分になったときは、何も断わらずに家から抜け出して深夜映画館へ行き、暗い座席で自由を満喫しながら、スクリーンの上で動きまわる人たち、自分よりもよほど実在感のある人たちを見守ったこともあったが。

そして五年経ち、今、二人はここにいた。妻は夫の寝姿を眺めた。あなたとともに千八百二十五日、と妻は思った。まるで「アモンティリャードの樽」の地下室に塗りこめられた男のような気持。毎日、数時間だけタイプを叩き、あとの時間は夜も昼もあなたとともに。金切声をあげても、だれの耳にも届かない。

外の廊下を足音が近づき、ドアにノックの音が聞えた。「セニョーラ」とスペイン語で低い声が呼んだ。「三時です」

まあ大変、と妻は思った。「しッ！」と言いながらドアへ走った。だが夫は目を醒まし、「何事だ」と叫んだ。

妻はドアを細くあけて、暗がりに立っている男に言った。「時間が違うじゃないの」

「三時です、セニョーラ」

「違う、違う」と狼狽のあまり顔を歪め、低い声で妻は言った。「午後の三時って言ったじゃないの」

「どうした」と夫があかりをつけた。「まだ朝の三時だぞ。一体全体なんの用だ」

妻は目を閉じて振り向いた。「パリークチンへ案内してくれる人が来たのよ」

「なんだって。きみのスペイン語は駄目なんだなあ！」

「帰って」と妻は案内人に言った。

夫はぶつぶつ言いながら起き上った。

「でも、せっかく早起きして来たんです」と案内人が言った。

てくれ、十分間で服を着て支度するからって。全く、冗談じゃないよ！」

妻がそう伝えると、案内人は暗がりのなかに消え、冷たい月光がタクシーのフェンダーを照らしている街路へ戻って行った。

「きみの無能はもう間違いないね」と夫は吐き出すように言い、ズボンを二本、Tシャツを二枚、スポーツシャツを一枚、それにウールのシャツを重ねて着た。「あーあ、これで喉の具合が悪くなるのは確実だ。また連鎖状球菌にやられたりしたら――」

「無理して起きなくてもいいのよ」

「もうどうせ眠れないだろう」

「でも、もう六時間は眠ったたし、あなたはきのうの午後、三時間は眠ったでしょう。それだけで充分じゃない？」

「せっかくの旅行がだいなしだ」更にセーターを二枚着て、靴下を二足はいた。「山の上は寒いから、うんと着なきゃ駄目だよ」最後に上着を着て、マフラーを頸に巻いた夫は、着ぶくれして巨大に見えた。「薬をとってくれないか。それから水と」

「寝てればいいのに」と妻は言った。「病気になったあなたの泣き言を聞かされるのは、もうたくさんよ」薬を探し出し、コップに水を注いだ。

「とにかく、時刻を正確に伝えることさえできないんだからな」

「うるさいわね！」妻はコップを握りしめていた。

「またまたドジ奥さんの大失敗の巻か」

　妻はコップの水を夫の顔に叩きつけた。「うるさいってば、もうわかったわよ！　初めから間違えるつもりじゃなかったのよ！」

「おい！」と顔から水をぽたぽた垂らしながら夫は叫んだ。「冷たいよ、風邪をひいちまう！」

「風邪でもなんでもひきゃあいいわ、がみがみ言うのだけはやめてよ！」妻は両の手を拳に固めて高く挙げた。歪んだ顔は紅潮していた。その姿はまるで迷路に捉えられた獣のようだった。不可解な混沌からの出口を求めて駆けまわるが、絶えず裏切られる獣。引き返して、もう一度道をたどる。囁きかける誘惑の声に導かれて、先へ先へと進み、またしてもがらんとした壁にぶつかる。

「その手を下ろしなさい！」と夫は叫んだ。

「死ねばいい、あんたなんか、死ねばいい！」と、醜く顔をひきつらせて妻は金切声をあげた。

「もう知らない！　私は一所懸命やってるのよ、ベッドのことだって、スペイン語だって、時間を間違えて、私が平気だと思ってるの。後悔してないと思ってるの」

「風邪ひいちまう、風邪ひいちまう」濡れた床を見つめながら、水滴だらけの顔で、夫は腰を下ろした。

「ほら。顔を拭きなさい！」妻はタオルを抛（ほう）った。

夫は激しく震え始めた。「寒い！」

「もっと寒くなって死んじゃいなさい、私はもう知らないから！」

「寒い、寒い」歯をがちがちいわせながら、夫は震える手で顔を拭いた。「また具合がわるくなる」

「その上着をぬぎなさい！　濡れてるから」

まもなく震えはとまり、夫は立ち上って濡れた上着をぬいだ。妻は革のジャケットを手渡した。「さあ、案内の人が待ってるのよ」

夫はまた震え出した。「いやだ、どこにも行かないぞ」と腰を下ろしながら夫は言った。「これで五十ドルの貸しだからな」

「貸しって？」

「憶えてるだろう、約束したじゃないか」

そう言われて妻は思い出した。この旅行の第一日に、そう、まさしく最初の日に、まだカリフォルニアで、些細なことから二人は喧嘩をしたのだった。そのとき妻は生れて初めて手を上げて、夫を殴ろうとした。そして自分でびっくりして手を下ろし、裏切者の指たちをまじまじと見た。「ぼくを殴ろうとしたな！」と夫は叫んだ。「ええ」と妻は答えた。「よし」と夫は静かに言った。「今後そんなことをしたら罰金五十ドル払うこと」これが人生というものだろうか。ささやかな貢物や、賠償金や、ささやかな恐喝や、そんなものに満ち満ちた人生。以前から妻は、理由の有無にかかわらず、失策のたびに金を払ったのだった。ここで一ドル、あそこで一ドルと。外出の楽しみを台なしにしたというので、衣裳代の一部で夕食の金を払った。芝居を観て、夫の気に入ったその芝居を批判したというので、夫はかんかんに怒り、それをなだめるために芝居の切符代を払った。こんなことがこの数年間、次から次へとつづき、ますます頻繁になったのである。二人が一冊の本を買い、妻はそれを読んで気に入らないが、夫は面白いと言う。その場合、妻が自分の意見を口にすれば、きっと喧嘩になった。それが何日も続き、結局は妻が本代を払い、嵐を鎮めるために、カフスボタンか何か下らない小物をプレゼントしなければならない。ああ、なんということだろう!

「五十ドルだよ。約束したじゃないか。またヒステリーを起して手を上げたら五十ドル払うって」

「水をひっかけただけじゃないの。ぶたなかったわ。でも、わかった、払います。あなたにがみがみ言われないためなら、いくらでも払うわ。それだけの価値があるもの。五十ドルはおろか、五百ドルでも払うわ」

妻は顔をそむけた。長年にわたって病気の人とか、死ぬまで子供っぽい人、少年っぽい人が、ちょうどこんなふうに振舞うのだ、と妻は思った。三十五にもなって、この人はまだ何になったらいいのかわからない。陶器の仕事をするか、社会奉仕家になるか、それとも会社勤めをしようかと、まだ迷っている。ところが妻は昔から物書きになろうと決めていたのだ。自分というものをよく心得ている女、物書きの意義を信じきっている女と一緒に暮すのは、どんなに苛立たしいことだったろう。そして妻の書いたものは売れ始めた。いや、決して派手に売れ始めたわけではないが、とにかく売れるようになり、夫婦生活の裂け目はそのためにいっそう拡がった。してみれば、夫が、正しいのは自分であり間違っているのはきみなのだと、しきりに主張するようになったのは、たいそう自然ななりゆきではないだろうか。きみは手に負えない子供だから、罰金制度を設けるなどと言い出すのは。金は夫が妻を引きとめておくための武器になっていた。妻はなんと愚かだったのだろう、自分の仕事によって得た貴重な収穫の一部を自ら放棄するとは。

「ねえ」と妻は突然はっきりした声で言った。「私の作品が雑誌に売れてから、私たちの喧嘩は頻繁になったみたいだし、私の払う罰金も多くなったみたいだと思わない？」

「それはどういうことだ」と夫は言った。

それは事実だと妻は思った。作品が雑誌に売れてからというもの、夫は事あるごとに独特の論理、妻がとうてい反撃できないような論理をふりかざすようになった。夫を相手に筋道を立てて話すことは不可能だった。弁明はたちまち種ぎれになり、アリバイは一つ残らず奪われ、誇りはきれぎれに引き裂かれ、結局は動きのとれない所まで追いつめられてしまう。そこで死物狂いの反撃に出る。そして夫をひっぱたいたり、何かをこわしたりして、またもや罰金をとられ、夫の勝ちに終るのである。妻の成功を、ただ一つの生き甲斐を、夫は奪ってしまった。あるいは奪ったと思っているのだろう。それにしても不思議なのは、口に出して言ったことは一度もないのだが、罰金を払うのが少しも苦にならないということだった。それで仲直りできるのなら、それで夫が仕合せな気分になるのなら、それで妻が苦しむと夫が思うのならば、罰金などは何ほどのことでもなかった。どうやら夫は金の価値というものを過大視しているらしい。金を失くしたり無駄遣いしたりすると自分が傷つくものだから、妻も同じ程度に傷つくと誤解している。でも私はなんの苦痛も感じないわ、と妻は思った。なんなら自分のお金をそっくりこの人にあげてしまってもいい。だって私はそんなことのために書いているのではないもの。私は自分が言わなければならないことを書く。それがこの人には理解できない。

夫はすでに平静に戻っていた。「とにかく払うね？」

「ええ」妻は手早くスラックスとジャケットを身につけた。「実は前からこの話をしようと思ってたんだけど、今後、私のお金は全部あなたに渡すことにするわ。今までみたいに私の収入を別にする必要はないのよ。あす全部あなたに引き渡します」

「ぼくはそんなことをしろと言った覚えはないよ」と、すばやく夫は言った。

「私がそうしたいのよ。とにかく全部あなたに渡すわ」

私がしようとしていることはあなたの拳銃から弾を抜きとるのと同じなのよ、と妻は思った。

あなたの武装解除。これでもう、私からちょびちょびとお金を引き出すことはできない。私を困らせるつもりなら、ほかの方法を考え出さなきゃならないわ。

「ぼくは――」と夫が言いかけた。

「もうその話はやめましょう。お金はみんなあなたのものよ」

「ただきみが懲りると思っただけなんだ。きみのヒステリー癖を直すためだ」と夫は言った。「罰金をとられれば少しは自分を抑えることを覚えるだろうと思ったのさ」

「まるで私がお金のためにだけ生きてるみたいね」と妻は言った。

「だから全部よこせとは言わないよ」

「さあ、もう行きましょう」うんざりして妻はドアをあけ、耳をすました。近くの部屋に泊っている人たちは二人の諍いの声を聞かなかったのか、聞いたとしても、好奇心をそそられなかったのだろう。待っているタクシーのあかりが内庭の入口を照らしていた。

冷たい月の光の降りそそぐ夜のなかへ、二人は出て行った。数年ぶりに、妻は先に立って歩いた。

その夜、パリークチンは黄金の河だった。熔けた鉱石の河はどこかの熔岩原へ、どこかの黒い岸辺へと流れ落ち、その呟きが彼方から伝わってきた。心臓の鼓動さえ押しとどめるようにして息を殺すと、岩石を押し流しながら山を下る熔岩の轟きが、いくたびも、かすかに聞えるのだった。噴火口の上は赤い蒸気と赤い光に包まれていた。ときどき、薄茶色と灰色の雲が冠のように、暈のように、パイプの煙のように、突然、音もなく、火口の内部から涌きあがった。それらの雲の底面は紅色に染まり、頂は不気味に黒かった。

向いの山の上では、夫と妻が背後に馬を従えて、身を切るような寒さのなかに立っていた。近くの山小屋では、噴火を調べに来た科学者たちが石油ランプをともし、夜食のコーヒーを沸かしながら、澄みわたった爆発性の夜気のせいだろうか、囁くように語り合っていた。それはまことに浮世離れた光景だった。

ウルアパンの町からの長いドライブは、月あかりのなかで雪野原のように見える火山灰地を通り、枯枝のような村々を過ぎ、澄み切った冷たい星々の下を走って、その間、タンブラーのなかでゆすぶられる骰子のようにさんざん揺られた二人は、山道にさしかかって何となくほっとしたのだった。タクシーの終点はどことなく海底のように見える原っぱで、キャンプファイヤが焚かれていた。焚火のそばには生まじめな顔をしたメキシコの男たちや浅黒い肌の少年たちがいたが、ほかに七人のアメリカ人の一行がいた。全員男性で、申し合せたように乗馬用ズボンをはき、静まりかえった空の下、大声で喋り合っていた。馬が引き出され、新来の二人はそれぞれに乗った。二人の行手には熔岩の河が待ち構えていた。妻はアメリカの男たちに話しかけ、男たちは答えた。冗談のやりとりがあった。それが少しのあいだ続き、夫は先に馬を出した。

今、二人は並んで立ち、暗い火口から流れ出る熔岩を見守っていた。

夫は口をきこうとしなかった。

「どうかしたの」妻が尋ねた。

夫は正面を見つめていた。熔岩の赤みがその目に映っていた。「馬で来るとき一緒に来てくれてもよかっただろう。ぼくらがメキシコへ来たのは、一緒にいろんなものを見るためじゃなかったのかい。それなのに、きみときたら、あんなテキサスの連中と話しこんだりして」

「なつかしかったのよ。アメリカ人に逢ったのは八週間ぶりでしょう。メキシコの旅は面白いけど、夜はなんだか淋しいわ。だから話相手が欲しかっただけよ」

「自分が物書きだってことを喋りたかったんだろう」

「そんなことないわ」

「いつもいろんな相手に喋ってるじゃないか。私は物書きで、それも優秀な物書きで、ついこのあいだも発行部数の多い大雑誌に短篇を一つ売った。その金でメキシコへ来たんだ、って」

「さっきは一人に職業を訊かれたから、話したことは話したわ。もちろん私は自分の仕事を誇りに思ってるわよ。作品を売るまでに十年もかかったんですもの」

火の山のあかりで夫は妻の顔をまじまじと見つめ、それから言った。「実は今夜ここへ来る前に思ったんだ。あの不愉快なタイプライターを川に放りこんじまおうかってね」

「そんな！」

「もちろんそんなことはしないが、車のトランクに入れちまったよ。もううんざりだ。タイプもいやだし、きみに旅行を台なしにされるのもいやだ。きみの連れはぼくじゃないんだ。きみは自分と一緒なのさ。問題はあくまでもきみであり、きみとあの不愉快なタイプであり、きみとメキシコであり、きみときみの反応、きみときみのインスピレーション、きみときみの敏感な感受性、きみときみの孤独なんだ。きみの今夜の振舞いなんか、あらかじめちゃんとわかっていたさ、キリストの再来のようにね！どこかを見物するたびに走って帰って、あのタイプにかじりついて、何時間も打ちつづけるのは、もううんざりだ。これは休暇旅行なんだぜ」

「あなたがいやがってるようだったから、この一週間はタイプにさわらなかったわ」

「そう、じゃ来週も、来月もさわらないでくれ。家に帰るまではさわらないでくれ。きみのインスピレーションには待ってもらえばいいだろう！」

お金を全部渡すなんて言わなきゃよかった、と妻は思った。その武器だけは夫から取りあげるべきではなかった。それがあるうちは、私の本当の生活、書くこと、タイプを叩くことは守られていた。今、お金という名の防護マントをぬぎ捨てたら、夫は新たな武器を探したあげく、私の本当の生活――タイプライターにまで手を伸ばしてきた！　なんというまいましさ！

突然、怒りが再びこみあげてきて、思わず妻は夫を突いた。乱暴に突いたのではない。ただちょっと小突いたのである。一度、二度、三度。痛い目にあわせる気はなかった。ただの押しやる身ぶり。ほんとうは殴りかかり、崖から突き落したかったのかもしれないが、その代りに三べん小突いて、自分の敵意と、話し合いの打ち切りを表現したのだ。そして二人は離れて立ち、背後では馬たちが静かに足踏みし、夜気はいっそう冷たくなって、二人の吐く息は白く凍り、科学者たちの小屋では青いガスの炎の上でコーヒーがごぼごぼ音を立て、芳香は月あかりの高地いっぱいに拡がって行った。

一時間経ち、冷たい東の地平線に太陽の高炉がようやく姿を見せ始めた頃、二人は馬に乗り、しらしら明けのなかを、熔岩の流れに埋った町や教会めざして下り始めた。熔岩の流れを横切るとき、妻は思った。なぜこの人の馬はつまずかないのだろう。あのぎざぎざの熔岩の上に、なぜこの人は放り出されないのだろう。なぜ。だが何事も起らなかった。二人の馬は歩きつづけた。赤い太陽が昇った。

二人は午後一時まで眠った。妻は服を着てベッドに腰かけ、夫が目を醒ますのを半時間ほど待った。やがて夫は身動きし、寝返りをうってこちらを向いた。不精鬚がのびて、疲労に青ざめた顔だった。

「喉が痛い」というのが夫の第一声だった。

妻は黙っていた。

「水をひっかけられたせいだぞ」と夫が言った。

妻は立ち上り、ドアまで歩いて行って、ノブに手をかけた。

「ここにいてくれ」と夫は言った。「あと三、四日、このウルアパンに滞在しよう」

初めて妻は口をひらいた。「グアダラハラへ行くんじゃなかったの」

「観光客ふうにせかせか動きまわることはない。きみのせいで火山見物が台なしになっただろう。あすかあさってでも、もう一度行きたいんだよ。空の模様を見てくれないか」

妻は窓から空を眺めた。澄みきった青空。妻は報告した。「火山が鎮まると、一週間も噴火しないことがあるそうよ。噴火を一週間も待つわけにはいかないでしょ」

「なに、待てるさ。待とうよ。きみにタクシー代を払ってもらって、もう一ぺん火山見物を楽しもうじゃないか」

「もう一度行って楽しめると思う?」と妻は訊ねた。

「ほかにすることがなきゃ楽しめるさ」

「どうしても行きたいのね」

「空が煙だらけになるのを待って再挑戦だ」

「新聞を買いに行ってくるわ」妻はドアを閉め、町へ出掛けた。

洗われたばかりの街路を歩きながら、きらきら光るウィンドウを覗きこみ、驚くほど透明な空気の香りを吸いこむのは、とてもいい気分だった。ただ胃のあたりに執拗な震えが感じられた。やがて虚しさが胸廓いっぱいに鳴りひびき始め、妻は一台のタクシーの脇に立っている男に近づいた。

「セニョール」と妻は言った。

「なんでしょう」と男は言った。

一瞬、心臓の鼓動がとまった。それから心臓は再び打ち始め、妻は言った。「モレリアまで、おいくらかしら」

「九十ペソです、セニョーラ」

「モレリアまで行けば汽車に乗れるわね」

「汽車でしたら、ここからも乗れますが」

「ええ、でも、ちょっとわけがあって、ここからは乗りたくないのよ」

「それでしたら、モレリアまでお供しましょう」

「じゃホテルでちょっと止めて。支度があるから」

「ラス・フローレス」ホテルの前にタクシーを待たせて、一人で入って行き、花にあふれた美しい内庭をもう一度眺めながら、少女の弾く奇妙な青色のピアノの音に耳を傾けた。今弾いている曲は「月光ソナタ」だった。妻は水晶のように透明な香りを吸いこみ、目を閉じ、両手をだらりと垂らして、頭を振った。それからドアに手をかけ、そっとあけた。

なぜ今日？　と妻は思った。なぜ、この五年間の適当な一日ではなかったの。なぜ私は待ったのだろう、なぜためらってうろうろしたのだろう。そのわけは……わけは無数にある。事態が最初の一年間のような状態に戻ることを、私はいつも期待していた。そしてまた、今では滅多にないことだが、ときどき何日間か、何週間か、夫が申し分なく振舞い、二人とも晴れやかな気分になり、世界が緑色と明るい青色に満たされることがあった。例えばきのうのように、ほんの一瞬とはいえ、夫が固い殻をひらいて、その内側にひそむ恐怖や小さな孤独をあからさまにし、「きみが必要だ、きみを愛してる、どこへも行かないでくれ、きみがいないと不安なんだ」と言ってくれることもあった。そして時には喧嘩や仲直りや、おきまりの夜の仕合せや、次の日一日のやさしさが、なんとなく楽しく感じられもした。それに夫が美男子だということもある。夫に出逢うまでの長い年月のあいだ、孤独に苦しんだということもある。だから、また孤独になりたくはないのだが、今のような状態よりは孤独のほうがましかもしれない。なぜなら、つい昨夜のことではないか、タイプライターをこわされたのは。物理的にはこわされなかったけれども、冷たい心と言葉によってこわされてしまった。それは自分の肉体が鷲摑みにされて、橋から川のなかへ投げこまれたのと同じことではなかったろうか。

ドアに触れた手には感触がなかった。まるで一万ボルトの電流で全身が痺れたようだった。タイル張りの床を踏む足にも感触がなかった。顔は消え、心も消えていた。夫はこちらに背中を向けて、眠っていた。部屋は緑がかった薄闇に包まれていた。妻は音を立てずに手早くコートを着て、財布の中身を確かめた。衣類やタイプライターはもうどうでもよかった。何もかもが虚しさと共鳴し合っていた。何もかもが完璧な空虚のなかへ跳びこんでゆく滝の水に似ていた。打撃もなければ衝撃もなく、ただ澄みきった水が一つの空虚に落ちこみ、次の瞬間、うしろから空無に追われながら、べつの空虚へと落ちこんでゆく。

ベッドのそばに立って、妻はそこにいる男を見つめた。見馴れたうなじの黒い髪を、眠っている横顔を見た。寝姿が少し動いた。「どうした？」と、まだ眠りから醒めきらずに男が訊ねた。

「なんでもないのよ」と妻は言った。「なんでもない。なんでもないの」

外に出て、ドアをしめた。

タクシーはかしましい音を発しながら、信じられぬほどの速さで走り出した。ピンクの壁や青い壁がつぎつぎに飛び去り、人々はあわてて飛び退き、何台かの車は衝突寸前で危くハンドルを切った。町並みの大部分はすでに後方に去り、ホテルも、そのホテルで眠っている男もとうに過去のものとなり、車は走りつづけて――

風景が停止した。

タクシーのエンジンが止った。

だめよ、だめ、とマリーは思った、ああどうしよう、だめよ、いや、いや。

何がなんでも走ってもらわないと。

タクシーの運転手は天上の神を恨むような目つきで車から跳び出すと、乱暴にボンネットを開き、顔には信ずべからざる憎しみの甘い微笑を浮べながら、車の鉄の内臓を絞め上げてやりたいというように覗きこみ、それからマリーに近寄って、憎しみはしりぞけ神の御心を受け入れますと言わんばかりに、不承不承、肩をすくめた。

「バスの停留所まで歩いて御案内しましょう」と運転手は言った。

だめ、とマリーの目は言った。だめ、とマリーの唇も言いかけた。ここでぐずぐずしていたら、目を醒まして追いかけて来たジョゼフに連れ戻されるわ。だめよ。

「荷物をお持ちしましょう、セニョーラ」とタクシーの運転手は荷物を持って歩き出したが、マリーが身動きもせずに坐りこんだまま、だれに言うともなく、だめ、だめ、と呟いているので、戻って来て、マリーの手をとって車から下ろし、再び先に立って歩き出した。

広場に止っているバスに、インディオたちが乗りこんでいた。ある者はなんとなく重々しく、ゆっくりと、無言で乗りこみ、ある者は小鳥のように喋りちらしながら、荷物や、子供たちや、鶏を入れた籠や、豚を、自分よりも先にバスへ押しこもうとしていた。運転手は二十年来アイロンをあてたことも洗濯したこともない制服を着て、窓から身を乗り出し、外の人たちと大声で話したり笑ったりしていた。エンジンから洩れる熱い煙と焼けたグリースの匂いの立ちこめるバスの内部に、マリーは入って行った。ガソリンとオイルの匂い。濡れた鶏、濡れた子供たち、汗をかいた男や女たちの匂い。ほとんど骨組だけの座席と、油の浸みこんだ革。マリーは最後部に席を見つけ、自分と自分のスーツケースを追う視線を感じながら、これで出発できる、とうとう出発できる、と思った。私は自由、もうあの人の姿は二度と見ないだろう、私は自由、私は自由。

笑いがこみあげてくるようだった。

バスが動き出し、乗客はみんなバスと一緒に揺れて大声で叫び、笑顔になり、メキシコの風景はとどまるべきか立ち去るべきか決めかねている夢のように、窓の外で渦巻き始め、それから緑の木々が通りすぎ、それから町並みがあり、それから「ラス・フローレス」ホテルとその内庭、そこには、驚いたことに、手をポケットに突っこみ、あけっぱなしのドアの前に立って、空や火山の煙を眺めているジョゼフの姿があり、ジョゼフはバスやマリーには全然目を向けず、バスはどんどん走りつづけて、ジョゼフはすでに遥か彼方、悲鳴もあげずに竪坑を落ちて行く人のように、その姿はみるみる小さくなった。せめてマリーが手を振るいとまもなく、ジョゼフの大きさはすでに少年、それから幼児、それから赤ん坊、それからバスが角を曲ってジョゼフは見えなくなり、エンジンは凄まじい音を立てつづけ、車内の前の方ではだれかがギターを弾き、マリーはまるで壁や木々や距離をつらぬき通す力でも持っているように、頸をねじまげて後方を見つめ、あんなに平然と青空を眺めていた男の姿をもう一度捉えようとした。

やがて頸が痛くなったマリーは普通の姿勢に戻り、両手を組み合せて、自分が獲得したものをとくと検討してみた。街道がカーブするたびにバスは突然切り立った崖の縁に出たが、そんなとき出しぬけにこれからの全人生が前方にぼんやりと現れ、しかも一つ一つのカーブは具体的な歳月そのもののように少しも前方に見えてこないのだった。さしあたり、バスの座席に深く坐って、がたがた揺れる座席の背に頭をもたせかけ、この静けさをしみじみ味わっているのは、悪い気分ではなかった。何も知らず、何も考えず、何も感じず、ほとんど死んだようになって、目を閉じ、動悸の音は聞えず、体は暑くも寒くもなく、こうしてあと少なくとも一時間は、人生を探すのではなく、人生のほうが自分を捉えに来るのを待つ。バスはマリーを汽車へ運び、汽車は飛行機へ、飛行機は町へ、町は友人たちのところへマリーを運ぶだろう。それからあとは、セメントミキサーのなかへ落ちた一個の小石のように、町の生活がマリーを思うままに処理してくれればいい。マリーはセメントの流れのなかに入りこみ、どんなかたちでもいい、最善と思われる新しいパターンのなかで固まるだけのことだ。

昼さがりの甘い緑色の大気のなかで、バスは上下左右に細かく揺れながら、ライオンの毛皮のように日に焦げた山々のあいだを、葡萄酒のように甘くベルモットのように澄んだ河のほとりを、石づくりの橋の上を、今なお古い水路のなかを透明な風のように水が流れている水道橋の下を、さまざまな教会の前を、土埃のなかを疾走し、そして突然、全く突然、マリーの心のなかの速度計が言った。百万マイル、只今ジョゼフを去ること百万マイル、もう二度と逢えない。その考えは心のなかに立ちはだかり、滲んだような暗闇で空を覆った。もう死ぬまで、いや死んだあとも、二度と再びあの人には逢えない。ただの一時間も、一分間も、一秒も、あの人と顔を合せることはできない。

痺れは指先から始まった。それは掌を通って手頸へ流れ、更に腕から肩へ、肩から心臓へ、頸を通って頭へと達した。今や全身は痺れそのものであり、蕁麻（いらくさ）と氷と棘（とげ）であり、虚ろに鳴り響く無そのものだった。唇は枯れた花びらで、まぶたは鉄より千ポンドも重く、体の各部分は今や鉄と鉛と銅とプラチナだった。体ぜんたいの重さは十トンで、各部分は信じられぬほど重く、その重さに圧迫されて片輪になった心臓は、生きのびようとして烈しく鼓動し、頭をちょん切られた鶏のように駆けまわっていた。そしてロボット化した肉体の石灰岩と鋼鉄の内部に閉じこめられて、恐怖は死物狂いの叫び声をあげ、外ではだれかが仕事の終ったしるしに壁を鏝（こて）で軽く叩いていたが、皮肉なことに、それは目の前にあるマリー自身の手なのだった。鏝をふるって最後の煉瓦をはめこみ、モルタルを厚く塗ってすべてを固め、この牢獄を自己完結させたのは。

口は綿だった。目は、大鴉の羽の色をした炎、禿鷹の翼の音を立てる炎となって燃えていた。頭は恐怖に重く、鉄の重みに満たされ、口の中には見えない熱い綿を詰めこまれたので、限りなくふくれあがった手にむかって頭が傾ぐのだった。けれども手をふくらませている脂肪はどこにも見えなかった。両手は鉛の枕で、両手は痺れた膝を押しつぶそうとするセメントの袋で、耳は冷たい風の走る蛇口、そして周囲のすべてはマリーを見もしなければマリーの様子に気づきもせず、バスは町や野を通りすぎ、丘を越え、とうもろこし畑のつらなる谷間へ、物凄い速さで入って行った。そして毎秒毎秒、親しい者からマリーを引き離した。百万マイル、一千万年の彼方へ。

大きな声を出してはいけない、とマリーは思った。いけない！　いけない！

圧倒的な眩暈が襲ってきて、バスも、マリーの手やスカートも、血の気を失くしたように煤けた青色に染まり、マリーは今にもバスの床に昏倒して、駆け寄った乗客たちの驚きの声が聞えるのではないかと思った。だが、マリーは上体を前へ倒し、頭を低くし、鶏の匂い、汗の匂い、革の、一酸化炭素の、抹香の、孤独な死の匂いに満ちた空気を懸命に吸いこみ、銅の鼻孔から吸いこまれた空気は、ひりひり痛む喉を通って肺に送りこまれ、二つの肺はネオンのあかりでも呑みこんだように輝いた。ジョゼフ、ジョゼフ、ジョゼフ、ジョゼフ。

それは単純なことだった。おしなべて恐怖とは単純それ自体なのだ。

あの人なしでは生きられない、とマリーは思った。私は自分に嘘をついていた。私にはあの人が必要だ、そう、ほんとうに、私は、私は……。

「バスを止めて！　止めて！」

マリーの金切声にバスは止り、みんな座席から前へ投げ出された。マリーはどこかの子供たちの上に折り重なって倒れ、犬が吠え、倒れた拍子にマリーは手を何かにひどくぶつけた。服が裂ける音が聞え、マリーはもういちど金切声をあげ、ドアが開き、よろよろと近寄ってくる女を見て運転手は仰天し、マリーは砂利の上に倒れ、ストッキングが破れ、だれかが倒れたマリーを介抱し、それからマリーは地面に嘔吐した。バスからマリーの荷物が下ろされ、マリーは噎せながら、すすり泣きながら、私はあそこへ行きたいの、と言い、百万年前の町、百万マイル後方の町をゆびさし、運転手は困ったように頭を振った。マリーは両腕でスーツケースを抱いて、横坐りの恰好ですすり泣き、熱い日照りのなか、すぐ脇に停止しているバスの巨体にむかって手を振った。いいの、そのまま行って、発車して。みんな私を見ている。私はヒッチハイクで帰るから心配しないで、ここに置いて行っていいのよ、さあ。するとバスのドアはアコーデオンのように動いて閉じ、赤銅色の仮面に似たインディオたちの顔はたちまち運び去られ、バスは意識の外へ遠ざかった。マリーはスーツケースに腰かけて暫く泣いた。もう体は重くなかったし、吐き気も消えていたが、動悸がひどく、まるで冬の湖に漬かっていた人のように寒かった。やがてマリーは立ち上り、重いスーツケースを少しずつ引っ張って街道の片側に立ち、ふらふらしながら待った。六台の車が通りすぎ、やっと七台目が止ってくれた。運転していたのはメキシコ人の紳士で、それはメキシコ・シティから来た金持の車だった。

「ウルアパンへいらっしゃるのですか」と、マリーの目だけを見ながら、紳士は丁寧に訊ねた。

「ええ」とマリーは辛うじて言った。「ウルアパンへ行きたいんです」

そして車が動き出すと、マリーの心のなかで会話が始まった。

「狂うってどういうこと」

「わからない」

「狂気って何なのか知ってる?」

「知らない」

「でも言ってごらんなさい。冷たさ、それが始まりだった?」

「ちがう」

「重さ、それも一部分じゃなかった?」

「もうやめて」

「狂うって叫ぶことなの」

「叫ぶつもりじゃなかったのよ」

「でも、それは今そう思うだけでしょう。まず重さがあって、それから静けさ、それから空虚。あの恐ろしい空虚、あの空間、あの静寂、あの孤独、人生から遠ざかってゆくあの感じ、自分自身にだけ凝り固まって、世間を見たくもないし、世間に話しかけたくもないあの気持。それが狂気の始まりじゃないとは言わせないわよ」

「ええ」

「あなたは狂気の断崖から跳び下りようとしていた」

「その一歩手前でバスを止めたの」

「もしバスを止めなかったら、どうなったかしら。バスはどこかの小さな町に、あるいはメキシコ・シティに着く。運転手は振り向いて、みんな下りたあと一人だけ残ったあなたに言う。『着きました、セニョーラ、下りてください』沈黙。『着きましたよ、セニョーラ、下りてください』沈黙。『セニョーラ』空を見つめる目。『セニョーラ！』生の空虚を凝視する目。からっぽの、からっぽの、ああ、からっぽの目。『セニョーラ！』動きなし。『セニョーラ』ほとんど息の音も聞えない。あなたはただ坐っている、ただ坐っている、ただ坐っている、ただ坐っている。

「あなたには音も聞えない。『セニョーラ』と運転手は叫んで、あなたをゆすぶるけれども、ゆすぶられていることも感じない。そこで警官を呼んでくるけれども、それもあなたの理解の外のこと、あなたの目や耳や肉体の外のこと。重い靴音がして、警官がバスに入ってくるのも、あなたには聞えない。『セニョーラ、バスから下りてください』あなたには聞えない。『セニョーラ、お名前は』あなたの唇は動かない。『セニョーラ、一緒に来てください』あなたは石像のように坐っている。『パスポートを調べてみよう』石のような膝の上に置かれたままのバッグを、警官は探ってみる。『セニョーラ・マリー・エリオット。現住所、カリフォルニア。セニョーラ・エリオット?』あなたは空虚な天を見つめている。『どちらからいらっしゃいました? 御主人はどちらです?』あなたは結婚なんかしていない。『どちらへいらっしゃるおつもりですか』どこへも行かない。『イリノイ州生れと書いてありますね』生れたことなんかない。『セニョーラ、セニョーラ』あなたは石でも運ぶようにバスから抱き下ろされる。あなたはもうだれにも口をきかない。そう、だれにも。『マリー、ぼくだよ、ジョゼフだよ』いいえ、もう遅すぎる。『マリー!』遅すぎる。『ぼくがわからないのか』遅すぎる。ジョゼフ。いいえ、もうなんにもない、遅すぎる。遅すぎる。

「こんなふうになったかもしれないのね」

「ええ」マリーは震えた。

「もしバスを止めなかったとしたら、あなたの体はどんどん重くなっていったのね。静けさも空虚もますます拡がったのね」

「ええ」

「セニョーラ」と、運転していたメキシコ人の紳士がマリーの内心の会話に割って入った。「結構なお日和ですね」

「ええ」紳士と心のなかの話相手の両者にマリーは言った。

老紳士はホテルまで送って来て、車から下りたマリーに帽子をとって一礼した。マリーは会釈し、お礼の言葉らしきものを呟いたが、紳士の顔をまともには見なかった。それから覚つかない足どりでホテルに入り、ふと気がつくと、スーツケースを下げたまま部屋のなかに立っていた。千年前に出て来た部屋。夫はそこにいた。

午後晩く(おそ)の薄暗がりのなか、まるでマリーが出て行ったときから少しも動かなかったかのように、こちらに背を向けて夫は横たわっていた。マリーが出て行って、地の果てまで旅して帰って来たことなど、夫は全然知らなかったのだ。今も全く知らずに眠っている。

夫のうなじを、空から降って来た灰のように、うなじにちぢれている黒い髪を、マリーは見つめた。

次に気がつくと、マリーは暑い日ざしのなか、タイル張りの内庭に立っていた。竹籠のなかで一羽の小鳥がせわしなく動きまわっていた。どこかの涼しい暗がりでは、少女がピアノでワルツを弾いていた。

すぐそばの茂みに二匹の蝶がひらひら飛んで来て、交尾の姿勢をとったのを、マリーは見るともなく見ていた。視線が移動して、二つの華やかな物体をとらえるのを、マリーは感じた。金色と黄色の二匹の蝶は緑色の葉の上で、交尾しながらゆっくりと羽を動かしていた。マリーの唇が動き、片手は振子のように意味もなく揺れていた。

自分の指がつっと動いて、二匹の蝶をつかまえ、手のなかで強く、もっと強く、更に強く握りつぶすのを、マリーは見守った。悲鳴が喉をのぼってきた。マリーは悲鳴を押し戻した。強く、もっと強く、更に強く。

それから指はひとりでに開いた。鮮かな色の粉にまみれた二つの塊が、日の照り映える内庭のタイルの上に落ちた。マリーは二つの小さな残骸を見下ろし、それから急に視線を上げた。

ピアノを弾いていた少女が内庭のまんなかに立ち、驚き呆れた目でマリーを見つめていた。

マリーは片手を差しのべ、少女に、この内庭に、世界に、すべての人々に、弁解し詫びたい、何かを言いたいと思った。だが少女は立ち去った。

空は煙でいっぱいだった。煙はいったん真上に立ちのぼり、それから南へ、メキシコ・シティの方角へ流れて行った。

マリーは痺れた指から鱗粉(りんぷん)を拭きとり、煙と空に目を据えたまま、部屋のなかの男に聞えるかどうかはわからなかったが、肩ごしに言った。

「ねえ……今夜は火山へ行けそうよ。ちょうどいいみたい。きっとたくさん火を噴いてると思うわ」

そうよ、とマリーは思った。火は大気を埋めつくし、私たちの前後左右に降ってきて、私たちを摑むだろう、強く、もっと強く、更に強く。それから放された私たちは落ちて行くだろう。熱い灰になって南へ流れるだろう。

「ねえ、聞えたの」

マリーはベッドを見下ろし、固めた拳を高く挙げたが、決して、、それを夫の顔めがけて振り下ろしはしなかった。

ある恋の物語

グリーンタウンの夏季学校に赴任して来た週、アン・テイラーは二十四歳の誕生日を迎えた。その夏、ボブ・スポールディングはまだ十四歳だった。

みんながアン・テイラーの顔をすぐに憶えた。なぜならこの女性は、生徒たちがとかく大きなオレンジやピンクの花をプレゼントしたり、頼まれなくても緑と黄の世界地図を巻くのを手伝ったりしたくなるような先生だった。古い町の樫と楡のトンネルが緑色の蔭をつくる季節に、明るい影を伴って颯爽とトンネルをくぐりぬけ、町中の人々の注目を浴びる女性といったらいいだろうか。この女性は冬の雪のなかに置かれた夏の桃であり、六月上旬の蒸し暑い朝、オートミールにかける冷たいミルクだった。正反対のものが必要なとき、いつでもアン・テイラーはそこにいた。そして世に稀なことだが、強くも弱くもない風に吹かれる一枚の楓の葉のように、すばらしい釣合いのとれた天候に恵まれるとき、それは言うならば「アン・テイラーの日」であり、暦にもそう書きこまれるべきであった。

一方、ボブ・スポールディングは、例えば十月の夕まぐれ、万聖節のねずみの群のような枯葉に追われて、ひとりぼっちで町の通りを歩いてくる従弟といった感じの少年だった。あるいはフォクス・ヒル・クリークの春の奔流を悠々と泳ぐ鱒にも似て、秋には栗の木の褐色の照り返しを顔に浴びる少年といおうか。時として少年の声は風のたわむれる樹木の梢から聞えてきた。やがて木の幹を伝って下りて来るボブ・スポールディングは、ひとりで根方に腰を下ろしてあたりの風景を眺め、そのあとの永い昼さがりは芝生に寝そべって、本に這い登る蟻を払いもせず読書に耽ったり、お祖母さんの家のポーチで独りチェスに熱中したり、出窓のそばの黒いピアノでたどたどしく唄のふしを弾いてみたりした。ほかの少年たちと遊ぶことは決してなかった。

初めての朝、アン・テイラー先生は教室の横手のドアから入って来て、丸みを帯びたきれいな字で黒板に自分の名前を書いた。生徒たちはそれぞれの席で身動きもせずにそれを見守った。

「私の名前はアン・テイラー」と先生は静かに言った。「今度あなた方を受け持つことになりました」

まるで屋根がするすると開いたかのように、教室中がにわかに明るい光に照らし出された。樹木のなかでは小鳥たちが囀(さえず)り始めた。ボブ・スポールディングは、こしらえたばかりの紙つぶてを手に隠していた。テイラー先生の話を三十分ほど聴いてから、ボブは紙つぶてをそっと床に落した。

その日の放課後、ボブはバケツに水を汲んで来て、雑巾で黒板を拭き始めた。

「あら、どうして」書き取りの答案を採点していた先生がデスクから顔を上げた。

「黒板がちょっと汚れてますから」と、ボブは拭きつづけながら言った。

「そうね。それで自発的に拭こうと思ったわけ？」

「先生に許可を求めなきゃいけなかったんですか」ボブは不安そうに手を休めた。

「それじゃ、もう許可は求めたことにしましょう」と先生は微笑して答えた。その微笑を見るや否や、少年は猛烈な勢いで黒板を拭き終え、狂ったように黒板消しを叩いたので、チョークの粉は雪のように窓の外へ流れて行った。

「ええと」とテイラー先生は言った。「あなたはボブ・スポールディングね」

「はい、そうです」

「そう、どうもありがとう、ボブ」

「これを毎日やってもいいですか」と少年は訊ねた。

「ほかの子にもやってもらったら」

「自分でやりたいんです」と少年は言った。「毎日です」

「じゃ、そういうことにして、少し様子を見てみましょう」と先生は言った。

少年は帰ろうとしなかった。

「もう帰らないと遅くなるわよ」と、とうとう先生が言った。

「先生、さようなら」のろのろした足どりで少年は帰って行った。

翌朝、先生が学校へ行こうとして下宿を出ると、ボブがそこに立っていた。

「待ってたんです」と少年は言った。

「あら、そう」と先生は言った。「ちっともびっくりしなかったわ」

二人は一緒に歩き出した。

「先生の本を持たせて下さい」と少年が頼んだ。

「そう、ありがとう、ボブ」

「どういたしまして」と、本を受け取りながら少年は言った。

二、三分歩きつづけたが、少年は押し黙っていた。先生はちらとボブを見て、その仕合せそうな、くつろいだ様子に気づくと、少年に沈黙を破らせようと思ったが、ボブは依然として黙っていた。学校の手前まで来て、少年は先生に本を返した。「ここで別れたほうがいいですね」とボブは言った。「みんなにはわからないだろうから」

「ボブ、先生にもよくわからないけど」とテイラー先生が言った。

「でも、ぼくらは友達でしょう」とボブは大まじめに、きわめて自然に言った。

「ボブ――」と先生は言いかけた。

「なんですか」

「なんでもないわ」先生はさっさと歩いて行った。

「先に教室へ行っています」と少年は言った。

それから二週間というもの、毎日、放課後になると少年は教室に残り、先生が答案の採点をしているあいだ、無言で黒板を拭き、黒板消しを叩き、地図を巻いた。そこには午後四時の時計の静けさがあり、西へ傾いて行く太陽の静けさがあり、二個の黒板消しを叩き合わせる猫のような物音の静けさがあり、黒板を拭くスポンジから水がしたたり、答案用紙をめくる音と、ペンの軋る音が聞え、それにたぶん窓ガラスの一番高い所では、一匹の蠅がいらだたしげにぶんぶん唸っていたかもしれない。時には静けさはこんなふうにして五時近くまで続き、テイラー先生がふっと顔を上げると、ボブ・スポールディングは教室の一番うしろの席に坐って、何も言わずに先生の仕事を見守り、次の指図を待っているのだった。

「さあ、もう帰る時間よ」とテイラー先生が立ち上りながら言う。

「はい、先生」

そしてボブは先生の帽子とコートを取りに走って行く。用務員があとで鍵をかけに来てくれない場合は、教室の戸締りもまたボブの仕事だった。それから二人は教室から出て、がらんとした校庭を横切った。用務員が脚立を立ててブランコの鎖を外していた。太陽は泰山木の蔭に傾いていた。二人はさまざまのことを話し合った。

「ボブ、あなたは大きくなったら何になるつもり」

「作家です」と少年は言った。

「まあ、凄い野心ね。作家になるのは大変なのよ」

「知ってます。でも頑張ってみます」と少年は言った。「本はもう相当読みました」

「ボブ、あなたは放課後にすることはないの」

「それはどういう意味ですか」

「つまり、黒板を拭く仕事にあなたを縛りつけておきたくないということよ」

「でもぼくはそれが好きなんです」と少年は言った。「嫌いなことは絶対やりません」

「それでも」

「いいえ、この仕事は続けます」と少年は言った。そして少し考えてから口をひらいた。「テイラー先生、ぼくのお願いを聞いてくれますか」

「どんなこと」

「ぼくは土曜日はいつもビュートリック通りから川沿いに歩いて、ミシガン湖まで行くんです。蝶々や、ざりがにや、小鳥がたくさんいます。よかったら先生も来ませんか」

「ありがとう」と先生は言った。

「じゃ来てくれるんですね」

「ちょっと無理だと思うわ」

「とっても面白いのに」

「ええ、面白いのはわかるけど、土曜は忙しいのよ」

何で忙しいんですか、と喉まで出た質問を少年は抑えた。

「サンドイッチを持って行きます」と少年は言った。「ハムとピックルスです。それからオレンジジュースも持って、のんびり歩くんです。湖に着くのが十二時頃で、歩いて帰って来て、家に帰り着くのは午後三時頃です。とっても面白いから、先生も来てくれればいいのになあ。先生は蝶々の採集はしますか。ぼくはたくさん採集しました。先生のためにもう一回採集し直してもいいです」

「ありがとう、ボブ、でも都合がわるいわ。またいつか、別のときにね」

少年は先生の顔を見た。「こんなお願いをしちゃ、いけなかったんですか」

「いいえ、どんな願いごとでも自由に口に出して構わないのよ」と先生は言った。

数日後、余分の『大いなる遺産』を一冊発見したので、先生はそれをボブに与えた。ボブは大喜びで家に持って帰り、その晩は徹夜して読み上げると、次の朝その話をした。今ではもう毎朝のように先生を下宿に迎えに来る少年に、もう迎えに来てはいけないと言うつもりで先生は「ボブ――」と何度も話しかけるのだが、少年はみなまで言わせず、夢中になってディケンズや、キプリンブや、ポーの話を始め、学校から帰るときも同様だった。金曜日の朝、テイラー先生は自分のデスクに一匹の蝶がとまっているのを見つけた。思わず払いのけようとして、よく見るとそれは標本であり、先生が教室から出た隙にそこに置かれたのに相違なかった。他の生徒たちの頭ごしに先生はボブを眺めたが、少年は教科書を見ていた。読んでいたのではなく、ただ見ていた。

この頃から、先生は授業中にボブを指名することがなんとなくできなくなった。名簿のボブの名前のあたりを鉛筆は上下し、結局、次の生徒や、名簿のずっと下の方の生徒を指名してしまう。学校への行き帰りにも、先生はろくにボブの顔を見なかった。しかし放課後に、少年が腕を大きく振りながら黒板の数式を消しているときなど、思わず採点の手を休めて、数秒間、少年を眺めることがあった。

ある土曜日の午前、少年はズボンを膝までまくりあげて川のなかに立ち、岩の下のざりがにをつかまえようと体を屈めていたが、ふと顔を上げると、流れの岸辺にアン・テイラー先生が立っていた。

「待ってたのよ」と先生は笑いながら言った。

「そうですか」と少年は言った。「ちっともびっくりしませんでした」

「ざりがにや蝶々を見せてちょうだい」と先生は言った。

二人は湖まで歩き、砂の上に腰を下ろした。暖かい風が静かに吹いて、先生の髪を乱し、ブラウスに皺をつくった。ボブは何ヤードか離れて先生のうしろに坐り、二人はハムとピックルスのサンドイッチを食べて、大まじめな顔でオレンジジュースを飲んだ。

「ああ、いい気分」と少年は言った。「こんないい気分になったのは生れて初めてです」

「こんなピクニックに来るなんて、夢にも思わなかったわ」と先生は言った。

「子供とピクニックに来るなんて、ですか」

「でも、私もいい気分よ」と先生が言った。

「じゃ、よかった」

それから何時間か、二人はほとんど喋らなかった。

「これはほんとはいけないことなんですね」と、帰る頃になって少年が言った。「でも、なぜいけないのか、ぼくにはわからないな。ただ歩いて、蝶々やざりがにをつかまえて、サンドイッチを食べるだけでしょう。でもママやパパに知れたら、大騒ぎになるにきまってるし、ほかのみんなもいろいろ言うと思うな。ほかの先生たちも、先生をからかったりするでしょう?」

「でしょうね」

「だったら、もう蝶々をつかまえに出掛けるのはやめたほうがいいんですね」

「今日来たことも、なぜ来たのか、自分でよくわからないわ」と先生は言った。

こうしてピクニックは終った。

アン・テイラーと、ボブ・スポールディングとの交際のすべては以上の通りであり、二、三匹のマダラモドキと、ディケンズの本一冊と、一ダースほどのざりがにと、四個のサンドイッチと、オレンジジュース二本のほかに特記すべきものはない。次の月曜日、ボブは下宿の前で暫く待ったが、ふしぎなことにテイラー先生は出て来なかった。あとでわかったのだが、先生はいつもより早く下宿を出て、とっくに学校に着いていたのである。月曜日の午後も、先生は頭痛がするといって早く帰り、最後の一時間はほかの先生が教えに来た。ボブは帰りにテイラー先生の下宿の前を通ったが、先生の姿はどこにも見えなかった。ベルを鳴らして訊いてみるのは、なんだか気がひけた。

火曜日の放課後、二人はいつものように静かな教室でそれぞれの仕事をした。この時間が永遠に続くかのように、少年は嬉しそうに黒板を拭き、先生もデスクにむかって答案を採点し、この静けさと仕合せのなかに永遠に浸っていられるような気分だったが、そのとき突然、市役所の鐘が鳴った。学校から一ブロック離れたこの市役所の鐘は、青銅製の大きな鐘で、これが鳴り出すと肉体に震動が伝わり、時の灰は骨からも血液からも払い落されて、人はにわかに老いこんだような気持になる。いわば時の激流を感じさせずにはおかないこの鐘は、そのとき午後五時を知らせていたので、テイラー先生は驚いて時計を眺め、それからペンを置いた。

「ボブ」と先生は言った。

少年はびくっとして振り向いた。穏やかな落ち着いた気分に浸っていた二人は、もう一時間も沈黙していたのだった。

「こっちへいらっしゃい」と先生は言った。

少年はゆっくりとスポンジを置いた。

「はい」と言った。

「ボブ、お坐りなさい」

「はい、先生」

少しのあいだ先生はボブをじっと見つめ、少年は目をそらした。「ボブ、これから私があなたにどんな話をするか、わかる？」

「はい」

「あなたのほうから話し始めてくれるといいんだけど」

「ぼくたちのことでしょう」と、少し間を置いてから少年は言った。

「ボブ、あなたは今いくつ」

「もうじき十四になります」

「じゃ、今は十三歳ね」

少年はたじろいだ。「そうです」

「それで、私は今いくつか、御存知？」

「ええ。聞きました。二十四でしょう」

「二十四よ」

「あと十年経てば、ぼくもだいたい二十四になります」と少年は言った。

「でも困ったことに、今は二十四ではないわ」

「ええ、でも、ときどき二十四歳の気分になります」

「そうね、ときどき二十四歳のように振舞うこともあるわね」

「ほんとですか。そう見えますか！」

「まあ静かに坐ってらっしゃい。話はたくさんあるから、はねまわらないで。私たちのあいだに今起っていることを理解することは、とても大切なの。そう思わない？」

「ええ、そうだと思います」

「まず第一に、私たちが世界一の親友同士だということは言えるわね。私には、あなたのような生徒は初めてだし、特定の生徒にこんなに好意を持ったことも初めてです」この言葉を聞いて少年は顔を赤くした。先生は続けた。「それから、あなたの代りに言えば、私はあなたが今までに付き合ったなかで一番いい教師なんでしょう」

「いい先生というだけじゃありません」

「それはそうかもしれないけど、事実は冷静に見つめなきゃいけないし、自分の周囲のことも考えなくちゃいけないの。町のこと、町の人たちのこと、あなたのこと、私のこと、全部考えなくちゃならない。そういうことを私この何日か考えてみたのよ、ボブ。何か考え落したとか、自分の感情は棚上げしたとか、そんなふうには思わないでね。ある点から見れば、私たちの友達付き合いは確かに奇妙だわ。でも、また別の角度から考えれば、あなたは決して平凡な男の子じゃない。私は自分のことはよくわかってるつもりよ。私は精神的にも肉体的にも健康な人間です。それからもう一つわかったのは、ボブ、あなたの性格や、人柄のよさを、私が正しく評価しているということ。でもね、ボブ、そういうことは、この世界では、ある一定の年齢になるまでは考えないものなのよ。こういう言い方は適当かどうかわからないけど」

「いいんです」と少年は言った。「もしぼくが十年早く生れていて、背があと十五インチ高ければ、問題は全然違ってくるんでしょう。でも馬鹿げてると思うな、人を背の高さで判断するのは」

「でも今までの世間はそう思わなかったわけ」

「ぼくは世間じゃありません」と少年は抗議した。

「馬鹿げて見えるのはわかるわ」と先生は言った。「自分がおとなの気持でいて、公明正大で、何一つ恥じることがない場合はね。もちろん、あなたには恥じることは何一つないのよ、ボブ。あなたはとてもまじめで、やさしかった。私もそうだったと言えれば幸いですけど」

「先生もそうでした」と少年は言った。

「ボブ、理想的な環境の下では、いつかは人の精神年齢を正確に測れるようになって、あなたのことをこんなふうに言ってくれるかもしれない。この人は肉体的には十三歳だが、精神的には一人前のおとなだ。なんらかの環境と運命の奇蹟によって、この人は一人前のおとなのように、自分の責任や立場や義務というものをはっきり自覚している、ってね。でも、ボブ、その日まで私たちは残念ながら、ふつうの世間のふつうのやり方で、つまり年齢や身長で人を判断しないわけにはいかないのよ」

「そんなの、いやだな」と少年は言った。

「私もいやだと思わないわけではないけど、でも、あなたは自分が結局今よりずっと不仕合せになっても構わない？　私たちが二人とも不仕合せになっても構わない？　きっとそうなるのよ。ほんとうに、私たちのことはどうしようもないのよ——私たちのことというふうに考えることさえ、とても奇妙なことなのよ」

「それはわかります」

「でも、少なくとも私たちは、自分たちのことをよく知っているし、自分たちが正しかったこと、まじめでやさしかったことは、ちゃんとわかっているわ。私たちが知り合ったことに不都合な点は何一つなかったし、不都合なことを私たちは企みもしなかった。だって私たちは二人とも、そんなことが不可能だってことをよく知っていたから。そうでしょ？」

「ええ、そうです。でも、ぼくは仕方がなかったんです」

「さて、これからどうするかを決めなくては」と先生は言った。「今このことを知っているのはあなたと私だけね。もう少し経てば、ほかの人たちに知れるかもしれない。私がこの学校をやめて、ほかの学校に移ってもいいし――」

「いやだ！」

「あるいは、あなたをほかの学校に転校させてもいいし」

「その必要はありません」と少年が言った。

「なぜ」

「うちは引越すんです。一家でマディスンに移ります。来週引越します」

「それとこのことと何か関係があるかしら」

「いいえ、いい考えがあるんです。うちの父はマディスンに新しい仕事を見つけただけなんです。ここからは十五マイルしか離れていないでしょう。ぼくがときどきこの町へ来れば、先生に逢えますね？」

「そんなことが解決になると思う？」

「やっぱりだめですね」

静まりかえった教室で、二人は暫く無言で向き合っていた。

「いつからこんなことになったんだろう」と少年が頼りなげに言った。

「私にはわからないわ」と先生は言った。「だれにもわからない。これはもう何千年も前からわからないことで、これからもわかるときが来るとは思えない。人はお互いに好きになったり嫌いになったりして、ときどき、好きになってはいけない同士が好きになるのね。なぜそうなのか、私にはわからないし、あなたにもわかる筈はないと思うわ」

「ぼくはもう帰ったほうがいいですね」と少年は言った。

「怒ったんじゃないでしょう？」

「そんな、怒るなんて。先生と話しているときは絶対に怒りません」

「もう一つだけ聞いてちょうだい。覚えておいて欲しいんだけど、人生には埋め合せということがあるの。それがなければ私たちは生きていけないかもしれない。今のあなたはなんとなく悲しい気分でしょう。私もよ。でも今にきっと何かが起って、この気分を直してくれるわ。それを信じる？」

「信じたいとは思いますけど」

「信じなくても、本当なのよ」

「もしも先生が」と少年は言いかけた。

「もしも私が何？」

「待っていてくれたら」少年は語尾を濁した。

「十年も？」

「十年経てば、ぼくは二十四です」

「でも私は三十四で、たぶん全然変ってしまっているわ。そう、やっぱりこれは不可能ね」

「可能にしたいとは思わないんですか」と少年は叫んだ。

「思うわ」と先生は静かに言った。「馬鹿げているし、考えても仕方がないことだけれど、もしそれが可能ならすばらしいと思うわ」

　少年は坐ったまま暫く動かなかった。

「先生のことは絶対に忘れません」と少年は言った。

「あなたはやさしいからそう言ってくれるけど、それはあり得ないことだわ。人生というものはそんなふうにできていないのよ。あなたは忘れるでしょう、きっと」

「絶対に忘れません。絶対に忘れない方法を考え出します」と少年は言った。

　先生は立ち上り、黒板を拭きに行った。

「手伝います」と少年は言った。

「いいえ、いいのよ」と先生はあわてて言った。「もうお帰りなさい。放課後の黒板拭きはもうしなくていいわ。ヘレン・スチーヴンスにやらせます」

少年は教室から出た。校庭からもう一度振り返って見ると、アン・テイラー先生は腕を上下に動かして、チョークで黒板に書かれた文章をゆっくりと消していた。


次の週、少年は引越し、それから十六年経った。グリーンタウンは十五マイルしか離れていなかったが、その間一度も訪れたことはなかった。ボブは結婚し、三十歳近いある春の日、夫婦でシカゴまでドライブの途中、一日だけグリーンタウンに立ち寄った。

ボブは妻をホテルに残して、町を歩きまわり、アン・テイラー先生のことを訊ねたが、憶えている人にはなかなかぶつからず、ようやく一人が思い出した。

「ああ、そうそう、美人の先生ね。あなたが越してからまもなく、一九三六年に亡くなりましたよ」

先生は結婚しただろうか。いや、とんでもない、最期まで独身でした。

ボブは昼さがりの墓地へ行って、先生の墓を見つけた。墓石には「アン・テイラー、一九一〇年生、一九三六年没」と書かれていた。ボブは思った、二十六歳か。とすると、テイラー先生、今のぼくはあなたより三つ年上ですよ。

その日の午後、町の人たちは、ボブ・スポールディングの妻が夫を探して、樫と楡のトンネルをゆるゆる歩いて行くのを目にとめ、みんな仕事の手を休めて、明るい影を伴い颯爽とトンネルをくぐりぬけて行くその姿を見守った。その女性は冬の雪のなかに置かれた夏の桃であり、蒸し暑い初夏の朝、オートミールにかける冷たいミルクだった。そして世に稀なことだが、その日こそは、強くも弱くもない風に吹かれる一枚の楓の葉のように、すばらしい釣合いのとれた天候に恵まれた日であり、言うならば「ロバート・スポールディング夫人の日」と呼ばれるべきであろうということで、みんなの意見は一致したのだった。

願いごと

雪のささやきが冷たい窓に触れた。

どこからともなく風が吹いて、大きな家が軋んだ。

「え?」と私は言った。

「なんにも言わないよ」と、背後の暖炉で、大きな金属製の篩を使ってポップコーンを炒っていたチャーリー・シモンズが言った。「ひとことも言わなかったよ」

「おかしいな、確かに、チャーリー、きみの声が……」

遠くの通りや無人の野原に降りしきる雪を、茫然と私は眺めた。まさしく、白い亡霊が窓辺を訪れ、忽然と去るには恰好の夜である。

「そんな気がしただけだろう」とチャーリーが言った。

そうかな、と私は思った。自然現象にも声があるものだろうか。夜や、時や、雪にもことばがあるのか。戸外の闇と、ここにいる私の魂とのあいだで、何が行なわれているのだろう。

外では白い鳩の大群が、月やあかりの助けを借りずに、薄暗い地面に舞い降りつづけていた。

あの雪がそっとささやいたのだろうか。それともあれは過去の声だったのか。古い時間と欲求が積み重なり、絶望が恐慌状態にまでふくれあがって、遂にことばを見出したのだろうか。

「いや、チャーリー、たった今、誓ってもいい、きみの声が聞えて――」

「なんと言ったんだ」

「『願いごとをしろ』と言った」

「ぼくが？」

チャーリーは笑ったが、私は振り向かず、降りしきる雪を眺めながら、言うだけのことを言った。

「『今夜は特別の、すばらしい、ふしぎな夜だ。だから特別の、すばらしい、ふしぎな願いごと、心の底からの願いごとをしろ。きっと叶えられるから』きみはそう言ったんだ」

「何も言わなかった」チャーリーが頭を横に振るのが窓ガラスに映っていた。「でも、トム、きみはそうやってもう半時間も雪が降るのを眺めていただろう。それで一種の催眠状態になったんだ。ぼくが喋ったと思ったのは、暖炉の薪の音さ。願いごとをしても叶えられないと思うよ。でも――」チャーリーはふと言い淀み、なんだか驚いたような口調で言い足した。「確かに聞えたと言ったね。まあ、飲もう。乾杯しようじゃないか」

ポップコーンはできあがった。チャーリーは葡萄酒を注いでくれたが、私は手をつけなかった。暗い窓のむこうでは、雪が青白く降りつづけていた。

「なぜだろう」と私は言った。「なぜ願いごとという言葉が頭に跳びこんできたんだろう。きみが言わなかったのなら、だれがそう言ったんだろう」

本当にだれが言ったのだろう、と私は思った。戸外にいるのは何者で、ここにいる私たちは何者なのか。私たちは二人とも作家で、今夜は私がチャーリーに招かれたのだ。この家にはほかにだれもいない。私たちは古くからの付き合いで、よく幽霊の話もしたし、心霊術の何やかや、霊応盤（ウイジャ・ボード）とか、タロ・カードとか、テレパシーとか、いろんな流行に手を出したものだった。お互いにからかったり、冗談を言い合ったりの、雑然たる友情の歳月だったといえるだろうか。

しかし今夜のこれは冗談ごとではないし、笑いごとでもない、と私は思った。あの雪を見ろ！　人の笑いまで埋めるように霏々（ひひ）と降って……。

「なぜ？」と、チャーリーが私のかたわらで葡萄酒を飲みながら、クリスマスツリーの赤と緑と青の豆電球を眺め、その視線を私のうなじに移して言った。「なぜ今夜、願いごと？　それは今夜がクリスマス・イヴだからさ。今から五分後にキリストが生れる。キリストと冬至とが同じ週に来る。つまり、この週は、今夜は、地球が死なないことを証明するわけだ。冬はすでに極限に達し、あとは光にむかって進むのみだ。これはやはり特別のこと、ふしぎなことだろう」

「なるほど」と私は呟き、古代に思いを馳せた。穴居人たちは、秋が来て日の光が弱まると、たまらないほどの淋しさを感じただろうし、世界全体が白い眠りを眠るうちは、猿人たちは泣いただろう。やがて、ある朝、太陽はそれまでより早く昇り、世界は再び暫くのあいだは救われる。「なるほど」

「だから——」チャーリーは私の考えを読みとり、葡萄酒をちびちび飲んだ。「キリストは昔から春の約束だった。そうだろう？　一年で一番長い夜のさなかに、時間が震え、地球が身震いし、ひとつの神話が生れる。そしてその神話は何と叫んだか。新年おめでとう！　と叫んだ。そう、一月一日は新年の最初の日じゃない。キリストの誕生日がほんとうの元旦なんだ。夜半直前のこの瞬間、クローバのように甘いキリストの息がわれわれの鼻孔に触れ、春を約束する。深呼吸をしてみろよ、トム」

「ちょっと黙れ！」

「どうした。また声が聞えたか」

そう！　私は窓の方に向き直った。あと六十秒でキリスト生誕の朝が来る。願いごとをするのに、これ以上うってつけの、純粋な時刻がほかにあるだろうか、と私は狂おしく考えた。

「トム——」チャーリーは私の腕を摑んだ。だが私は自分の考えに深く入りこみ、ほんとうに狂ったようになっていた。今が特別の時なのか、と私は思った。雪ふりしきる夜のこの奇妙な時刻に、聖なる亡霊が徘徊し、私たちの願いを叶えてくれるのか。もし私が秘かに願いごとをしたら、この巡回する夜が、ふしぎな眠りが、昔なじみの吹雪が、私の願いを十倍にして返してくれるのか。

私は目を閉じた。喉がひきつった。

「やめろ」とチャーリーが言った。

だが、その言葉は私の唇で震えていた。もう待てない。今だ、今、ベツレヘムでふしぎな星が輝き始めるのだ、と私は思った。

「トム」とチャーリーが喘いだ。「頼むからやめてくれ！」

やめるものか、と私は思い、口をひらいた。

「ぼくの願いは、今夜一時間でいいから——」

「やめろ！」チャーリーは黙らせようとして私を殴りつけた。

「——私の父が生き返りますように」

炉棚の時計が夜半の十二時を打った。

「ああ、トム……」チャーリーが悲しそうな声を出した。その手が私の腕から離れた。

「ああ、トム」

一陣の風が雪を交えて窓を激しく叩いた。雪は一瞬、経帷子(きょうかたびら)のように窓にへばりつき、たちまち剝がれた。

玄関のドアが大きな音とともに開いた。

雪がシャワーのように吹きこんできた。

「なんて悲しい願いごとなんだ。でも……叶えられたね」

「叶えられた？」私はくるりと振り向いて、墓のように招いている開いたドアを凝視した。

「行くな、トム」とチャーリーが言った。

ドアがぴしゃりと閉じた。すでに戸外に出た私は走った。ああ、走りに走った。

「トム、戻って来い！」声は遥か後方、舞い落ちる雪のなかで消えた。「頼む、行くな！」

だが、この夜半すぎの一分間に、私は何も考えずひたすら走りつづけ、心臓には鼓動せよ、血液には循環せよ、脚には走りつづけよと、うわごとのように命じながら、心のなかでは考えていた。父さん！　父さん！　あんたの居場所はわかっている！　願いは聞きとどけられた！　願いは叶えられた！　あんたの居場所はわかっている！　そして深夜の雪の町の到る所で、クリスマスの鐘がかしましく鳴り始めた。鐘の音は円を描き、私を差し招き、引き寄せ、私は叫び、雪を頬張り、狂った欲望に燃えていた。

おれは馬鹿だ！　と私は思った。父さんは死んだのに！　もう帰るんだ！　でも、もしも父さんが今夜一時間だけ生きているとして、私が逢いに行かなかったらどうなる。

そこはもう町外れだった。私は帽子もコートも身につけていなかったが、走ったので暑かった。塩辛い仮面が顔に凍りつき、人っ子一人いない道路のまんなかを大股に歩くと、一歩ごとにその仮面は剝がれ落ちた。喜ばしげな鐘の音は風に吹き散らされていた。

風に押しやられて、私は荒地の片隅に近づいた。暗い石塀が私を待っていた。

墓地だ。

私は重い鉄の扉の前に立ち、痺れたように中を覗きこんだ。

墓地は数百年前に破壊された砦の廃墟に似ていた。その記録は新しい氷河時代のなかに深く埋もれているのだ。

奇蹟はあり得ない、と私は突然思った。

夜はにわかに、酒と、お喋りと、無言の魅惑とがまじりあったものにすぎなくなっていた。私は自分の信念のほかには何の理由もなく走ったのだ。この雪に埋れた世界で何かが起ることを、私は確かに感じ、心底から信じたのだが……。見捨てられた墓石の群と、足跡一つない雪野原の眺めは、私には耐えがたい重荷だった。このままこの場にくずおれ、いっそのこと死んでしまいたい、と私は思った。町へ戻ってチャーリーと顔を合せたくはなかった。これはひょっとすると、彼の恐ろしい手品であり、残酷な冗談ではなかったのか。チャーリーには他人の内心の欲求を見抜き、それをもてあそぶ気違いじみた傾向がある。やはり彼が私の背後でささやき、約束し、この願いごとへと私を追いやったのではなかったのか、ああ畜生！

南京錠のかかった門扉に私は手を触れた。

　ここにあるのは何だろう。一つの名前と、「一八八八年生、一九五七年没」という文字とが刻まれた、平べったい一個の石にすぎない。刻まれた文字には草が覆いかぶさって、真夏の昼間でさえなかなか見つけにくいのだ。

　私は鉄の門扉を放し、帰ろうとした。その瞬間、はっと息を呑んだ。不謹慎な叫びが私の喉からほとばしり出た。

　石塀のむこう、締め切ってある門番小屋のあたりに、物の気配を感じたのである。その辺で何かが呼吸している。押し殺した泣き声だろうか。

　それともただの風の唸り声か。

　私は再び鉄の門扉を握りしめ、墓地の内部にひとみを凝らした。

　そうだ、確かに！　墓石のあいだに、小鳥が着地して走ったような、かすかな足跡がある。うっかりしていたら永久に見落したかもしれない足跡！

　私は叫んだ、走った、跳んだ。

　これほど高い跳躍は、そう、生れて初めてだった。私は石塀を跳び越えて、向う側に落ち、もう一度叫び声を発した。それから転げるように門番小屋の蔭へ走った。

　その暗がりに、風から身を守るように小屋の壁に寄りかかって、一人の男がいた。目を閉じ、両手を胸の前に組んで。

　私は夢中でその顔を覗きこんだ。狂ったように自分の顔をその顔に寄せた。

　知らない男だ。

老人。非常に老いた男。

新たな絶望に、私は思わず呻いたとみえる。

老人はその震えるまぶたを開いた。

こちらを見つめるその目を見て、私は叫んだ。

「父さん！」

薄暗いあかりのなかへ、私は老人を引きずり出した。

雪に埋れる彼方の町から、チャーリーの声がこだまのように、哀願するように響いてきた。やめろ、帰れ、走れ。悪夢だ。やめろ。


目の前にいる男は、私を知らなかった。

風に逆らって立てられた案山子（かかし）のように、この見馴れぬ老人、だがどこかなつかしい老人は、視力の衰えた茫漠たる目で私を見定めようとした。だれだろう、と老人は考えているように見えた。

それから答が老人の口から爆発的に出て来た。

「——オム！　——オム！」

トムと発音できないのだ。

だがそれは私の名前だった。

崩れかけた崖の上で、地底の闇に落ちることを恐れる男のように、老人は身震いし、私に縋りついてきた。

「――オム！」

私は老人を固く抱きしめた。崖から落しはしない。

激しい抱擁で釘付けの状態になって、私たちは立ったまま静かに揺れていた。ひっきりなしにぼた雪の落ちてくるこの荒地で、一つのものとなった二人の人間。

トム、ああ、トム、と老人は幾度となく、きれぎれに嘆いた。

父さん、ああ、パパ、と私は思い、口に出して言った。

老人は体を硬くした。私の肩ごしに初めて墓石の群を、この死の野原を見たのだ。老人は喘いだ。それは、ここは何だ、と叫んだように思われた。

もともと年老いた顔だが、記憶と認識が戻って来た瞬間、その目、その頰、その口はいっそう凋み、年老いて、いやだ、いやだと叫び始めた。

答を求めるように、自分の権利を守ってくれる者を、一緒にいやだ、いやだと叫んでくれる保護者を探すように、老人は私の顔を見た。しかし私の目のなかには冷たい真実しかなかったのだと思う。

永年にわたって埋められていた場所から、ここまで歩いて来た老人の足跡を、私たち二人は見つめた。

いやだ、いやだ、いやだ、いやだ、いやだ、いやだ！

ことばは老人の口からつづけさまに出て来た。

だが発音は曖昧で、ただの野性的な叫びのように聞えた。

「いああ……いああ……ああ……ああ……いあ……ああ！」

よるべない子供のうろたえきった泣き声。

それから、もう一つの疑問が老人の顔に浮んだ。

私はこの場所を知っている。だが、なぜ私はここにいるのか。

老人は腕に爪を立てた。自分の凋んだ胸を見下ろした。

神は人間に恐ろしい贈物を与える。いちばん恐ろしい贈物は、記憶だ。

老人は思い出した。

老人の表情が茫漠となった。自分の縮んだ肉体を、停止した心臓を、永遠の夜の扉が激しく閉じられた音を、思い出したのだ。

私に抱かれたまま、老人は全く動かなかった。まぶたが震え、その内側で眼球は頭蓋のグロテスクな中身とともに動いていた。いちばん恐ろしい質問を自分自身に発したに相違なかった。

だれなのだ、私にこんなことをしたのは。

老人は目をあけた。老人の凝視が私を打った。

お前か、とその凝視は言った。

そうです、と私は思った。今夜あなたを生き返らせてくれと、私が願ったのです。

お前か！　と老人の顔と肉体が叫んだ。

それから半ばことばになりかけた最後の審問。

「なぜ……？」

凋み、裂けるのは、今度は私のほうだった。

ほんとうに、なぜ私はこの老人にこんなことをしたのだろう。

この恐ろしく痛ましい邂逅を、なぜ敢えて願ったりしたのか。

この男、この見知らぬ他人、うろたえ、おびえきった子供のようなこの老人に、今から私は何をすればよいのだろう。この老人を呼び出したのは、再び土の中へ、墓石の下へ、恐怖の眠りへと送り返すためなのか。

結果について私は少しでも考えただろうか。いや。単なる衝動に駆られて、精神をもたぬ石ころが精神をもたぬ決勝点まで飛んで行くように、暖かい家の中からこの埋葬の地まで走って来た。なぜ。なんのために。

私の父は、この老人は、今、私の慈悲深い答を待って、震えながら雪のなかに立っていた。

子供に還った私は、なんにも言えなかった。私の精神の一部分は、口に出しては言えない真実を知っていた。父が生きていた頃に口下手だった私は、父が生き返った今、いっそう口数が少なくなっていた。

真実は私の頭の内側で暴れまわり、私の精神や存在の繊維に沿って叫んだが、舌から外へ脱出することはできなかった。自分の叫びが内部に閉じこめられているのを、私は感じていた。

その一瞬は過ぎ去ろうとしていた。この一時間もまもなく過ぎ去るだろう。私が言わねばならぬこと、何年も前、父がこの地上で生きていた頃に言うべきだったことを、口に出すチャンスは永遠に失われるだろう。

どこか遠くで、鐘がこのクリスマスの朝の零時半を報じた。キリストは風のなかで秒音を刻んでいた。雪は、時や寒さとともに、私の顔に片々とふりかかった。

なぜ、と父の目は訊ねた。なぜ私をここに連れ出したのか。

「ぼくは——」と言いかけて、私は口をつぐんだ。

老人がにわかに強く私の腕を摑んだのである。その顔には疑問への答が現れていた。これは父にとっても最後のチャンスなのだった。私が十二歳、あるいは十四歳、あるいは二十六歳の頃に父が言うべきだったことを、口に出して言う最後のチャンスだ。私が黙っていようとも、そんなことはどうでもいい。この降りしきる雪のなかで、父はおのれの和解をなしとげて、定められた道を歩まねばならない。

老人の口がひらいた。古い言葉をむりに押し出すのは、老人にとって非常にむつかしい、恐ろしくむつかしいことだった。凋んだ殻のなかの亡霊だけが、苦悶し、喘ぐことを許されていた。老人がささやいた三つの言葉は、たちまち風にかき消された。

「なんですって?」と私はうながした。

老人は私をしっかりと抱きしめ、吹雪のなかで目を大きく見開こうとした。こみあげてくる睡気と戦って、まず口が喘ぎ、そこから笛のような音が出てきた。

「……あ……いい……てううう……！」

いったん口をつぐみ、全身を震わせ、老人はその言葉を叫ぼうと空しく口を開いた。

「……あ……いいし……てうう……！」

「ああ父さん！」と私は叫んだ。「ぼくに代りに言わせて！」

老人は身動きせずに待った。

「愛してる、と言おうとしたんですね」

「すすううう！」と老人は叫んだ。そしてとうとう、ひどくはっきりと言った。「そ、うだ！」

「ああ父さん」と、すべての得失を越えた惨めな仕合せに歓喜しながら、私は言った。「父さん、ぼくも、ぼくもあなたを愛してる」

私たちは抱き合ったまま倒れた。

私は泣いた。

父が肉体の内部の奇妙な涸れ井戸から涙をしぼり出すのを、私は見た。涙は震え、まぶたにきらめいた。

こうして最後の疑問は発せられ、答えられた。

なぜ私をここに連れ出したのか。

願いごとは、贈物は、この雪降る夜は、なんのためなのか。なぜなら、私たちは、ドアが閉じられ永久に封印される前に、生前決して言わなかったことを口に出さねばならなかったのだ。今や、そのことは遂に口に出して言われ、私たちは荒地のなかで抱き合っていた。父親と息子、息子と父親、突然交換可能になった喜ばしい全体のそれぞれの部分。私の頬の上で、涙が氷に変った。

冷たい風と降りしきる雪のなかに永いこと立っていたが、やがて零時四十五分を告げる鐘の音が聞え、それでも私たちは自分たちの時間が尽きるまで、何も言わずに——もう何かを言う必要は全くなかった——雪と夜のなかに立っていた。白い世界の到る所で、鐘がクリスマスの朝の午前一時を知らせた。生れたばかりのキリストは新しい藁(わら)に包まれていた。鐘の音は贈物の終りを告げていた。かくもすばやく手渡され、今私たちの痺れた手から取り上げられようとしている贈物の。

父は私を両腕で抱きしめた。

午前一時の鐘の最後のこだまが消えた。

父がほっとしたように一歩しりぞくのを私は感じた。

父の指が私の頬に触れた。

雪のなかを歩いて行く父の足音が聞えた。

足音が消えるのと同時に、私の内部の泣き声も消えた。

目をあけると、百ヤードばかりむこうを歩み去る父の姿が辛うじて見えた。父は振り向いて、一度だけ手を振った。

雪が帷（とばり）のように降ってきた。

なんと勇敢なのだろう、と私は思った。なんの愚痴もこぼさずに、帰るべき所へ帰って行く老人は。

私は歩いて町へ帰った。

暖炉の前で、チャーリーと飲んだ。チャーリーは私の顔を見つめ、そこに現れた表情のために無言の乾杯をしてくれた。

二階ではベッドが白い大きな雪野原のように私を待っていた。

窓の外では、北は一千マイル、東は五百マイル、西は二百マイル、南は百マイルの彼方まで、雪が降っていた。到る所で、すべてのものの上に雪はつもった。町外れに残された二組の足跡の上にも雪はつもった。一組の足跡は墓場から町まで続き、もう一組は墓場の奥の墓石のあいだでとぎれていた。

私は雪のベッドに横たわっていた。振り向いて、手を振り、立ち去ったときの父の顔を思い出していた。

それは私がいまだかつて見たことのない、若々しい、仕合せな男の顔だった。

そのイメージを抱くようにして、私は泣きやみ、眠りに落ちた。

永遠と地球の中を

売れない短篇を七十年間書きつづけてきたヘンリ・ウィリアム・フィールド氏は、ある晩、十一時半にやおら立ちあがり、一千万語を燃やした。原稿を古めかしい暗い屋敷の階下へ運び、かまどに投げこんだのである。

「これでよし」と、フィールド氏は言い、失われた芸術と浪費された生涯のことを思いながら、高価な古美術品に囲まれた寝床に入った。「わしのまちがいは、この二二五七年の騒然たる世界を描こうとしたこと自体にあったのだ。ロケット、原子力の驚異、惑星や二重星への旅。こんな世界を描くことは、だれにもできはしない。みんな試みはしたのだ。近代の作家たちはみな失敗している」

宇宙は作家たちには大きすぎたし、ロケットは速すぎたし、原子科学は瞬間的でありすぎたのだ、とフィールド氏は思った。しかし少なくとも、ほかの作家たちは失敗作にしろ書き残しているが、フィールド氏は、その怠惰と富のまっただなかで、生涯の何十年かを無駄費いしたのである。

一時間ほど、こんなことを思いつづけてから、フィールド氏は暗い部屋を手さぐりして、書斎へ行き、緑色のスタンドのスイッチを入れた。そして五十年間さわりもしなかった蔵書の山から、ゆきあたりばったりに一冊えらんだ。それは三百年の月日に黄色くなり、ぼろぼろになった本だったが、フィールド氏は飢えたように明け方まで読みふけった……。

朝の九時、ヘンリ・ウィリアム・フィールドは、書斎から外へ駆け出し、使用人たちを呼び集め、弁護士や友人や科学者や文学者たちにテレビ電話をかけた。

「すぐ来てくれ！」とフィールド氏は叫んだ。

一時間も経たぬうちに、十二、三人のひとびとが書斎に集まった。ヘンリ・ウィリアム・フィールドは、髭も剃らぬ見ぐるしい恰好で、ヒステリックな喜びにとり憑かれ、熱に浮かされたような顔をして坐っていた。骨ばった手で一冊の分厚い本を摑み、だれかがお早うございますと言うと、ゲラゲラ笑い出した。

「この本を見なさい」と、ややあってから、フィールドはそれを持ちあげて見せた。「これは一人の巨人が書いた本だ。その男は一九〇〇年にノース・カロライナ州アッシュビルに生れた。生前に、四つの長い小説を発表している。この男は、いうなれば、つむじ風だった。山を持ち上げ、風を集めた。そして一九三八年九月十五日ボルティモアのジョンズ・ホプキンズ病院で、ベッドのかたわらに鉛筆書きの原稿をトランクに一ぱい残して、結核で死んだ。結核というのは、昔の恐ろしい病気だ」

一同はその本を見つめた。

『天使よ故郷を見よ』。

フィールドは更に三冊の本を見せた。『時と河の流れと』『蜘蛛の巣と岩』『汝ふたたび故郷を見ず』。

「著者はトマス・ウルフだ」と、老人は言った。「ノース・カロライナ州の地の底に、もう三百年も冷たく横たわっている男だ」

「死人の書いた四冊の本を見せるために、わざわざ呼びつけたのか」と、友人たちが抗議の声を上げた。

「いや、それだけではない！　きみたちを呼んだのは、トム・ウルフこそが必要な人間だと感じたからだ。この男なら、宇宙のことや時間のことや、星雲とか銀河戦争、流星とか惑星、そういう巨きなもののことを書けるだろう。この男が愛していたもの、紙の上に書き残したものというと、そういう不分明な暗いものばかりだった。つまり、この男はすこし早く生れすぎたのだ。もてあそぶべき巨きなものを必要としながら、それを地上には見いだせなかった。十万日も昔に生れるかわりに、今日の午後にでも生れるべき男なのだ」

「発見がすこしおそかったようだね」と、ボルトン教授が言った。

「いや、おそいとは思わん！」と、老人は即座に言った。「わしは現実に打ち負かされはしないぞ。教授、あんたはタイム・トラベルの実験をしていたね。今月中にタイムマシンを完成してくれないか。さあ、この小切手をとってくれ。金額を書いてない小切手だ。好きなだけ書きこんでくれたまえ。金が足りなくなったら、そう言ってくれ。あんたは、すでにいくらかタイム・トラベルをやったのだったね」

「そう、何年間かの距離は動いたが、二百年三百年となると――」

「それをやってくれ！　ほかの諸君も――」老人は烈しく光る視線で一同を見まわした。「――ボルトンに協力してほしい。わしは、どうしてもトマス・ウルフを連れて来たいのだ」

「なんですって」一同はたじろいだ。

「そうだよ」と、老人は言った。「そういう計画なのだ。ウルフをわしのところへ連れて来ること。地球から火星への旅を、独特の筆で描き出してもらうのだ！」

一同は書斎から出て行った。老人は書物の山のなかで、乾燥したページを繰り、ひとりうなずいた。「そう、そうだとも。トムならできる。トムなら最適任だ」

ひと月がゆっくり過ぎ去った。日々は狂おしいほど緩慢にカレンダーから消え去り、週は未練たっぷりに居残るのだった。ヘンリ・ウィリアム・フィールド氏は、心のなかで金切声をあげた。

ちょうど一カ月目の深夜、フィールド氏は目をさました。電話が鳴っている。老人はくらやみのなかで手をのばした。

「はい」

「ボルトン教授です」

「どうした、ボルトン」

「一時間以内に出発します」と、声は言った。

「出発？　どこへ出発するのだ？　仕事を放棄するのか。それは許さんぞ！」

「フィールドさん、わかりませんか、出発といったら出発ですよ」

「じゃあ、出掛けるのか」

「一時間以内に行きます」

「一九三八年へか？　九月十五日へか？」

「そうです！」

「日付はちゃんと書きとめてあるな？　彼が死ぬまえに着けるんだね？　くれぐれも手落ちのないようにな！　彼の臨終の一時間前には着いたほうがいい。そう思わんか」

「一時間前には着きます」

「ああ、興奮して、受話器を持っていられない。幸運を祈るよ、ボルトン。彼を安全に連れて来てくれ！」

「かしこまりました。では行って来ます」

電話がカチリと切れた。


ヘンリ・ウィリアム・フィールド氏は、時計の秒音がきこえる夜のなかに横たわっていた。そしてトム・ウルフのことを、失われた兄弟のように感じていた。冷たい石の下から、彼は無疵のまま救い出され、血と火と言葉とを回復するだろう。時の風に乗って、ことなるカレンダーへ、ことなる人々の世界へ飛んでゆくボルトンを想像するだけで、老人は身ぶるいするのだった。

とうの昔に死んだ愛児を呼ぶ老人のなまあたたかさで、フィールドはかすかに叫んでいた。トム、今夜きみはどこにいるのだ。今すぐ来てくれ、ぜひとも来てくれ、きみが必要なのだ。わしには書けない、トム、わしたちには書けないのだよ。だから、自分で書くことの次善の策として、トム、きみに力を貸し、きみに書いてもらおうと思うのだ。きみならジャックストロー遊びのように、自在にロケットをもてあそび、水晶のかけらを掴むように星々を把握できるだろう。きみの心が求めるものは、すべてここにある。炎やトラベルの感想はどうだね、トム。きみ一人のためのタイム・トラベルだよ。そう、今日、作家の数はかぞえきれない。わしは片っぱしから読破したよ。でも、きみとはくらべものにならんのだ、トム。かれらの作品が詰めこんである図書館を片っぱしからわたり歩いたが、宇宙に触れた作家は一人もいないんだよ、トム。そのためにきみが必要なのだ！　老人ののぞみをかなえておくれ。真実わしは待ちに待ったのだ。わしでもいい、ほかの作家でもいい、だれかが星の世界について偉大な本を書くべきだ。わしは待ちくたびれたんだ。だから、今夜きみがどんな姿であるにせよ、トム、背が高くなっておくれ。きみが書きのこした本を書くんだ。息をひきとるとき、きみの内部には、もう一冊の本の計画があったそうだね。批評家がそう書いていた。それなら、これはいいチャンスじゃないかい、トム。わしの言う通り、ここへ来てくれるね？　今夜そちらを出発して、あすの朝、わしが目をさますときには、ここにいてくれるね？　そうしてくれるね、トム？

熱っぽい問いかけがつづくうちに、老人のまぶたはとじた。眠りにおちた唇の内側で、舌のふるえがとまった。

時計が四時を打った。

朝の白い冷たさに目ざめるやいなや、興奮が身内にふくれあがってくるのを感じた。まばたき一つするのも恐ろしい。どこか、この家のなかで待っているそれが、ドアをぴしゃりとしめて、永遠に出て行ってしまわぬとも限らない。老人は両手でやせこけた胸をしっかりとおさえた。

遠くから……足音……。

いくつものドアが、ひらいては、とじた。二人の男が寝室に入って来た。その二人の呼吸の音が、フィールドの耳に伝わってきた。足音は人柄をあらわしていた。一人の足音は蜘蛛のようにかすかで正確である。それはボルトン教授だ。もう一人は、大きな男らしい。重い足音。

「トムか？」と、老人は目をとじたまま叫んだ。

「そうだ」と、声が言った。

育ちざかりの子供が服をやぶくように、トム・ウルフが、フィールドの想像力の継ぎ目を破った。

「トム・ウルフ、きみの顔をよく見せてくれ」フィールドは呟きながらベッドから下りた。その体ぜんたいは烈しくふるえている。

「早くブラインドを上げてくれ、よく見たいんだ。トム・ウルフ、ほんとうにきみなのか」

トム・ウルフは、大きな体の大きな手を見知らぬ世界に差しのべるようにして、老人を見つめ、部屋を見まわした。その唇はふるえていた。

「みんなが言っている通りのきみだな、トム！」

トマス・ウルフは笑い出した。その笑いは甲高かった。自分は気が狂ったのか、それともここは悪夢のなかなのか、見当もつかないのに相違ない。老人に近づき、老人の体に触れ、ボルトン教授を見つめ、自分の手足にさわり、試しに咳払いをし、自分の額にさわった。「熱が下った」と、彼は言った。「もう病気じゃない」

「もちろん病気じゃないさ、トム」

「なんという夜だ」と、トム・ウルフは言った。「苦しい夜だった。あんなに病気がひどかったことはなかった。あまりの熱に体が浮ぶような感じだった。体が勝手に旅行をする感じで、こうやって死ぬんだなと思った。すると男が近づいてきた。神の使いかと思った。男はおれの手をとった。電気の匂いがした。おれは空中に飛びあがり、まもなく真鍮の町が見えた。着いた、とおれは思った。これが天の都だ、これが門だ！　おれは雪のなかに置き去りにされた男のように、頭のてっぺんから爪先まで痺れていた。ここで笑わなければ、何かをしなければ、気が狂いそうだった。あなたは神じゃないのだろう？　神のようには見えないが」

老人は笑った。「いや、いや、トム、神じゃないよ、神の真似をしているだけだ。わしはフィールドだ」老人はまた笑った。「ああよく聴いてくれ。フィールドといっても、きみは知らんだろうが、この世界では知らぬ者なしだ。大資本家フィールドだよ、トム、おじぎしてくれ、わしの指にキスしてくれ。わしはヘンリ・フィールドだ、きみの仕事が気に入ったのだ。きみをここへ連れて来たのはわしなのだよ。ここへおいで」

老人はトム・ウルフを巨大な水晶の窓のそばへ引っ張って行った。

「トム、あの空の光が見えるか」

「見えますよ」

「あの花火が見えるか」

「見える」

「あれは何の花火だかわかるか。七月四日じゃないよ、トム。今では毎日が独立記念日だ。人類は地球からの解放を宣言した。重力は廃棄された。あの緑色の花火は、火星へ行くのだよ。あの赤い炎は、金星ロケットだ。ほかにも、黄色、青、いっぱいある。ロケットなのだ、どれもこれも！」

トマス・ウルフは凝視した。七月の宵の輝かしさに捉えられた大きな子供。燐光と、きらめきと、爆発音をともなって、まわりつづける仕掛花火。

「今は何年なのだろう」

「ロケットの年だ。ごらん」老人はかたわらの花に触れた。触れられて、花はひらいた。花びらは青と白の炎のようだった。冷たい花びらは、きらめきながら燃えていた。花の大きさは二フィートもあり、色は秋の月の色だった。「月の花だ」と、老人は言った。「月の裏側から取って来たのだ」老人は花びらを軽く叩いた。花びらは銀色の雨となって空中に散った。「ロケットの年。そういう題名はどうだろう、トム。きみを連れて来たのは、実はそのためなんだ。きみが必要なのだ。阿呆らしい燃えかすになることなく太陽を扱えるただ一人のひと、それがきみだ。太陽を、星を、そのほか火星旅行の途中で見えるすべてのものを描いてくれ、トム」

「火星旅行？」トマス・ウルフは振り向いて、老人の腕を摑み、信じられぬように老人の顔を見つめた。

「今晩だ。六時に出発してくれ」

老人はピンク色の切符をひらひらさせ、トムが手を差し出すのを待った。

午後五時。「むろん、むろん、あんた方のしてくれたことには感謝していますよ」と、トマス・ウルフが叫んだ。

「まあ坐れ、トム。歩きまわるのはやめてくれ」

「話の腰を折らないでほしいね、フィールドさん。最後まで言わせてくれ、おれは言うことがあるんだ」

「もう何時間も議論したじゃないか」と、へとへとになって、フィールド氏は言った。

二人は朝食から昼の食事まで、お茶の時間まで議論をつづけ、十二もの部屋を通りすぎ、汗をかき、その汗は蒸発し、その上にまた汗をかいたのだった。

「要するに、こういうことだ」と、遂にトマス・ウルフは言った。

「フィールドさん、おれは、ここにとどまるわけにはいかない。帰らなきゃならない。この時代はおれの時代じゃない。あんたには、おれに干渉する権利は――」

「だが、わしは――」

「おれは仕事中だったのだ。もっといい作品を書こうと思っていた。それなのに、フィールドさん、あんたはおれを三百年も引っ張って来た。ボルトンさんを呼んで来てくれ。彼の器械に入れてもらって、一九三八年に帰りたいのだ。おれにふさわしい時代は、あの時代だ。それだけですよ、あんたに頼みたいのは」

「だが、きみは火星を見たくないのか」

「大いに見たい。しかし、火星はおれにふさわしくない。作品を書けなくなってしまう。あんまり大きな経験をすると、帰ってからもそれを作品に書けないんだ」

「きみにはわからんのだ、トム、わからんのだな」

「あんたが利己主義であることはわかるさ」

「利己主義？　そうだ」と、老人は言った。「わし自身と、ほかのみんなのためには、利己主義になろう」

「おれはうちに帰りたいんだ」

「聴いてくれ、トム」

「ボルトンさんを呼んでくれ」

「トム、それなら言いたくないことを言わねばならん。こんなことは、言うまでもないことだと思っていたのだ。いいかね、きみのせいだぞ、こんなものを見せなければならんのは」

　老人の右手が、壁を覆っていたカーテンをさっとひらき、大きな白いスクリーンをあらわにして、ダイヤルを何度かまわした。スクリーンに生き生きとした色彩がちらつき、部屋のあかりは徐々に暗くなり、二人の眼前に墓場の光景が現れた。

「何をしてるんだ」ウルフは前に出て、スクリーンを凝視した。

「わしもこんなことはしたくないのだ」と、老人は言った。「よく見ていなさい」

　墓場は、夏の日の昼さがりの光に照らされてよこたわっていた。スクリーンから、夏の大地と御影石の匂いが、近くの小川の匂いがただよってきた。樹々のあいだから、一羽の小鳥がさえずった。墓石の蔭では、赤と黄の花々がうなずいていた。老人が大写しのダイヤルを調節すると、スクリーンは移動し、空は回転し、黒い御影石のマッスがスクリーンの中央にふくれあがってきた。トマス・ウルフは、薄暗い部屋のなかで、のみで刻まれた墓石の文字を読み、もういちど読み、三度読み、息苦しそうに喘いで、またもや読んだ。そこには彼の名前が刻まれていたのである。

トマス・ウルフ。

そして生年月日と、死亡年月日。そして冷たい部屋にまでただよってくる、花々と緑色の羊歯の甘い香り。

「消してくれ」と、トマス・ウルフは言った。

「すまない、トム」

「消してくれ、消してくれ！　おれはそんなものを信じない」

「しかし事実なのだよ」

スクリーンは暗くなり、部屋ぜんたいは深夜の地下牢だった。まだかすかに残っている花の香り。

「もう二度と目ざめなかったのか」と、トマス・ウルフは言った。

「そうだ。きみは一九三八年九月に死んだのだ」

「おれはまだ小説を書きあげていない」

「ほかの人間が、注意ぶかくきみの原稿を研究して、遺稿は整理されたよ」

「おれの仕事は仕上がっていない、仕事は仕上がっていない」

「そう悲しがるな、トム」

「悲しがらずにゃいられないじゃないか」

老人はあかりをつけなかった。トムの悲嘆にくれた顔を見たくなかったのだ。

「まあ坐んなさい」返事がない。「トム？」返事がない。「坐んなさい。何か飲むかね」返事のかわりに溜息と、ばけもののような呻き声が聞えた。

「ああ、ああ」と、トムは言った。「不公平だよ。おれにはまだ仕事があるのに、不公平だよ」トムはすすり泣いた。

「泣かんでくれ」と、老人は言った。「なあ、わしの言うことを聴いてくれ。きみはまだ生きているじゃないか。ここに。今。まだ見たり聞いたり感じたりできるのだろう？」

トマス・ウルフは一分間ほど沈黙していてから、「そうだ」と言った。

「それなら、よし」老人はまっくらな空気をかきわけるようにしてトマス・ウルフに近づいた。「わしはきみをここに連れて来て、きみに第二のチャンスを与えたのだ、トム。あとひと月かそこいらのチャンスだがね。一体きみは、わしが悲しまなかったと思うのか。きみの本を読み、きみの墓石を見、それが三百年の風雪にさらされていたのを知ったとき、ああ、きみの才能は失われてしまったと、わしが嘆かなかったと思うのか。嘆いたのだよ、悲しんだのだよ！　だからこそ、大金を投じて、きみに接近する策を講じた。いうなれば現在はきみの猶予期間だな。そう永い期間じゃない、もちろん。ボルトン教授の話だと、運がよい場合で、時のチャンネルは八週間ほどあけっぱなしでいられるそうだ。だから、きみはそのあいだだけ、ここにとどまっていられる。その期間中に、トム、きみが書きたかった本をぜひとも書きあげ——いや、きみが書きかけていた本じゃない。ちがう。それはすでに過去に埋没したのだ。過去を変化させることはできない。そう、今度はね、トム、われわれのための本を書いてくれ。われわれには、きみの本が必要なのだ。あらゆる点できみの旧作をはるかに凌ぐ大作を残していってくれ。な、頼むよ、トム、あの墓石と病院のことは、八週間だけ忘れてしまってくれ。今すぐ仕事を始めてくれ、な、トム」

あかりがすこしずつ常態に還った。背の高いトム・ウルフは、窓ぎわに立ち、その大きな蒼ざめた顔には、疲労の影が濃かった。夕空に飛びあがるロケットを眺めていたが、やがてトム・ウルフは言った。「あんたは、おれに凄いことをしてくれたもんだとは思う。あんたは、若干の時を与えてくれたわけだが、時というのは、おれが一番愛し必要としていたものであり、しかもおれがつねに憎み戦っていたものでもある。だから、感謝の気持をあらわすには、あんたの言う通りにしなきゃなるまいな」トム・ウルフは、ちょっとためらった。「その仕事が終ったら、あとはどうなる」

「一九三八年のあの病院に帰るのさ、トム」

「帰らなきゃならないのか」

「時間を変化させることはできない。われわれは、きみを五分間だけ借りたのだ。その五分がすぎれば、あの病院の寝台にきみを返さねばならん。そうすれば、何事も起りはしない。すべては、あるがままだ。未来のわれわれは傷つかぬ。しかし、きみが帰ることを拒否すれば、過去は傷つけられ、その結果として、未来もまた一種の混沌（カオス）となるのだ」

「八週間か」と、トマス・ウルフは言った。

「八週間だ」

「火星行きのロケットは一時間以内に出るのか」

「そうだ」

「鉛筆と紙が要る」

「ほれ、ここに用意してある」

「じゃあ支度をしよう。行って来るよ、フィールドさん」

「しっかり頼むぞ、トム」

六時。日没。空が葡萄酒色になった。大きな屋敷はひっそりしている。老人は熱にふるえている。ボルトン教授が入って来た。

「ボルトン、彼はどうした。ぶじに出発したか。教えてくれ」

ボルトンは微笑した。「凄い男ですね、彼は。体が大きすぎるので、特別製の服を着せました。まったくお見せしたかったですよ。せかせか歩きまわり、いろんなものを持ちあげてみたり、大きな猟犬のように匂いをかいだり、喋ったり、まるで十歳の子供のように興奮していました！」

「ああ、よかった、よかった！　ボルトン、あの男をほんとに八週間も止めておけるのか」

ボルトンは眉をひそめた。「御存知の通り、彼はこの時代の人ではありません。われわれの力がすこしでも弱まれば、ちょうどゴム輪でとめた人形のように、ピンと過去へはじき返ってしまいます。せいぜいそんなことにはならぬように努力しますが」

「頼むぞ、ボルトン、本を書く仕事がすむまでは、彼を過去に返してはならん。きみは――」

「ごらんなさい」と、ボルトンは空をゆびさした。銀色のロケットが見える。

「あれか」と、老人が訊ねた。

「あれがトム・ウルフです」と、ボルトンは答えた。「火星へ行くところです」

「がんばれよ、トム！」と、二つの拳を上げて、老人は叫んだ。

ロケットの炎が宇宙空間へ消えていくのを、二人は見守った。

夜半前に、原稿が送られてきた。

ヘンリ・ウィリアム・フィールドは、書斎にすわっていた。デスクの上の器械は、ブーンと唸っていた。それは、月のむこうで書かれた言葉を繰り返していた。それは百万マイルむこうのトム・ウルフの熱っぽい筆蹟を真似て、鉛筆で文字を綴っていた。老人は、原稿が溜るのを待ってから、それを掻き集め、立ったまま聴いているボルトンや使用人たちに読んできかせた。それは宇宙と時間と旅についての言葉だった。偉大な人間のこと、偉大な旅行のこと、宇宙空間の深夜の冷たさのなかを飛んで行く気持、飢えたようにすべてを受け入れ、なおも求めつづける男のこと。炎と雷と神秘に満ちた言葉を、老人は読みあげた。

宇宙は十月に似ている、とトマス・ウルフは書いていた。宇宙の暗さと孤独、そしてそのなかでは人間がどんなに小さく見えるかということ。永遠の十月、季節を失った十月。トマス・ウルフは、ロケットについても書いていた。ロケットの金属の匂いや感触、そして地球を去るときの宿命感と喜び。さまざまな問題と、さまざまな悲しみ。より大きな問題と、より大きな悲しみを求めての出発。そう、それはすばらしい文章だった。そこには宇宙と人間とロケットについて語られるべきことが、すべて含まれていた。

老人は声が涸れるまで読みつづけ、ボルトンがあとをかわって読み、それから他の者が読み、夜はしんしんと更け、やがて器械は文字を綴るのをやめた。トム・ウルフは、火星めざして飛んで行くロケットのなかで、床についたのだろうか。いや、横になっても、たぶん眠れないだろう。しばらくは横になったまま、まんじりともせずに、あす初めてサーカスに出る少女のように胸おどらせているだろう。ロケットの外では、宝石をちりばめた黒いテントが張られ、サーカスはつづいているのである。高く高く張られた針金や、目に見えぬ宇宙の空中ブランコの上には、何百万もの輝かしい芸人たち。

「さあ」と、第一章の最後のページを脇に置いて、老人は深く息をついた。「どう思う、ボルトン」

「結構なんて文章ですね」

もう一度読んでみろ。腰をおろして、もう一度読んでみるがいい!」と、フィールドは叫んだ。「すばらしいじゃないか!

次の日も、そのまた次の日も、いちどきに十時間ずつ原稿は送られてきた。床の上の黄色い紙の山は日ましに大きくなり、一週間で巨大になり、二週間で信じられないほどの大きさになり、一カ月でウソのような大きさになった。

「よく聴け!」と、老人は叫び、読みあげた。

「これもだ!」と、老人。

「この章はどうだ、この短篇はどうだ。たった今来たばかりなんだよ、ボルトン、題は『宇宙戦争』といって、宇宙空間での戦いの心理描写だ。トムは兵隊や、将校や、宇宙戦の老兵や、いろんな者の話を聞いたらしい。その結果がこの小説だ。それからこの章は『永い夜半』、こっちのは『黒人の火星移住』、それからこれは火星人の性格描写だ、全くすばらしいよ!」

ボルトンは咳払いした。「フィールドさん」

「なんだ、なんだ、邪魔せんでくれ」

「わるい知らせがあります」

フィールドは白髪の頭をピクリと動かした。「なんだ？　タイムマシンの故障か」

「ウルフに、仕事を急げと言ってやったほうがいいと思います。今週中に接続が切れるかもしれないのです」と、ボルトンは小声で言った。

「切らないでくれ。あと百万ドル出す！」

「金の問題ではありません、フィールドさん。単なる物理的な問題なのです。あらゆる手は打ちました。しかし、仕事は急がせるに越したことはありません」

老人は椅子の背にもたれかかり、その体は俄かに縮んだように見えた。「しかし、こんなに調子よくいっているときに、彼をわしから取り上げるのはひどすぎるぞ。一時間ほど前に送って来た全体の計画のアウトラインを読んでみろ、ほら、これは宇宙気流の話だ。これは流星の話だ。この短篇の出だしを読んでみろ。『あざみの冠毛と炎は――』」

「申しわけありません」

「今トムを失ったとしても、もういちど連れてくることはできるか」

「いや、時間にあまり干渉するのはよくありません」

老人は凍りついたようになった。「それなら、なすべきことは一つしかない。ウルフが鉛筆で書くかわりに、タイプを使わせるなり口述筆記をさせるなり、なんとかして時間の節約になるようなことをさせなければならん。ぜひそうさせてくれ！」

夜をつらぬき、夜明けをつらぬき、昼をつらぬき、タイプの音が絶え間なく響いた。老人はときどきうたたねをするだけで、タイプの音が弱くなると、途端にはっと目ざめるのだった。宇宙と旅と存在についての言葉は、間断なく伝わってきた。

「……星をちりばめた偉大な宇宙の牧場は……」

器械がガタンといった。

「つづけてくれ、トム、その先を！」と、老人は息を殺した。

電話が鳴った。

ボルトンである。

「駄目です、フィールドさん。あと一分以内に、時の接続が切れます」

「なんとかしてくれ！」

「駄目です」

テレタイプが喋った。魅せられたように、ぞっとしながらも、老人は黒い線がかたちづくられるのを見守った。

「……巨大で信じがたいほどの火星の町々は、高山から落ちる雪崩のなかの石のように数多く……」

「トム」と、老人は叫んだ。

「今です」と、ボルトンが電話のむこうから叫んだ。

テレタイプがためらい、一つの単語をタイプしたと思うと、沈黙した。

「トム！」と、老人が金切声をあげた。

テレタイプをゆすぶった。

「駄目です」と、電話の声が言った。「彼は行ってしまいました。タイムマシンをとじましょう」

「いや！　あけておいてくれ！」

「しかし――」

「命令だ――あけておけ！　まだ行ってしまったかどうかはわからん」

「行ってしまいました。あけても無駄です。エネルギーの浪費です」

「浪費しろ！」

受話器を叩きつけた。

そして老人はテレタイプに、未完の文章にむかって語りかけた。

「おい、トム、そんなふうに行ってしまう手はないぞ。なあ、頼むよ、戻って来てくれ。きみが時間よりも、宇宙よりも、下らない器械よりも、ずっと大きくて強い存在であることを、世間の奴らに見せてやれ。きみの意志は鉄のようなんだろう、トム。それを見せてやるんだ。むざむざ送り返されていいのか！」

テレタイプのキーが一つだけ、ポツンと打った。

老人は涙声になった。「トム！　そこにいるんだな、トム。まだ書けるのか。書いてくれ、トム、力がつきるまで書きまくってくれ。むざむざ過去に送り返されないでくれ！」

「火……」と、タイプが打った。

「その先だ、トム、その先だ！」

「星の……」と、タイプが喋った。

「その先は？」

「匂い」と、タイプが打ち、間を置いた。一分間の沈黙。器械はスペースをあけ、段落をおいてから、また打ち始めた。

「火星の匂い、肉桂と薬味の風、たなびく埃の風、強い骨と古代の花粉の風――」

「トム、まだ生きていたんだね！」

それに応えて、器械はそれから十時間というもの、『怒りの前の飛行』の六つの章を爆発的に叩き出したのである。


「今日で六週間だ、ボルトン、ちょうど六週間経った。トムは小惑星の群をぬけて火星へ行った。この原稿を見ろ。日に一万語。トムはがんばっているぞ。いつ眠るのか、いつ食事するのかは知らんがとにかくこの仕事を仕上げようという意気ごみははっきり伝わってくる。時間が足りないと思って、眠りも食べもしないのだろうか」

「わたしはわかりません」と、ボルトンは言った。「中継装置がこわれたのです。タイム・エレメントを安定させ、ウルフを引きとめておくためには、特殊チャンネルの中継装置を作らなければなりませんでした。それには三日もかかったのです。個人的なファクターが働いたとしか考えられません。わたしたちは、それを計算に入れませんでした。ウルフはこの時代に生きていますが、この時代にいる限り、過去へは帰れないのです。時間というものは、わたしたちが考えたほどフレキシブルなものではありませんでした。わたしの使った比喩は誤りでした。時とはゴム輪ではなくて、一種の滲透現象なのです。過去から現在へ、薄膜を通して、時の液体がしみこんだのです。しかし、最終的には、ウルフを引きとめておくわけにはいきません。やはり過去へ帰さないと、混乱が起ります。いまウルフを引きとめているのは、彼の仕事であり、彼の欲望なのです。仕事がすんだら、あたかもコップの水を注ぐように自然に、彼は帰って行くでしょう」

「理屈はどうでもいい。わしにわかっているのは、トムがこの仕事を完成するだろうということだ。彼には熱があり意気ごみがあるが、それだけではない、何かほかのもの――時や空間にとって代るものを探究したいという心があるのだ。彼が書いた原稿のなかに、地球に残った一人の女を描いたものがある。勇敢なロケットの英雄たちは美しい宇宙に乗り出して行くが、この女は地球に残っている。題は『ロケットの日の日』というんだが、内容は郊外に住む典型的な家庭の主婦のすごした或る昼さがりの話さ。その家では、彼女の母親が、そのまた母親が子供を産み、守り育ててきた。科学の光輝と宇宙のファンファーレのまっただなかで、この女の生活は先史時代の洞穴生活とちっとも変りないんだ。だがトムは、その女の希いと挫折感を、詳細に、確実に、リアルに描いている。それから、この原稿は『インディアンたち』というんだが、ここでは火星人をチェロキー族や、イロクォイ族や、ブラックフット族のように描いている。追い立てられ、滅亡に瀕した宇宙のインディアンというわけだ。まあ一ぱい飲んでくれ、ボルトン、一ぱい飲め！」

八週間目の終りの日に、トム・ウルフは地球へ帰って来た。帰りも、行きと同様、ロケットの炎がお供だった。ヘンリ・ウィリアム・フィールドの家は、黄色い原稿用紙の山だった。一枚一枚にはタイプの活字が叩きこまれ、それは一つの大作の六つのセクションによりわけられることになっていた。砂時計の砂がこぼれ落ちるのを知りつつ、耐えに耐えて、日一日と堆く積みあげられた原稿の山である。

地球に帰って来たトム・ウルフは、ヘンリ・ウィリアム・フィールドの家の書斎に立ち、おのれの心と手が生みだした圧倒的なボリュームを見つめた。すると老人が言った。「読み返してみるか、トム」

トムは大きな頭を左右に振り、大きな蒼白い手で黒髪を掻きあげた。

「いや、読むのはこわい。読み始めたら、持って帰りたくなる。持って帰ることはできないのだろう」

「そうだ、トム、持って帰れないんだよ」

「おれがどんなに持って帰りたいと言っても駄目なのか」

「そう、そういうことになっているのだ。きみはあの年にもう一冊本を書くことなんかできなかったんだからな、トム。ここで書いたものは、ここに残す。むこうで書いたものは、むこうに残す。それをむりに変えてはいかんのだ」

「なるほど」トムは大きな溜息をついて椅子に腰をおろした。「疲れた。ひどく疲れた。仕事は辛かったが、楽しかった。今日は何日だ」

「六十日目だ」

「最後の日か」

老人はうなずき、二人はしばらく沈黙した。

「一九三八年の墓石に帰るのか」と、トム・ウルフは目をとじた。

「いやだな。知らなければ、なんのことはないが、知っていると、いやだな」声が弱まり、トムは両手で顔を覆った。

ドアがあいた。ボルトンが入って来て、トム・ウルフの椅子のうしろに立った。手に小さなガラス壜を持っている。

「それは何だ」と、老人が訊ねた。

「昔の細菌です。結核菌です。非常に古い、悪質な細菌です」と、ボルトンは言った。

「ウルフさんが来るとき、わたしはもちろんウルフさんの病気を完全に治療しました。

これは現在の技術では簡単なことです。治療した上で、仕事についてもらったのです。これはそのときにとっておいた結核菌です。今日お帰りになる前に、これをもういちど接種しなければなりません」

「接種しないと？」

トム・ウルフが顔を上げた。

「しないと、一九三八年において病気はなおります」

トム・ウルフは椅子から立ちあがった。「じゃあ、病気がよくなるのか。方々歩きまわったり、葬儀屋をわらってやったり、できるようになるのか」

「そうです」

トム・ウルフは、ガラス壜を見つめ、片手をピクリと動かした。

「おれがその菌を殺して、再接種を拒んだら、どうなる」

「そんなことはいけません！」

「でも――もしそうしたら？」

「いろんなことが混乱します」

「どんなことが」

「パターンです、生活です、過去や現在の人や物、変えてはならない事物です。あなたがそれに干渉することは許されません。ただ一つ確かなことは、あなたが死ぬということ。わたしがそれを見とどけねばならぬということ」

ウルフはドアを見た。「おれが逃げ出して、一人で帰ったら、どうだろう」

「タイムマシンは、わたしたちでなければ操作できません。それに、あなたはこの屋敷から出られません。力ずくでも、細菌を接種させていただきます。実は、こんなこともあろうかと思って、階下に五人ばかり呼んでおきました。わたしが大きな声を出せば——おわかりでしょう。抵抗は無意味です。そう、わかっていただけましたね。それでいいのです」

ウルフは椅子に戻り、老人を、窓を、古い屋敷を見まわした。

「お詫びしなければいけない。おれはただ死にたくないだけなのだ。非常に死にたくない」

老人がウルフのそばに寄った。「こんなふうに考えてみないか。きみはほかの人間よりも二カ月だけ余計に生きた。それだけではなく、もう一冊余計に本を書いた。すばらしい新作を書いた。こう考えればすこしは気が楽にならないか」

「お礼を言わなければならない」と、トマス・ウルフは重々しく言った。「あんた方二人にお礼を言おう。さあ、用意はできたよ」トマスは袖をまくりあげた。「接種してくれ」

ボルトンが背中をまるくして注射するうちに、トマス・ウルフはあいているほうの手で原稿の一番上に数行のことばを書いた。

「これは昔書いた本の一節だ」と、作家は記憶をふりしぼるように顔をしかめて言った。「……永遠と地球の中をさまよい……地球を所有するのは誰か。われらは地球を欲したか。地球をさまようことを欲したか。われらの動いて止(や)まぬこの地球を、われらは必要としたのであるか。地球を欲する者には、地球が与えられよう。その者は地球の上にあり、小さな場所に憩い、小さな部屋に住まうであろう。永遠に……」

ウルフの引用は終った。

「これがおれの絶筆だ」と、ウルフは言い、原稿の一番上の紙に、元気のいい大まかな書体で、くっきりと書きこんだ。『永遠と地球の中を、トマス・ウルフ作』

そして原稿用紙をとりあげ、しばし胸に押しあてた。「持ち帰れるものなら、持ち帰りたい。息子と別れるような気持だ」それから原稿をポンと叩き、脇のテーブルに置くと、老人の手を握りしめ、大またに部屋を横切った。ボルトンはそのあとを追った。戸口に立ったトマス・ウルフは、夕方近い日の光に照らし出されて、ひどく巨きく華やかに見えた。「さようなら、さようなら」と叫んだ。

ドアがとじた。トム・ウルフは去った。

彼は病院の廊下をうろうろ歩いているところを発見された。

「ウルフさん!」

「なんだ」

「ウルフさん、心配しましたよ、どこへ消えたのかと思いました」

「消えた?」

「どこへ行ってらしたんです」ウルフは手をひかれて深夜の廊下を歩いていた。「どこへ? どこへ?」

ああ、それを話したところで、信じてもらえないだろう」

「さあ、あなたのベッドに帰りました。ちゃんと、おとなしくお寝みになっていないといけませんよ」

まっしろな死の床へ、深く、深く。死の匂いは蒼ざめて、清潔だった。そこには病院の匂いがこもっていた。触れるや否や、香気と硬い白い冷たさのなかへ、患者を包みこんでしまうベッド。

「火星、火星」と、丑三つどき、大きな人は呟いていた。「おれの最良の作品は、おれの最優秀作は、まだ書かれてないんだ、まだ本になってないんだ。あと三百年経てば……」

「疲れていらっしゃるのよ」

「ほんとにそう思うか」と、トマス・ウルフは呟いた。「あれは夢だったか。そうかもしれない。いい夢だ」

呼吸がとぎれた。トマス・ウルフはこときれた。

それから年月は流れたが、トム・ウルフの墓には花束の絶えることがない。大勢の人がこの墓に詣でるから、それは別に不思議なことではなかろう。ただし、その花は夜ごと現れるのである。花はあたかも天から降ってくるように見える。それらの花は秋の月の色であり、花びらは途方もなく大きく、冷たい青と白の炎をあげて燃える。夜明けの風が吹くとき、花びらは銀色の雨となって、白い火花となって、空中に散る。トム・ウルフが亡くなってから、永い永い年月が流れたが、それらの花は決して絶えることなく……。

語られぬ部分にこそ

その部屋は、目に見えぬ火が焚かれて快適な温度となった、大きな暖かい暖炉のようだった。現実の暖炉そのものは、何本かの湿った薪と少量の泥炭とで小さな炎を保つべく努力し、その結果は煙と、いくつかの濁ったオレンジ色の燠（おき）とにすぎなかったのだが。音楽はこの部屋の中でゆっくりと満ち干を繰り返していた。片隅にはレモン色のフロアスタンドが一つともされ、明るい黄色に塗られた壁を照らしていた。丹念に磨かれた堅木の床は暗い川面のように輝き、その上には南米の野鳥の羽に似た膝掛けが、稲妻の青や、白や、密林の緑など、色とりどりに浮んでいた。切り立ての温室の花を活けた白磁の花瓶が、部屋の四カ所の小さなテーブルの上で動かぬ炎を保っていた。暖炉の上からは、まじめな顔をした青年の肖像画が、青磁の色の瞳に知性と活力をみなぎらせ、室内を見つめていた。

この部屋に静かに入って行けば、二人の男がいることには気づかないかもしれない。それほど二人は静かだった。

一人は目をつぶり、純白の長椅子の背に寄りかかるように坐っていた。もう一人は長椅子に寝そべり、前者に膝枕をしていた。この男も目をつぶり、耳を傾けているようだった。雨が窓を打った。音楽が終った。

と、ドアをそっと引っ搔く音がした。

二人の男は顔を見合せた。人間なら引っ掻きはしない、ノックする筈だ、とでも言いたげに。

寝そべっていた男が跳び起きて、ドアに近づき、呼びかけた。「どなたかお見えですか」

「ああ、わしだよ」と、少しアイルランド訛のある年老いた声が言った。

「お祖父ちゃんですか！」

青年はドアを勢いよく開き、背の低い小肥りの老人を暖かい部屋のなかへ入れた。

「ああ、トム、久しぶりだな！」

二人は抱き合い、肩を叩き合った。それから老人はもう一人の存在に気づき、一歩さがった。

トムは振り向き、ゆびさした。「お祖父ちゃん、これはフランクです。フランク、これはお祖父ちゃん——いや、つまり——」

気づまりな空気を払うように、老人はつかつかと前に出て、手を摑み、フランクを立たせた。この小柄な夜の訪問者と比べると、フランクはそそり立つように大きかった。

「フランク、といったね」老人は上を向いて叫んだ。

「はい、そうです」フランクは下にむかって答えた。

「実は——」と祖父は言った。「今そのドアの前で五分ばかり立っていてな——」

「五分?」と二人の青年は驚いて叫んだ。

「——ノックすべきかどうか考えてたんだ。つまり、音楽が聞えていただろう。考えた末にこう思った、えい、女の子がいるとしても、トムはその子を窓から雨のなかに突き出すか、でなきゃ美女を老人に紹介するか、二つに一つだ。構うことはない。そこでノックしたんだが」——傷だらけの古い鞄を老人は放り出した——「見たところ、女の子はおらんようだね——それとも、まさか押入れに隠したんじゃあるまいな!」

「女の子なんかいませんよ、お祖父ちゃん」ごらんの通りというように、トムは両手をひろげた。

「しかし——」磨かれた床を、白い膝掛けを、華やかな花瓶を、壁から凝視する肖像画を、老人はじろじろ眺めた。「じゃ、女の子の部屋を借りているわけか」

「借りて?」

「いや、なんとなく女の手が加わっているような気がしたのでね、この部屋にさ。まるで旅行社のウィンドウに貼ってあるポスターみたいだからな」

「あの」とフランクが言った。「ぼくらは——」

「この部屋をこんなふうにしたのは」とトムが咳払いをして言った。「実はぼくら、なんです、お祖父ちゃん。室内装飾(インテリア)をいろいろ直しましてね」

「直した?」老人は口をぽかんとあけた。その目は茫然と四つの壁を眺めまわした。

「きみら二人でやったのか。これは驚いた!」

老人は青と白の焼物の灰皿にさわり、屈みこんでボタンインコのような明るい色の膝掛けを撫でた。

「どっちが何を受け持ったんだ」と、探るような目で二人を見て、老人が突然訊ねた。トムは赤くなり、口ごもった。「いや、つまり、ぼくらは――」

「ああ、もういい、もういい、そんなことは！」と、片手を上げて老人は叫んだ。「来たばっかりのわしが、狐を追う猟犬みたいに嗅ぎまわるとはな。それより、ドアを閉めて、わしがどこへ行くのか、何のつもりでやって来たのかを訊いたらどうだ。それにつけても、こんな画廊みたいな部屋だから、少しは野獣派の気分でも出したらどんなもんだろう」

「野獣派ね、わかりました！」トムはあわててドアを閉め、祖父の厚地の外套をぬがせてから、グラスを三個と、アイルランド・ウィスキーの壜を持ち出した。老人は新生児にでも触れるようにウィスキーの壜を撫でた。

「うん、調子が出て来た。さて、何に乾杯しようか」

「もちろん、お祖父ちゃんに」

「いや、いや」老人はトムを、それからトムの友達のフランクを、じっと見つめた。「なんという若さだ」と老人は溜息をついた。「きみらを見ていると胸が疼くよ。そう、やっぱりみずみずしい心と、りんごのような頬と、これから先の人生と、どこかで待っている仕合せのために乾杯しようじゃないか。どうだね」

「いいですね!」と二人の青年は言い、グラスをあけた。

そして若者と老人は飲みながら、半ば陽気に、半ば油断なく、お互いを見守るのだった。若者は、歳月に打ちのめされ皺だらけになってはいても血色のよい老人の顔に、トムの顔の照り返しのようなものが時間の奥から現れるのを見た。特に老人の青い目には、壁の肖像画の目と同じ鋭く明るい知性があった。それは金銭に打ちひしがれるまでは若さを保ちつづけるのだろう。老人の口の隅にはトムの顔に出没する微笑が浮び、老人の手にはトムの驚くほど素早い行動がそなわっていた。若者にも老人にも、独立して生きる手があり、その手が衝動的にいろんないたずらを仕出かしてしまうようにも思われるのであった。

こうして若者と老人は飲み、椅子の背に寄りかかり、微笑し、再び飲んだ。お互いがお互いの鏡だった。同じ目と、同じ手と、同じ血液をもつ老人と若者が、この雨の夜に顔を合せたという事実は、どちらの人間にも喜ばしく、ウィスキーはいやが上にもうまかった。

「ああ、トム、ほっとするな、お前を見ていると!」と祖父は言った。「お前のいない四年間、ダブリンの暮しは実に味気なかった。ところで、糞おもしろくもない話だが、わしは実は死にかけていてな。いや、どうしてとか、なぜとか訊かないでくれ。詳しいことを知っているのは医者だけで、その医者に要するに宣告されたわけだ。そこで思ったんだが、親類縁者がわざわざ旅費を費ってこの老いたる駄馬に暇乞いに来るよりも、わしのほうでお別れツアーをやって、握手したり、酒を飲んだりしてまわるのはどうかとね。で、今晩はここへ来て、あすはロンドン郊外へルーシーに逢いに行き、そのあとはディックに逢いにグラスゴーへ行くという寸法だ。どこへ行っても余計な負担はかけたくないから、一日以上は逗留せん。いや、なんにも言わないでくれ。わしは同情の言葉が欲しくて旅に出たわけじゃないんだ。わしはもう八十で、自分の葬式代ぐらいは貯金があるし、だから何も言わんでくれ。ただみんなの顔を見て、それぞれ平穏無事に暮していることさえ確かめれば、わしも、なんというか、心静かに死ねるだろう。だから——」

「お祖父ちゃん！」とトムが突然叫び、老人の手を、肩を摑んだ。

「いや、ありがとう。ありがたいことだ」若者の目に涙が光るのを見て、老人は言った。「もうそれだけで充分だよ、お前の目を見ただけで気持は充分にわかった」老人は若者をそっと元の位置に押し戻した。「それよりロンドンの話をしてくれ。お前の仕事や、この家のことをな。きみもだ、フランク、トムの友達はわしの孫と同じことさ！　何もかも話してくれ、トム！」

「失礼」フランクがドアの方へ行きかけた。「お二人には積る話があるでしょう。ぼくは買物がありますから——」

「待ちなさい！」

フランクは立ちどまった。

老人は今また改めて暖炉の上の肖像画に目をとめ、それに近づいて片手を伸ばし、目を細めて絵の隅にしるされた署名を読んだ。

「フランク・デヴィス。これはきみか。きみがこの絵を描いたんだね」

「はい、そうです」と、ドアの前でフランクが言った。

「描いたのはどれくらい前？」

「三年前、だったと思います。そう、三年前です」

この答から重大な疑問が、あるいは解決困難な悩みが生れたとでもいうように、老人はゆっくりとうなずいた。

「トム、この絵は誰かに似ていると思わないか」

「ええ、お祖父ちゃんに似ていますね。昔々のお祖父ちゃんに」

「やっぱりそう思うか。いや、全く、こりゃ満十八歳の誕生日を迎えたわしそのものだよ。あの日、全アイルランドが、そのうるわしの自然が、やさしい乙女たちが、過去にではなくて前途に待ち構えていた。そう、こりゃわしだ、わしだよ。なんとわしは美男子だったじゃないか。つまり、トム、現在のお前が美男子だということだ。いや、全く、フランク、きみは凄いぞ。立派な芸術家だ」

「精いっぱい描いただけです」フランクは静かに部屋の中央へ戻って来ていた。「よく知っている対象はよく描けるのが当り前です」

「確かにきみはトムをよく知っている。髪の毛一筋、睫毛一本までな」老人は振り向き、微笑んだ。「画面から見下ろす気分はどうだね、トム。天下を取ったようないい気分だろうが」

トムは笑った。祖父は笑った。フランクも二人の笑いに加わった。

「もう一杯飲もう」老人は三つのグラスに注いだ。「あと一杯飲んだら、フランク、きみが気をきかせて外出することを許可しよう。でも帰って来なさいよ。きみに話したいことがあるから」

「何のお話ですか」とフランクが言った。

「そうだな、謎について語るか。人生の謎、時間の謎、存在の謎についてな。ほかに何か話題があるかね、フランク」

「いい話題ですね、お祖父ちゃん——」とフランクは言い、自分の口から出たその言葉に驚いて言い直した。「失礼、ケリーさんと言うつもりでしたが——」

「お祖父ちゃんでも構わんよ」

「じゃ、ちょっと行って来ます」フランクはグラスの酒を一息に飲んだ。「あとで電話するよ、トム」

ドアがしまった。フランクは出て行った。

「お祖父ちゃん、今夜はもちろんここに泊ってくれますね」トムは老人の鞄を摑んだ。「フランクは帰って来ません。彼のベッドを使って下さい」トムは部屋の奥に並んでいる二つのベッドにシーツを拡げていた。「まだ早いですね。もう少し飲んで話をしましょう、お祖父ちゃん」

だが祖父は感嘆のあまり言葉もなく、壁に並んだ絵を一枚一枚眺めていた。「立派なものだ、この絵は」

「フランクの作品です」

「そこの電気スタンドもみごとだな」

「フランクが作ったんです」

「じゃあ、そこにある膝掛けも――」

「フランクです」

「たまげた」と老人は呟いた。「仕事の鬼だね、フランクは」

まるで画廊を訪れた人のように、老人は部屋の端から端までゆっくりと歩いた。

「この部屋は芸術の才能ではち切れんばかりだな。ダブリンじゃ、とてもこんなものは見られないよ」

「旅をすると、いろんな珍しいものにぶつかるでしょう」と、少し間がわるそうにトムは言った。

老人は目を閉じて、酒を飲んだ。

「どうかしましたか、お祖父ちゃん」

「夜中に発作が起きるかもしれない」と老人は言った。「わしはむっくり起き上って大声を出すかもしれんが、心配しないでくれ。今は胃の奥とうなじのあたりにちょっと妙な感じがあるだけだ。ああ、そんなことより、話をしよう、トム、話をしよう」

二人は夜中まで語り合い、酒を飲み、やがて老人はベッドに入り、トムもベッドに入り、暫くして二人とも眠りに落ちた。

午前二時頃、老人は突然目醒めた。

ここはどこだろうと思いながらあたりを見まわし、絵や、覆いをかけた椅子や、フロアスタンドや、フランクの作った膝掛けが目に入り、老人は上半身を起した。拳を握りしめた。それから起き上って服を身にまとい、まるで何か恐ろしいことが起らぬうちにといわんばかりに、あたふたとドアの方へ歩き出した。

ドアがばたんと閉じたとき、トムは大きな目をあけた。

くらやみのどこかで、だれかの叫ぶ声が聞えた。雨や風に挑むように、だれかが声をふりしぼって神の名やイエスの名を繰り返し、冒瀆（ぼうとく）のことばを吐き、最後に壁か人を殴っているような音がつづけさまに聞えた。

ややあって、ずぶ濡れの祖父が足をひきずるようにして部屋に入って来た。

前後左右に揺れながら、ぶつぶつ呟きながら、老人は炎の消えた暖炉の前で濡れた服を脱ぎ捨て、それから燠（おき）の上に新聞紙を投げこんだ。一瞬、燃え上った炎が、狂乱から無感覚へと弛緩した顔を照らした。老人はトムが脱ぎ捨ててあった部屋着を見つけて、それを羽織った。みるみる衰えてゆく炎に、血のついた両手を老人がかざしたとき、トムは目を固く閉じた。

「くそ、くそ、くそ。えい！」老人はウィスキーをグラスに注ぎ、一息に飲み干した。それからトムを眺め、壁の絵を眺め、またトムを眺め、花瓶を眺め、もう一度飲んだ。暫くして、トムはようやく目が醒めたふりをした。

「もう二時すぎですよ、お祖父ちゃん。寝まないと」

「飲むのが終ったら寝む。考えるのが終ったらな！」

「何を考えてるんですか、お祖父ちゃん」

「たった今は」と、老人は言った。二つの手でタンブラーを挟むように持ち、暖炉の火の消えかけた薄暗い部屋で、老人は言った。「一九〇二年六月の、お前のお祖母ちゃんのことを思い出していた。それからお前の父さんが生れたときのこともな。あれは嬉しかった。そのあと、お前が生れたのも嬉しかった。お前の母さんはずいぶん苦労をした。それから、お前がまだ小さい頃、父さんに死なれて、お前の母さんはずいぶん苦労をした。無情なダブリンのみじめな暮しのなかで、だから母さんはお前を多少可愛がりすぎたかもしれない。わしは牧場へ出稼ぎに行っていたから、お前たちとは月に一度ずつしか逢えなかった。人はだれでも人のなかへ生れて来て、人のなかから立ち去って行く。そんなようなことがこの老いぼれの頭のなかでぐるぐる回ってな。お前が生れた日は楽しかったよ、トム。そうして今わしはここへ来ている。ま、そういうわけだ」

老人は口をつぐみ、酒を飲んだ。

「お祖父ちゃん」と、やがてトムは、まだ名指されぬ罪におびえて許しを乞う子供のように言った。「ぼくはお祖父ちゃんに心配をかけていますか」

「いや」それから老人は言い足した。「しかしお前が人生にどんな仕打ちを受けるか、いい目にあうか悪い目にあうか――そういうことはやはり心配だね」

　老人は坐り直した。青年は横たわったまま大きな目で老人を見守っていたが、少し経って老人の心を読んだように言った。

「お祖父ちゃん、ぼくは今仕合せです」

　老人は身を乗り出した。

「ほんとに仕合せか」

「こんなに仕合せなことは生れて初めてです」

「そうか」老人は部屋のうすやみを通して若者の顔を見つめた。「なるほど。しかし、いつまでも仕合せでいられるだろうか、トム」

「いつまでも仕合せでいられる人なんて世の中にいますか。何ごとも永つづきはしないでしょう」

「そんなことはない！　お前のお祖母ちゃんとわしは永つづきしたぞ！」

「いえ、それだってずっと同じではなかったでしょう。初めの何年かと終りの何年かは違ったんじゃないんですか」

　老人は片手で口を覆い、それから目を閉じて顔ぜんたいをその手で揉み始めた。

「そう、まあ、お前の言う通りだ。だれにでも二つの、いや、三つ、いや、四つくらい人生があるのかな。いくつあろうと、どれ一つとして永つづきするものはない。それは確かだ。しかし、そういう人生の思い出は永つづきするぞ。しかも、四つか、五つか、あるいは一ダースの人生のなかで、一つだけは特別だ。今でも憶えているが、昔……」

老人はためらった。

若者が言った。「昔どうしたんです、お祖父ちゃん」

老人の視線はどこか過去の地平に注がれていた。その口調は、部屋ぜんたいに、あるいはトム個人に、あるいは他のだれかに語りかける口調ではなかった。それは独りごとですらないように思われた。

「なにしろずいぶん前のことだ。今夜この部屋に入って来たとき、どういうものか、そのことを思い出してな。場所はゴールウェイの海岸で、その週、わしは……」

「その週というと、いつ頃ですか」

「その夏のその週の一日がちょうどわしの満十二歳の誕生日だったのさ。ああ、遥か昔のことだ！　まだヴィクトリア女王の時代さ。わしはゴールウェイの泥炭小屋に住んで、波が打ち上げた食えるものを拾いに海岸をぶらついた。実にいい天気で、なんだか悲しくなるほどのいい天気というか。じきに天気が崩れることはわかっていたからね。

「このすばらしい天気がつづいた或る日の昼ごろ、海沿いの道を鋳掛け屋の幌馬車がやって来た。乗っていたのは色の浅黒いジプシーたちで、海のほとりにキャンプを張った。

「その幌馬車には母親と父親と、女の子と、もう一人、男の子がいて、その男の子が海べの道を一人で走って来たんだ。きっと友達が欲しかったんだろう。わしも特に何もすることがなかったし、珍しい人間に逢いたくてたまらなかった。

「で、その子が走って来た。その子を初めて見たときの印象は、墓に入る日まで忘れられないと思う。その子は――

「ああ、どうもわしは口下手でいかんな！　ちょっと待ってくれ。もう少し溯（さかのぼ）って話さなきゃならん。

「ダブリンに見世物の一座が来たことがあった。一寸法師とか、小人とか、デブ女とか、骸骨男とか、いろんな見世物があって、わしも見に行った。出口の手前に人が大勢たかっていて、それはきっと一番恐ろしい見世物なのだろうとわしは思った。で、人ごみを掻きわけて、その最後の恐怖を見に行った！　それは何だったと思う。見物人が取り囲んでいたのは、ただの六、七歳の女の子だ。ほっぺたはクリーム色で、目は青、髪は金色の、とても可愛らしい子だ。異様な肉体ばかり並んだ見世物のなかで、この女の子の静かな様子がとても人目を引くんだな。なんにも言わずにそこにいるだけなんだが、その美しさが叫ぶという感じで、みんな口直しのようにそこに集まる。いってみれば、そこは病気の見世物小屋で、その子はたった一人の愛らしい医者で、みんなに健康を返してくれるんだ。

「この一座の女の子と同じくらいの、すばらしい驚きだった、若い馬のように浜を走って来たその男の子は。

「肌の色は両親のように浅黒くなくてね。

「金色の巻毛に日の光が踊っていた。まるで光が彫った青銅の像だ。青銅でなければ赤銅だ。ありえないことだけれども、その十二歳の少年は、わしと同じく、他ならぬその日に生れたようだった。それほど若々しく、みずみずしく見えたんだ。そして褐色の明るい目は、全世界の海岸線を追われて走りつづけて来た動物の目だった。

「立ちどまって、その子が最初に発したのは笑いだった。生きているのが嬉しくてたまらないということを、その笑い声でもって語ったんだね。わしも釣られて笑ったと思う。少年は褐色の手を突き出した。わしはためらった。むこうはじれったそうなそぶりで、わしの手を掴んだ。

「なぜだろう、こんなに歳月が経ったのに、そのときのやりとりをはっきり憶えている。『面白いじゃないか』とその子は言ったんだ。

「何が面白いの、とは訊ねなかった。わしにはわかっていたから。その子は名前はジョーだと言った。わしはティムだと名乗った。海岸で出逢った二人の少年。わしら二人にとって全世界は愉快な冗談のようなものだった。

「ジョーは大きな銅(あかがね)色の丸い目でわしを見つめて、笑いと同時に息を吐き出した。

わしは思った。こいつ干草を喰ったんだろうか！　息が草の匂いなんだ。急にわしは目まいがした。その匂いに茫然となったんだ。わしはよろめきながら思った。ああ一体どうしてだろう、酔っぱらったみたいだ。おやじの酒をこっそり飲んだことはあったが、これは一体どういうことだろう。真昼の日の光に打たれて酔っぱらったとしても、この目まいは何のせいだろう。この見知らぬ少年は口の中にビールの素でも含んでいるのか。ちがう、ちがう！
「するとジョーはわしの目をまっすぐ見つめて言った。『あまり時間がないんだ』
「『時間って何の時間』とわしは訊ねた。
「『決ってるじゃないか』とジョーは言った。『ぼくらが友達でいる時間さ。ぼくらは友達だろう？』
「そう言って草刈り場の香りを吐きかけた。
「ああ、わしは泣きそうになった、そうなんだ！　倒れはしなかったが、親しみをこめてどやされたときのようによろめいた。口をぱくぱくさせて喘ぎながら、わしは言った。『どうしてあまり時間がないの』
「『それはね』とジョーが言った。『ぼくらがここに六日間、せいぜい七日間いるだけで、すぐまた旅に出て、アイルランド中をまわるからさ。そしたらきみとはもう二度と逢えないと思うよ。だから六日間のうちにいろんなことを大急ぎでやらなきゃならないだろう？』

「『六日間？　そりゃ短すぎるなあ！』とわしは抗議の声をあげ、その途端にみじめな気持、一人とり残されたような気持になったのが、自分でもふしぎだった。まだ始まってもいないことが終った悲しみを味わってるんだからね。

「『ここで一日、あそこで一週間、またほかのどこかで一カ月』とジョーが言った。『だから、ティム、ぼくは大急ぎで生きなきゃならない。永つづきする友達が一人もいないんだもん。友達の思い出だけでね。だから、どこへ行っても新しい友達にこう言うんだ。早く、これをしよう、あれをしよう、いろんな面白いことをしよう、ってね。たくさん面白いことをしておけば、ぼくがいなくなったとき、きみにはぼくの思い出が残るし、ぼくにもきみの思い出が残る。だから、すぐ始めよう。行くよ！』

「そして、ジョーは先に立って走り出した。

「わしは笑いながらジョーを追って走った。だっておかしいじゃないか、五分前に知り合ったばかりの少年を追っかけて、いきなり走り出すなんて。そうやって長い夏の浜辺を一マイルも走っただろうか。ようやくわしはジョーに追いついた。なんだか知らないが自分の都合だけで他人をそんなに長い距離走らせるのはひどいと思ったから、わしはジョーに殴りかかった。ところが、取っ組み合って地面に倒れたとき、わしに組み伏せられたジョーは下から息を吹きかけた。たった一吹き。それだけで、わしは濡れた手を電気のソケットに突っこんだみたいに跳びのき、頭を振りながら、茫然とジョーを見つめた。わしのあわてっぷりや、ぼんやり坐っている様子を見て、ジョーは笑って言った。『ああ、ティム、ぼくらはいつまでも友達だね』

「お前も知ってるだろう、アイルランドでは、一年の大部分の月は冷え冷えした、いやな気候が永いこと続くんだ。でも、わしの満十二歳の誕生日があったその週は、毎日が夏で、ジョーが期限を切ったその七日間ときたら、もう単なる夏の日というだけではなかった。といっても、われわれ二人は海岸を歩き、砂のお城を作り、砂丘のあいだで取っ組み合いをやったという、ただそれだけのことなのだがね。城跡に古い塔の廃墟があって、それに登って大声で叫んだりもしたが、たいていはただ歩いた。絡み合って生れた双子、ナイフでも稲妻でも切り離せない双子みたいに、腕を組み合ってな。わしが息を吸いこめば、彼が息を吐き出した。彼が吸いこめば、わしが吐き出して、実に調子がよく合った。そして砂の上で夜ふけまで語り合い、心配した両方の親たちが探しに来たりした。どうしてわれわれがそこまで気が合うのか、親たちには全然理解できないんだ。むこうの住居に呼ばれれば、わしはジョーと並んで寝たし、ジョーがわしの方に来て一緒に寝ることもあった。そんなときはもう明け方まで話したり笑ったりでね。夜が明けるとまた外へ出て、疲れて仰向けにぶっ倒れるまで暴れまわった。いってみれば甘い喜びに打ちのめされて、目を固く閉じ、手を握り合っていると、笑いが銀色の鱒みたいに次から次へと跳び出してくる。わしは彼の笑いのなかに全身を浸し、彼はわしの笑いに身を浸し、そのうちに愛の手に叩きのめされ消耗しきったように、二人ともぐったりしてしまう。もう笑いもたね切れになって、暑い夏のなかで仔犬のようにはあはあ喘ぎ、友情に満たされて睡くなる。その一週間、空はあくまでも青く、日は金色に輝き、一片の雲もなく、一滴の雨も降らず、風はりんごの香りに満ち満ちていた。いや、それはその少年の野性的な息の香りなんだ。

「ずっとあとになって、ひょっと思ったんだが、もしもあの夏の雰囲気にもう一度浸って、彼の鼻孔や口から溢れ出る野性的な息を吸いこみさえすれば、肉体はいかに逆らおうとも、何十年かの古い皮が剝がれて、老人が若返ることが可能なんじゃなかろうか。

「しかし笑い声は消え、あの少年は世界のどこかで大人になって、それから何十年も経ち、わしは今初めてこんな話をしている。いや、特にこんな話をする相手もいなかったしな。わしの満十二歳の誕生日の前後にああいう友情の贈物を与えられて以来、今日に至るまで、あの海岸やあの夏のことを話す相手は一人もいなかった。われわれ二人が腕を組み合って歩きまわったこと、生活がO（オー）という字のように完璧だったこと、稀に見るいい天気に恵まれたこと、われわれが愉快に語り合ったこと、自分たちは決して死なず、永遠に生きるだろう、友情も決して滅びないと信じきっていたことは、だれにも話す機会がなかったんだ。

「そうして、その週の終りに、ジョーは立ち去った。

「年のわりには賢かったな、あの子は。さよならを言わなかったよ。突然、鋳掛け屋の幌馬車が消えただけだ。

「わしは海岸に出て、大声で呼んだ。遥かむこうの丘を上って行く幌馬車が見えた。だがそのとき、ジョーの知恵がわしに語りかけた。追っちゃいけない。行かせればいい。それなら泣け、とわし自身の知恵が言った。で、わしは泣いた。

「三日三晩も泣きつづけて、四日目には涙も涸れた。そうしてその後は何カ月も、わしは海岸には行かなかった。それからというもの、今日まで永い歳月が流れたが、あのいう出来事は二度と再びなかった。暮し向きはまあまあだったし、よき妻を得、可愛い子供が生れ、トム、お前のような可愛い孫も生れたが、あのときのように悩み、狂い、悶えたことはその後一度もない。これはわしが今ここに坐っているのと同じくらい間違いないことだ。どんな酒もわしをあれほど酔わせはしなかった。どんな悲しみもわしをあれほど泣かせはしなかった。なぜだろうね、トム。なぜわしは今こんな話をするのだろう。あれは一体何だったのだろう。あのときのわしは世間のことは何一つ知らず、愛する人もなく、なんの経験もない人間だった。それが、ほかのことはみんなきれいに忘れてしまっても、あの子のことだけ憶えているのはどうしてだろう。まことによくないことだが、ときどきわしはお前のお祖母ちゃんの顔さえ思い出せないのに、あの海のほとりで出逢った少年の顔をなぜはっきり思い出すのだろう。二人で取っ組み合って倒れると、地面はわれわれ若い暴れ馬をやさしく支えてくれた。甘い草の香りにわれわれは狂い、あの日々は決して終らないような気がした。そんなことが今でもまざまざと心に浮ぶのはなぜだろう」

老人は口をつぐんだ。少し経って言い足した。「よく言うだろう、語られぬ部分にこそ知恵はあらかた隠されている、とね。わしはもう何も言わん。なぜこんな話をしたのか、それさえわからないのだから」

トムは暗がりに横たわっていた。「ぼくにはわかります」

「そうかね」と老人は言った。「じゃ、教えてくれ。またの日に」

「またの日に」とトムは言った。「話しましょう」

二人は窓を打つ雨の音に耳を傾けた。

「今仕合せか、トム」

「それはさっきも訊かれました」

「もう一度訊こう。今お前は仕合せか」

「ええ」

沈黙。

「それは夏の海のほとりか、トム。魔法にかけられた七日間か。酔ったような気分か」

トムは暫く返事をしなかったが、やがて「お祖父ちゃん」とだけ言い、こっくりとうなずいた。

老人は椅子の背に寄りかかった。それはやがて消えるだろう、と老人は言いたかったのか、それは永つづきしない、と言いたかったのか。ほかにも言いたいことはいろいろあったかもしれない。だが老人はひとことだけ言った。「トム？」

「え？」

「えい、くそ！」と老人は突然叫んだ。「キリストがなんだ、全能の神がどうした！何もかも地獄に落ちやがれ！」それから老人は口を閉じ、呼吸は平静に戻った。「やれやれ。狂気の夜だ。どうしてももう一回だけどなりたくなってな。わるかったな、トム」

それからようやく二人は眠った。雨はますます強く降りつづけた。

夜明けの光がさしそめる頃、老人は音を立てぬよう気をつかいながら身支度をし、鞄を取り上げ、身をかがめて、眠っている青年の頬に掌で触れた。

「トム、さよなら」と老人は囁いた。

相変らず降りつづける雨にむかって薄暗い石段を下りて行くと、トムの友人が石段の下で待っているのにぶつかった。

「フランク！　まさか一晩中ここにいたんじゃあるまいね！」

「いいえ、そんなことはありません、ケリーさん」とフランクはすばやく言った。

「友達の家に泊りました」

老人は薄暗い石段の奥を見上げた。残して来た部屋を、その部屋で暖かく眠るトムを、透視するように。

「ぐぐあ……！」犬の唸り声に似た音が老人の喉に涌き起り、すぐに消えた。老人は不安そうにもじもじし、青年の顔に輝く夜明けの光を眺めた。うしろの部屋の暖炉の上の絵を描いたこの青年。

「いやな夜は終った」と老人は言った。「すまんが、ちょっと脇へどいてくれないかな——」

「どうぞ」

一段下りて、老人は爆発的に喋り出した。

「いいかね！　もしもきみがなんらかの意味でトムを傷つけたら、万一そんなことになったら、わしはただじゃおかんぞ！　わかったかね？」

フランクは片手を差し出した。「御心配なく」

手というものを生れて初めて見たかのように、老人は差し出された手を見つめた。それから溜息をついた。

「ああ、そんなことはどうでもいい、きみはトムの友達だものな。フランク、きみの若さは目の毒だ。どいてくれ！」

二人は握手をした。

「おや、ずいぶん力が強いな」と老人は驚いて言った。

それから降りしきる雨の音にせかされたように立ち去った。

青年は部屋のドアをしめると、ベッドに眠る人の姿を少しのあいだ立ったまま眺めていたが、やがて近づいて行って、これは本能のなせるわざだろうか、五分前に老人が別れのしるしに触れたのと正確に同じ場所に手をのばした。そして夏のように熱い頬に触れた。

眠りのなかで、トムは自分の父親の父親の微笑とそっくり同じ微笑を浮べ、深い夢のなかで老人の名を呼んだ。

二度呼んだ。

それから穏やかに眠りつづけた。

いとしいアドルフ

みんなは、その男が出て来るのを待っていた。山の景色の美しいバヴァリア地方の小さなビヤホールで、その男はビールを飲んでいた。店に入ったのは正午で、今は午後二時半だから、ずいぶん長い昼食であり、飲んだビールの量も多かった。今、昂然と反っくりかえって笑いながら、春のそよ風に泡を吹きちぎられるジョッキを高く挙げた様子から察するに、男が上機嫌なことは明らかであり、同じテーブルについているほかの二人の人物は、せいぜい調子を合せようとはしていたものの、その男と比べれば全く意気が上っていなかった。

ときどき風に乗って三人の声が聞え、駐車場で待っている小人数の野次馬はその言葉を聞きとろうと頸をのばした。今何て言ってる？　今度は何て言った？

「撮影は好調だとさ」

「銃撃戦？　どこで⁉」

「馬鹿。映画だよ。映画の撮影が好調なんだと」

「となりに坐っているのは監督か」

「そう。もう一人の悲しそうな顔をした奴はプロデューサーだ」

「プロデューサーらしく見えないな」

「そりゃそうだ！　鼻を整形したんだもの」

「それにしてもあの人のほうは本物そっくりじゃないか」

「ほんとに、髪といい、歯といい」

みんなはまた頸をのばして、プロデューサーらしく見えないプロデューサーを、そして絶えずおどおどと野次馬を気にかけ、肩を落し、目を閉じたりする監督を、そして二人のあいだに坐っている軍服姿の男を眺めた。軍服の片方の胸には鉤十字のしるしがあり、立派な軍帽はテーブルの上に、ほとんど手をつけていない料理の皿と並んでいた。料理に手をつけないのも道理で、男は喋りつづけていた。というより、演説をつづけていた。

「まるで本物の総統だ！」

「いや、なんと、あれ以来、時の流れがとまっていたようだ。今が一九七三年とはとても思えない。一九三四年の再現だ。あの年だったたな、私が初めてあの人を見たのは」

「どこで」

「ニュールンベルグ大会さ、スタジアムでな、秋だった。そう、私は十三歳で、青年団(ユーゲント)の一員で、その広い会場には十万人もの兵士や青年が集まった。日の暮れる頃になって、松明(たいまつ)がともされたよ。大勢のブラスバンド、たくさんの旗、みんなの胸は高鳴って、そう、全くの話、十万人の心臓の鼓動が聞えるようだった。私らはみんな恋していたんだな。あの人は雲の上から降りて来た。間違いなく神々に遣わされた方だ、と私らは思ったんだ。もう待機の時は終った、今後は行動だ。あの方の助けさえあれば、不可能なことは何一つない、とな」

「あの俳優はどういう気持なんだろう、あの人を演じていて」

「シッ、きこえるよ。ほら、手を振ってる。こっちもお返しに手を振るか」

「静かに」とだれかが言った。「また喋ってる。話を聞こうじゃないか――」

野次馬は静かになった。男も女もさわやかな春風のなかで頸をのばした。ビヤホールのテーブルから話が流れてきた。

うら若いウェイトレスが、頬をまっかに火照らせ、目をきらきら光らせて、ジョッキにビールを注いだ。

「この人たちにもビールのお代りだ！」と、歯ブラシのような口髭をたくわえ、額の左側に髪を垂らした男が言った。

「いや、もうたくさん」と監督が言った。

「もう結構」とプロデューサーが言った。

「いいからビールのお代りだ！　今日は実にすばらしい日だ」とアドルフは言った。「映画のために、われわれのために、吾輩のために乾杯しよう。さあ！」

二人の男はそれぞれのジョッキを持ち上げた。

「映画のために」とプロデューサー。

「〈いとしいアドルフ〉のために」監督の声は素気なかった。

　軍服姿の男は体をこわばらせた。

「その題名はどうかな、余(よ)に——」男は言い直した。「あの方に〈いとしい〉という形容は」

「いいんだよ、〈いとしい〉で。あんたもすてきだよ」監督はビールをがぶりと飲んだ。「どなたも異議はないかな、私ゃ酔っぱらうぞ」

「泥酔は許されん」と総統が言った。

「そんなセリフ、台本のどこにある」

　プロデューサーがテーブルの下の監督の足を蹴とばした。

「あと何週間ほどで仕事は終りますかな」と妙に丁寧にプロデューサーは訊ねた。

「この映画(しゃしん)は」とビールをがぶ飲みしながら監督は言った。「ヒンデンブルクの死で終らせるか、それとも飛行船ヒンデンブルク号がニュージャージー州レイクハーストで墜落炎上する時点で締めくくるか、どっちが先だっけ?」

　アドルフ・ヒトラーは料理の皿にかがみこみ、物も言わずに肉やじゃがいもを猛烈な速さで食べ始めた。

　プロデューサーは大きな溜息をついた。その溜息にうながされて、監督は媚(こ)びるように言った。「あと三週間もすりゃ、この芸術映画もクランクアップだ。ぼくらはタイタニック号で国へ帰るさ、ユダヤ人の批評家どもと衝突して、〈世界に冠たるドイツ〉でも歌いながら海の藻屑(もくず)と消えるか」

突然、三人とも食欲旺盛になり、がつがつと料理を平らげ始めた。春のそよ風が静かに吹き、店の外では野次馬が待っていた。

やっと総統が食べ終え、もう一杯ビールを呷ると、小指で口髭をいじりながら椅子の背に寄りかかった。

「こんな日には何を言われようと腹は立たんね。ゆうべのラッシュは実によかった。この映画の配役がまた、ああ! ゲーリングなぞ奇蹟のようじゃないか。ゲッベルス? 完璧だ!」日の光が総統の顔にまぶしく反射した。「そこでだ。そこで、ゆうべも思ったんだが、純粋アーリア人たる吾輩が――」

二人の男は僅かにたじろいだが、話の続きを待った。

「――このバヴァリアで、こうして映画を作るのはいいとして」ヒトラーはくすくす笑いながら続けた。「その仲間たるや、一人はニューヨークから来たユダヤ人、もう一人はハリウッドから来たユダヤ人だ。これは実に愉快じゃないか」

「私はそれほど愉快でもないね」と監督がすかさず言った。

プロデューサーが監督に目くばせをした。まだ撮影は終っていないんだよ。気をつけてくれたまえ。

「で、思ったんだが、こんな計画はどうだろう……」総統はまたビールをがぶりと飲んだ。「つまり、その……もう一度、ニュールンベルグ大会を開くというのは」

「そりゃもちろん映画の話だろうね」

監督はヒトラーを凝視した。ヒトラーは、きめの細かいビールの泡を悠然と眺めていた。

「そりゃ大ごとだ」とプロデューサーは言った。「ニュールンベルグ大会を再現するのに経費がどれだけかかると思う。ヒトラーは本物の大会にどれだけかけたんだっけ、マーク」

訊かれた監督は答えた。「莫大な経費だ。それでもエキストラ代はゼロだったんだ」

「そこだよ！　軍隊や青年団（ユーゲント）を動員したんだから」

「そう、それはそうだ」とヒトラーは言った。「しかし考えてみてほしい、これが世界中にどれだけの宣伝になると思う。だからニュールンベルグへ行こうじゃないか。吾輩の飛行機を撮影し、吾輩が雲の上から降りて来るところを撮ろうじゃないか。つい今し方、外の野次馬も、ニュールンベルグだ、飛行機だ、松明だと言っていたよ。彼らは憶えているんだ。吾輩も憶えている。あのスタジアムで松明を握っていた一人だからだ。いや、ほんとに美しい光景だった。そして今、今の吾輩は全盛時代のヒトラー、男盛りのヒトラーと同じ年齢（とし）なんだ」

「ヒトラーに男盛りなんてありゃしなかった」と監督が言った。「不能者に男盛りがあるのなら話は別だが」

ヒトラーはジョッキを置いた。その頬は真赤だった。それからヒトラーはむりに笑顔をつくり、顔色も平常に戻った。「それはもちろん冗談だろう」

「冗談さ」とプロデューサーが友人のために腹話術師の役をつとめた。

「で、思ったんだが」と、往時を回想するように空の雲を眺めながら、ヒトラーは続けて言った。「来月でも、天気のいい日に撮影を断行すれば、考えてみたまえ、どれだけの観光客が撮影を見に集まると思う！」

「そう。ボルマンがアルゼンチンから帰って来るかもしれないな」

プロデューサーがまた監督にきびしい視線を放った。

ヒトラーは咳払いをして、むりに言葉を続けた。「経費の点だが、一週間前のニュールンベルグの新聞に、一度だけ、いいかね、一度だけ広告を出せば、エキストラは雲霞のごとく集まるだろう。一日五十セントでいい、いや、二十五セント、いや、ギャラなしでも集まるにきまってる！」

総統はジョッキを空にし、お代りを注文した。ウェイトレスがそのジョッキにビールを注ぎに走った。ヒトラーは二人の友人の表情を探った。

「あんたは面白い人だ」と、監督は上体をしゃんと起し、目には意地悪い光を浮べ、歯をむき出して喋り出した。「あんたという人には愚か者の気品というか、殺人的ウィットというか、白痴的品格というか、そんなようなものがそなわっている。あんたがセンセーショナルな馬鹿話を持ち出すたんびに、白日の下でその馬鹿話がきらきら光って悪臭を放つのは、なんともいえない見ものですよ。耳をすましてごらん、アーチ。総統閣下のお腹（なか）がお鳴り遊ばした。占星術師でも呼んでくるか！　鳩の腹を裂いて、内臓でも取り出すか。配役表を読んでみてくれよ」

監督は出しぬけに立ち上り、テーブルのまわりを歩き出した。

「その新聞に一度だけの広告とやらを出してごらん、ニュールンベルグ中の古い長持がひっかきまわされる！　昔の軍服が出て来て、出っぱった腹を覆い隠す。昔の腕章が出て来て、筋肉のゆるんだ腕にはめられる。鷲のしるしのついた昔の軍帽が飛び出してきて、つるっ禿げの頭にのっかるだろうよ！」

「こんな食卓に同席することは余の自尊心が――」とヒトラーが叫んだ。

そして立ち上ろうとしたが、プロデューサーに腕を抑えられ、監督にはナイフを突きつけられた。いや、ナイフではなく、とんがった人差指を。

「坐れ」

監督の顔はヒトラーの鼻から二インチばかりのところで揺れていた。ヒトラーはゆっくりと腰を下ろした。その頰には汗が噴き出ていた。

「いや、あんたは天才だよ」と監督は言った。「そりゃあ、あんたのお仲間は間違いなく現れるだろうさ。若者じゃなくて、老人ばっかりね。あんたと同じ年頃の元ヒトラー青年団（ユーゲント）の耄碌（もうろく）した爺さんどもが、『ジークハイル』とわめいて、敬礼して、日暮れには松明をともして、スタジアムを分列行進して、声を限りにがなり立ててるだろうよ」

監督はプロデューサーの方に向き直った。

「まじめな話だがね、アーチ、このヒトラー先生おツムは弱いが、今回ばかりは的を射たぜ！　ニュールンベルグ大会をこの映画に入れないなら、おれは下りる。本気だよ。おれは手を引くから、このアドルフ君があとを引き継いで、おんみずから糞面白くもねえ映画を監督すりゃいい！　演説終り」

監督は腰を下ろした。

プロデューサーも総統も茫然自失の態だった。

「畜生、ビールもう一杯注文してくれ」と監督が叫んだ。

ヒトラーが喘ぐように息を吐き出し、ナイフとフォークを投げ出すと、椅子をうしろに押しやった。

「諸君のような人びととは食卓を共にしたくない！」

「何を言ってやがる、頭がからっぽのゴマすり野郎め」と監督は言った。「てめえなんぞ、ジョッキを舐めるのが分相応だ。ほれ、持っててやるから舐めろ」監督はビールのジョッキを摑み、総統の鼻の下に押しつけた。外の野次馬は息を呑み、波のようにゆらいだ。監督に軍服の襟元を摑まれ、引き寄せられて、ヒトラーは目を白黒させた。

「舐めろ！　小汚ねえドイツの酒を飲め！　飲めってば、この屑野郎！」

「まあまあ」とプロデューサーが言った。

「何がまあまあだ！　いいか、アーチボルト、この痰壺野郎、尿瓶野郎のナチが、きみの酒を飲みながら、今何を考えていたかわかるか。〈今日はヨーロッパ、あすは全世界〉、それだよ！」

「やめろよ、マーク！」

「やめてくれ」軍服の襟を摑んだ監督の手を下目づかいに見ながら、ヒトラーは言った。「ボタンが、ボタンが――」

「わかってるよ、軍服のボタンがとれそうなんだろ。頭んなかのボタンもだいぶゆるんでるぜ。アーチ、こいつの汗を見ろ！　おでこの脂汗を見ろ、臭え腋の下を見ろよ。こんなに汗をかいてるのは、おれに心を読まれたからさ。あすは全世界！　よかろう、こいつを主役にして映画を完成させるんだ。一カ月後に、こいつが雲の上から降りてくるとこを撮るといい。ブラスバンド。松明。レニ・リーフェンシュタールを呼んで来て、三四年の大会をどう撮ったか教えてもらえ。なんせヒトラーお気に入りの女流監督だからな。彼女はキャメラを五十台使ったんだ、なんと五十台も使って、屑どもの分列行進や、へどの出るようなウソっぱちの演説を撮った。きしきし鳴る革服のヒトラー、感きわまって泣き出すゲーリング、片輪の猿みたいな歩きっぷりのゲッベルス、この三大ホモ野郎がたそがれのスタジアムでふんぞりかえるのをね。そいつを再現すりゃいい。この馬鹿を正面に据えてな。わかるか、アーチ、このくたばりぞこないが、今この瞬間、燻製ニシンみてえなまなこの奥で何を考えてると思う」

「マーク、マーク」と目を閉じ、歯ぎしりしながら、プロデューサーが言った。「坐れよ。みんな見てるぞ」

「見たきゃ見るがいいさ！　おい、起きろ！　てめえまで目をつぶることはなかろう！　この何週間か、てめえに我慢して目をつぶってたのはおれのほうだ。そろそろおれというものを見てもらおうじゃないか。それ」

監督はヒトラーの顔にビールをひっかけた。ヒトラーは反射的に目をぱちぱちさせ、再び頬に血がのぼってきたので苦しそうな目つきになった。

外の野次馬が抗議の音を発した。

それを聞いて、監督は横目で野次馬をにらんだ。

「いや、こりゃ面白い。あの連中はこの場に介入すべきか否か迷ってやがる。こいつが本物かニセモノか見分けがつかなくなってるんだ。おれもだよ。ひょっとすると、この馬鹿、あすはほんとに総統にのし上るつもりじゃねえのかな」

監督はもう一度、ヒトラーの顔にビールをひっかけた。

プロデューサーは椅子に掛けたまま、とてもこの場を正視できないという風情で、ネクタイにくっついてもいないパン屑をしきりに払い落そうとした。「マーク、頼むから――」

「いや、いや、アーチボルト、これはまじめな話だ。この男はね、安物の軍服を着て、四週間、高いギャラでヒトラーを演じたばっかりに、ニュールンベルグ大会さえ再現すれば歴史が逆回転すると思ってるんだ。時よ、時よ、さかさまに流れておくれ、せめて今夜だけでも、ユダヤ人を焼き殺した愚かなナチに私を変えておくれ、というわけ。わかるだろう、アーチ、この虱（しらみ）野郎がマイクの前でわめくと、群集がわめき返す。それでもう、ほんとに天下を取った気になっちまうんだ。ルーズベルトはまだ生きていて、チャーチルもまだピンピンしてるような気にね。戦争の勝ち負けはこれからだが、まず勝利は疑いなし。なぜって今回はドーバー海峡を越えて、たとえ屍の山を築こうともイギリスを叩き、アメリカを叩くつもりだ。そうだろう、アドルフ？　そのアーリア人のちっぽけな鈍頭（どたま）のなかでそう思ってるんだろ？　どうなんだよ！」

ヒトラーは喘ぎ、泡を吹いた。舌が突き出た。ようやく身をふりほどくと、ヒトラーは爆発した。

「そうだ！　そうだとも！　貴様らは呪われろ！　呪われて、焼かれてしまえ！　恐れ多くも総統に暴力をふるった貴様らだ！　大会を開け！　映画に撮れ！　もう一度大会だ！　飛行機！　着陸！　オープンカーで街を行け。ブロンドの少女たち。愛らしいブロンドの少女たち。スタジアム。レニ・リーフェンシュタール！　すべての長持から、すべての物置から、無数の腕章が疫病のようにたそがれのなかを飛べ。虐殺と殲滅（せんめつ）の場へ飛んで、勝利をその手に収めよ。然り、余は総統なり。余は大会の壇上に立って、命令を下すのだ！　余は――余は――」

ヒトラーはすでに立ち上っていた。

外の駐車場で野次馬が叫んだ。

ヒトラーは振り向き、野次馬たちにむかって挨拶を送った。

監督は狙い定めて、ヒトラーの顔面にパンチをくらわした。

すると野次馬がなだれこみ、罵声、金切声、押し合いへし合いの騒ぎになった。


翌日の午後四時、二人の男は病院へ車を走らせた。

老プロデューサーはげんなりした様子で、両手を目にあて、溜息をついた。「なぜ、なぜだ。なぜ病院へ行かにゃならんのだ。あの気違いの見舞いにか」

監督はうなずいた。

老人は呻いた。「世界は狂っとる。人間も狂っとる。噛んだり、蹴とばしたり、あんな騒ぎは初めてだ。あんたはあやうく殺されるところだった」

監督は腫れた唇を舐め、半ば塞がった左目に指でそっと触れた。「私は大丈夫。肝心なのは、私がアドルフを殴ったことでね。徹底的に殴ってやった。だから今——」

監督は静かに前方を見つめた。「今、病院へ行くのは仕上げのためですよ」

「仕上げ、仕上げとは」老人は監督の顔を見た。

「そう、仕上げ」監督は曲り角でゆっくりとハンドルを切った。「二〇年代を思い出してみなさい、アーチ。ヒトラーは街で狙撃されたが弾は当らず、街で殴られても完全にダウンしたことはなかった。でなきゃ、ビヤホールを出て十分後に爆弾が爆発したり、一九四四年には将校宿舎で書類鞄が爆発したけれども、それでも死ななかった。

いつも不死身。いつも間一髪のところで助かった。でもね、アーチ、もう不死身じゃない、もう逃げられない。私がこれから病院へ行って、しっかり仕上げをやってやる。キャベツ頭の野次馬どもに出迎えられて、あの馬鹿が退院するときには、ひどいびっこを引いて、声は完全なソプラノに変っちゃってるようにね。止めてくれるなよ、アーチ」

「だれも止めてやしないよ。私の代りにもしっかりぶん殴ってくれ」

車が病院の正面玄関に止ると、助監督の一人が石段を駆け下りて来た。髪は乱れ、目は惑乱し、何やら叫んでいる。

「くそ」と監督が言った。「賭けてもいい、またとんでもないことが起ったらしいぞ。あの助監督が走ってくるところを見ると――」

「誘拐だ！　消えた！」と男は叫んだ。「アドルフが連れて行かれた！」

「ほらね」

一同は空っぽのベッドをとり囲み、ベッドにさわってみたりした。

病室の片隅では看護婦がもじもじしていた。助監督はうわごとのように呟いた。

「三人だった、三人、三人」

「うるさい」真白なシーツをあまり一所懸命見つめたので監督は一時的な雪盲状態になった。「その三人がむりやり連れて行ったのか。それとも奴はおとなしくついて行ったのか」

「わかりません。どうなんだろう。そうだ、演説をしていました。連れて行かれるとき、奴は演説をしていました」

「演説？」と老プロデューサーは自分の禿頭をぴしゃりと叩いて叫んだ。「ああ、レストランにはテーブルをこわしたと訴えられてるのに、今度はたぶんヒトラーも――」

「待ってくれ」監督が一歩進み出て、助監督を鋭い目で見すえた。「三人と言ったな」

「三人です、はい、三人、三人です」

小さな四十ワットの電球が監督の頭のなかでぱっとともった。

「その一人は、ええと、四角い顔で、顎が張っていて、眉毛がふさふさだっただろう」

「そう……そうです！」

「もう一人は背が低くて、チンパンジーみたいに痩せていなかったか」

「その通りです！」

「もう一人はでっかくて、いや、ぶくぶく肥っていただろう」

「どうして御存知なんですか」

プロデューサーは目をぱちくりさせて監督と助監督を交互に眺めた。「一体どういうことなんだ。一体全体――」

「馬鹿の所には馬鹿が集まる。動物の悪知恵が阿呆の悪知恵を呼ぶ。行こう、アーチ！」

「どこへ」まるで今にもアドルフが忽然と現れるのではないかというように、老人は空のベッドを見つめた。

「車の物入れだ、早く！」

表に止めてあった車の物入れから、監督はドイツ映画人名録を引っぱり出した。ページをめくって、性格俳優の部を探した。「これだ」

老人は覗きこんだ。その頭のなかで四十ワットの電球がぱっとついた。

監督は更にページをめくった。「それから、これだ。もう一つ、これだ」

二人の男は病院の外で、冷たい風に吹かれて立っていた。風がページをめくり、写真の下の説明を二人は読んだ。

「ゲッベルス」と老人が囁いた。

「ルーディ・シュタイルという役者だ」

「ゲーリング」

「グローフェという三枚目」

「ヘス」

「フリッツ・ディングル」

老人は人名録を閉じ、だれにともなく叫んだ。

「馬鹿野郎め！」

「どなっても滑稽なだけだよ、アーチ」

「つまり、今この町のどこかに、三人の阿呆な失業俳優がアドルフを隠しているというわけか。たぶん身代金目当てで？　それをわれわれは払うのか？」

「映画(しゃしん)を完成させたいんだろ、アーチ」

「もう何が何やらわからなくなったよ。金も時間も、もういい加減、つかい果して――」老人は身震いし、目を白黒させた。「しかし、もし万一――もし万一、身代金を要求してこなかったら」

監督はうなずき、にやっと笑った。「これがひょっとして本物の第四帝国の始まりだったら、ということか」

「ドイツ中のろくでなしや屑どもが大挙して現れるだろう。そのきっかけは――」

「シュタイル、グローフェ、ディングル、すなわちゲッベルス、ゲーリング、ヘスの三人が、再びあの馬鹿アドルフと共に浮上した。それがきっかけだ」

「狂っとる、正気の沙汰じゃない！　夢物語だ！」

「もうスエズ運河の封鎖はない。人類の月面着陸もない。なんにもない」

「どうしたらいいんだ。こうして待ってるのは恐ろしいよ。何か考えてくれ、マーク、考えてくれよ！」

「考えてますよ」

「それに――」

今度は百ワットの電球が監督の顔にぱっとともった。監督は深く息を吸いこみ、ロバのいななきに似た笑いを響かせた。

「奴らの組織に力を貸し、発言の機会を与えてやりゃいいんだ、アーチ！　おれは天才的だなあ。握手してくれ！」

監督は老人の手をとり、ポンプを動かすようにゆすぶった。喜びの涙が頰を伝って流れた。

「マーク、あんたは奴らに味方するのか、第四帝国の形成に一役買う気か」

老人はこわそうに一歩しりぞいた。

「あわてるな、あんたにも手伝ってもらいたいんだよ。よく考えてみろ、アーチ。きのう昼めしの席でアドルフが何と言った？　ほら、経費がどうとか言っただろ。え、思い出さないか？」

老人は息を詰め、俄かに顔を輝かせてその息を吐き出した。

「ニュールンベルグか」

「ニュールンベルグだよ！　今は何月だ、アーチ」

「十月！」

「十月だ！　四十年前の十月、ニュールンベルグ大会。今度の金曜に四十周年記念としゃれこもうじゃないか、アーチ。芸能新聞(ヴァライエティ)の国際版に広告を出すんだ。『ニュールンベルグ大会、松明、ブラスバンド、旗』そしたら奴が黙ってひっこんでいられる筈はない。誘拐した連中を撃ち殺してでも出て来て、生涯最大の役を演じるよ！」

「マーク、経費のほうは——」

「たったの五百四十八ドルだぜ。広告代、松明代、それに軍楽隊のレコード代だ。いいから、アーチ、その電話をよこすんだ」

老人はリムジン車の前の座席から電話を引き出した。

「馬鹿野郎め」と老人は呟いた。

「そう」監督はにやにやしながら電話のダイヤルを回した。「馬鹿野郎め」

太陽はニュールンベルグ・スタジアムの縁に隠れようとしていた。空は西の地平線のあたりが真赤に染め上げられていた。あと三十分も経てばまっくらになって、競技場の中央の小さな演壇は見えなくなるだろう。スタジアムの一方の端から反対側まで、ところどころの仮ごしらえの旗竿にひるがえる鉤十字の旗も。群集のざわめきは聞えるが、スタジアムはからっぽだった。吹奏楽がかすかに聞えるが、ブラスバンドはどこにもなかった。

スタジアムの東側の第一列に腰を下ろし、再生装置のボタンに手をかけて、監督は待っていた。もう二時間も待ったので、疲れていたし、なんだか阿呆くさい気分にもなっていた。老プロデューサーの呟く声が聞えた。

「もう帰ろうよ。馬鹿げている。奴は来やしない」

「いや、きっと来る。来る筈だ」と監督は言ったが、確信はなかった。

レコードは膝の上にのせてあった。ときどきそれをターンテーブルにのせて、低い音でテストしてみた。競技場の四隅にあるラッパ形のスピーカーから、群集のざわめきや、ブラスバンドの音が流れ出た。それは非常に低い音だった。そう、ヴォリュームをあげるのはもう少し待て。そして監督は待った。

太陽がいっそう低くなった。雲が血の色に燃えた。監督はそれを見ないようにした。自然の見えすいた皮肉が腹立たしかった。

老人がとうとう待機の姿勢を崩して、あたりを見まわした。

「これがその場所か。一九三四年に、ここで本当にあったんだね」

「そう。ここでね」

「あの映画は憶えている。そう。ヒトラーが立った場所は——ええと——あそこか」

「そうだ」

「少年たちや成人男子はあっち、少女はあっちで、キャメラが五十台」

「そう、五十台、間違いなく五十台。松明、旗、群集、キャメラ。いやあ、おれもその場に居合せたかったよ」

「マーク、マーク、まさか本気でそんなこと言ってるんじゃあるまいな」

「いや、アーチ、本気だとも！　もし居合せたら、いとしいアドルフに駆け寄って、あの低能の豚役者と同じ目にあわせてやったのに。奴の鼻をへし折り、次に歯をへし折り、最後には奴のソーセージをへし折ってやったのに！　レニ・リーフェンシュタール、用意はいいか。アクション！　かちん！　キャメラ！　じじじ！　それ、イジーに代って一発だ。これはアイクの代理で一発。キャメラはまわってるか、レニ。オーケー。よし！　すぐ現像しろ！」

二人の男は空っぽのスタジアムを見下ろした。巨大なコンクリートの床の上で、風に追われた何枚かの新聞紙が幽霊のように舞っていた。

と突然、二人は息を呑んだ。

遥か彼方、スタジアムの一番高い所に、いつのまにか、小さな人影が一つ現れていた。

監督はあわてて立ち上りかけ、それから思い直してまた腰を下ろした。

落日の光を背にした小さな人影は、ひどく歩きづらそうに見えた。体は一方に傾き、片方の手は傷ついた鳥のように脇腹に曲げていた。

人影はためらうように立ちどまった。

「こっちへ来い」と監督は囁いた。

人影はむこうを向き、立ち去ろうとした。

「いかん、アドルフ！」と監督は囁いた。

ほとんど本能的に、監督は片手を効果音のテープに、もう一方の手をレコードにのばした。

軍楽隊が低い音で演奏し始めた。

〈群集〉が、がやがや騒ぎ始めた。

彼方の高い所で、アドルフは凍りついたようになった。

音楽が高まった。監督は音量のつまみに触れた。群集のざわめきが高まった。

アドルフが振り向いて、目を細め、薄闇のスタジアムを覗きこんだ。ここで初めて旗が見えたに違いない。何本かの松明も。二ダースものマイクが林立する演壇も。本物のマイクは一本だけなのだが。

軍楽隊の演奏が最強音に達した。

アドルフが一歩進み出た。

群集が歓呼した。

くそ、と監督は自分の手を見ながら考えた。手は突然固い拳に握りしめられたかと思うと、次の瞬間には指が再びひとりでに再生装置のボタンの上を跳びまわるのだった。くそ、奴を演壇へ誘導しておいて、おれは何をする気なんだ。何を、何を？

そのとき気違いじみた考えが涌き起った。しっかりしろ、意気地なしめ。お前は監督じゃないか。そして奴がいる。ここはニュールンベルグだ。

だから……？

アドルフがもう一歩下りた。ゆっくりと片手が上って、固苦しい敬礼をした。

群集は熱狂した。

アドルフはもう立ちどまらなかった。本人のつもりでは堂々たる足どりで、だが現実にはびっこを引き引き、数百段下りて、競技場の床に下り立った。そこで軍帽をかぶり直し、軍服の埃を払い、歓呼の声をあげる無人の空間に敬礼してから、演壇まで二百ヤードの距離を、足を引きずりながら歩き始めた。

群集の熱狂はつづいていた。軍楽隊は金管楽器と打楽器の猛烈な鼓動でそれに応えた。

監督がテープの音量を調節しているスタンドの二十フィート前方を、いとしいアドルフは通りすぎた。監督は思わず体を縮めた。だがその必要はなかった。「ジークハイル」の声と金管楽器のファンファーレに招かれて、総統は運命に操られるように演壇へ近づいて行った。今、歩きつづけるその姿は妙に背が高く見えた。軍服はよれよれで、鉤十字の記章は引きちぎられ、口髭は貧弱で、髪は乱れていたものの、それは確かに昔の指導者その人だった。

老プロデューサーは姿勢を正して、見守った。囁いた。ゆびさした。

遥か彼方、スタジアムの一番高い所に、更に三つの人影が現れた。

来やがった、あの一味だ、と監督は思った。アドルフを連れて行った連中だ。

眉毛がふさふさの男、肥った男、傷ついたチンパンジーのような男。

なんたることだろう。監督はまばたきをした。ゲッベルス。ゲーリング。ヘス。野放しにされた三人の俳優。頭のおかしな三人の誘拐犯人がスタジアムを見下ろしている……。

そこではアドルフ・ヒトラーが、にせもののマイクに囲まれた小さな演壇に登ろうとしていた。本物のマイクは松明の下に立っていた。松明は冷たい十月の風に吹かれて、花のように輝き、油をしたたらせ、油煙を吐き出していた。ラッパ形のスピーカーはスタジアムの四隅で待ち構えていた。

アドルフが顎を挙げた。それがきっかけだった。群集は完全な狂乱状態に陥った。つまり、監督の手がたまりかねたように音量のつまみをいっぱいに回したので、空気は「ジークハイル、ジークハイル、ジークハイル！」という叫びに、幾度となく、ずたずたに引き裂かれた。

彼方の高い所では、見守る三人の人影がそれぞれ腕を上げて総統に敬礼した。

アドルフが顎を引いた。群集の声は静まった。松明の炎だけが囁いた。

アドルフは演説を始めた。

十分間、二十分間、いや半時間も、あるときは叫び、あるときは歌い、また嘶き、口角泡をとばし、嗄れ声で囁き、両手をよじり、拳で小机を叩き、拳を空に振り上げ、目を閉じ、はらわたを抜かれたラッパのように金切声をあげて、喋りつづけたたろうか。太陽はすでに沈み、スタジアムの縁に立った三人の男はじっと見守り、耳を傾けていた。プロデューサーと監督も何かを待ち受けるように見守っていた。アドルフは全世界について叫び、ドイツについて喚き、自分自身について金切声をあげ、あれを呪い、これを責め、あれでもなければこれでもないものを賛美し、遂には、単なる繰り返しが始まった。まるで心のなかのレコードの一番内側にまで達した針が擦音としゃっくりを繰り返すように、同じ言葉を何度も何度も繰り返し、やがてはそれも消えて、沈黙のなかで聞えるものはアドルフの荒い息づかいのみとなった。その息づかいはまもなく啜り泣きに変り、アドルフはうなだれていた。見守る男たちはアドルフのそんな姿を見るに忍びず、自分の靴を眺めたり、空を振り仰いだりした。風は埃を巻きあげながらスタジアムを吹き抜け、旗ははためいた。たった一本の松明は燃えつきかけて、臨終の呟きを呟いた。

とうとうアドルフは顔を上げ、演説の締めくくりに入った。

「さて最後に、あの者たちについて語らねばならぬ」

日没の空を背にして立っている三人の男を、顎で指した。

「彼らは狂人である。余もまた狂人だが、少なくとも自分が狂人であることを余は知っている。そこで余は彼らに申し渡した。きみらは気違いだ、狂っておる、と。そして今や、余自身の狂気は、余自身の乱心は終りを告げた。余は疲れた。

「さて、ここで何をすべきか。余はこの世界を諸君に返そう。今日ここで暫くのあいだ、余はこの世界を所有した。だが今後は諸君が世界を管理し、余よりも上手に管理して欲しい。諸君の一人一人にこの世界を返すにあたって、ぜひとも約束してもらいたい。一人一人がおのれの分を守り、この世界とともに歩む、と。以上である。受けとってくれ」

アドルフは空いている片手で無人のスタジアム全体を浚うような身ぶりをした。まるで自分の手に握っていた全世界を今やっと放すかのような身ぶりを。

群集は低くざわめいたが、だれも大声を出さなかった。

旗は静かに大気をねぶっていた。松明の炎は縮まり、燻り始めた。

突然ひどい頭痛に襲われたように、アドルフは両のまぶたを指で抑えた。それから、監督やプロデューサーの方を見ずに、低く言った。

「もう行きますか」

監督はうなずいた。

アドルフはびっこを引きながら演壇を下り、老プロデューサーと年下の監督の前まで歩いて来た。

「さあ、なんならもう一度殴って下さい」

監督は坐ったままアドルフを見つめた。それから首を横に振った。

「これで撮影は終りですね」とアドルフが訊ねた。

監督はプロデューサーの顔を見た。老人は肩をすくめ、何も言わなかった。

「まあ、どちらにせよ」と俳優は言った。「狂気は終り、熱は引きました。ニュールンベルグ大会の演説もすみました。ああ、あそこにいる馬鹿どもを見て下さい。おーい、そこの馬鹿ども！」俳優は突然スタンドにむかって呼びかけた。それから再び監督に、「こんなことが考えられますか。彼らは私をつかまえておいて身代金をとる気だったのです。お前たちは馬鹿だと私は言ってやりました。今からもう一度同じことを言ってやりましょう。私は彼らを振り切ってここへ来たのです。彼らの愚かな話しぶりはとても我慢できなかった。ですから、どうしてもここへ来て、これを最後に、私なりの馬鹿をもう一度演じなければならなかった。では……」

びっこを引き引き、無人のフィールドを横切りかけて、また振り向き、静かな声で言った。

「外で、あなた方の車で待っています。もしお望みなら、最後の撮影に協力しましょう。その必要がないならお別れです」

アドルフがスタジアムの高い所へ登りつくまで、監督とプロデューサーは待った。三人の男に悪態をつくアドルフの声がかすかに伝わってきた。両手を振りまわして、アドルフはさんざんに罵った。眉毛がふさふさの男と、肥った男と、チンパンジーに似た醜い男は、あとじさりをして、姿を消した。

冷たい十月の大気のなか、アドルフの姿だけが高みに残った。

監督はもう一度だけ再生音のヴォリュームを上げた。従順な群集は最後の「ジークハイル」を叫んだ。

アドルフは片手を挙げたが、軍隊式の敬礼はせず、船旅に出掛ける人のように、昔ながらのやり方で手を振った。それから自分も姿を消した。

それと一緒に日没の光も消えた。西空の血の色も消えた。風は埃を巻き上げ、ドイツの新聞の求人欄の頁がスタジアムの床を舞った。

「馬鹿野郎め」と老人が呟いた。「もう行こう」

二人の男は再生装置のスイッチを切ったが、松明は燃えつきるにまかせ、旗は風に吹きちぎられるにまかせた。

「ヤンキー・ドゥードルのレコードでも持って来りゃよかった。われわれの退場の伴奏音楽にさ」と監督が言った。

「レコードなんぞ要らん。口笛でいこう。どうだい」

「よし！」

監督は老プロデューサーの腕をとり、二人は夕闇の石段を登り始めたが、半分ほど登ってようやく気をとり直し、そこで初めて口笛を吹き始めた。

けれどもすぐ変な気分になって、曲の終りまで口笛をつづけることができなかった。

ジェイミーの奇蹟

朝、ジェイミー・ウィンターズは最初の奇蹟を行なった。第二の、第三の、その他たくさんの奇蹟は、その日のうちに引き続いて行なわれた。しかし最初の奇蹟はつねに最も重要なものである。

最初の奇蹟の内容はいつも同じだった。「母さんの病気が直りますように。顔色がよくなりますように。母さんの病気がこれ以上ながびきませんように」

そもそもジェイミー自身と奇蹟との関係を最初に考えるきっかけになったのは、母さんの病気だった。母さんのために、ジェイミーは奇蹟に習熟したのである。病気がわるくならないように。いや、いっぺんによくなるように。

奇蹟を行なったのは、この日が初めてではなかった。今までにも行なったことはあったが、それがいつもあやふやだったのは、あるときはジェイミーのやり方が下手だったためだし、またある場合は母さんと父さんに邪魔されたからだし、時には学校で七年生の仲間たちが騒いでいたからである。友達は何かというと邪魔ばかりする。

だが一カ月ばかり前から、自分の力が確かな冷たい水のように体を浸すのをジェイミーは感じていた。その水につかり、そのシャワーを浴びると、ジェイミーは栄光の水滴に飾られ、黒い髪のあたりには奇蹟の後光がただようかと思われた。

五日前に、ジェイミーはわが家の聖書のなかの少年イエスのカラー写真と、浴室の鏡に映る自分の顔とを比べてみたのである。ジェイミーは喘ぎ、全身が震えた。二つは同じ顔だった。

それにこの頃、母さんは日一日とよくなっているではないか。それが何よりの証拠！

さて月曜の朝、わが家で最初の奇蹟を行なってから、ジェイミーは学校で第二の奇蹟を行なったのである。「アリゾナ州の日」のパレードでクラスのリーダーに立候補したのだが、校長先生はもちろんジェイミーをリーダーに選んでくれた。ジェイミーはいい気分だった。女の子たちはやわらかな小さな肘でしきりにつついたし、なかでもイングリッドという女の子は、みんながロッカールームから出るとき、金髪がジェイミーの顔に触れるほど近くに寄って来た。

ジェイミー・ウィンターズは昂然と胸を張って歩き、水飲み場で水を飲むときも慎重に屈みこんで、ぴかぴか光るハンドルを実に過不足なく回した。それはまことに神々しい、不屈な姿だった。

友達に打ち明けても無駄なことはわかっていた。みんな笑うだけだろう。キリストだって、ゴルゴタの丘で掌や踝に釘を打たれて十字架にかけられたのは、自分のことをあからさまに語ったからなのだ。少なくとも十六歳になって鬚を生やすまでは、その鬚によって疑いの余地なく自分の身分を証明するまでは、何も言うまい！

十六歳では鬚を生やすには若すぎるが、必要に迫られれば、なんとか頑張って鬚を生やしてみせる、とジェイミーは思った。

教室から暑い春の光のなかへ、生徒たちはいっせいに出て行った。遠くに山脈がつらなり、麓の丘の群はサボテンの緑に覆われ、頭上にはアリゾナのみごとな青空がひろがっていた。生徒たちは紙の帽子や、青と赤のちりめん紙で作ったまがいの釣革を身につけていた。たくさんの旗がいちどきに風になびいた。今日一日、教室から解放されるのが嬉しくて、みんな大声をあげ、隊列を組んだ。

ジェイミーは落ち着き払って列の先頭に立った。だれかが話しかけた。それは年下のハフだった。

「パレード・コンクールで勝てるといいな」とハフは心配そうに言った。

ジェイミーはハフの顔を見た。「ああ、勝てるとも。勝つにきまってるんだ。保証するよ！　絶対さ！」

自信たっぷりの言葉を聞いてハフは顔を輝かせた。「そう思うか？」

「大丈夫だってば！　任しときな！」

「それはどういう意味だい、ジェイミー」

「なんでもない。ただ見てりゃわかるってことさ。まあ見てろよ！」

「さあ諸君！」校長のパームボーグ先生が手を打った。日の光が校長の眼鏡にきらめいた。生徒たちはすぐ静まった。「さて諸君」とうなずきながら校長は言った。「きのう教えた行進の要領を忘れずにな。角で方向転換するときや、特に練習しておいた細かい点は、大丈夫だね？」

「大丈夫です！」とみんなが声を揃えて叫んだ。

校長先生の短い挨拶が終り、パレードが始まった。ジェイミーは数百人の部下を従えて先頭を切った。

脚が上下に屈伸され、道路が足の下を流れた。黄色い太陽がジェイミーを暖め、ジェイミーは太陽にむかって、この行進を完璧なものにするため今日一日照りつづけるよう命じた。

パレードが中央通りにさしかかると、ハイスクールのバンドが金管の心臓を脈動させ、木製の骨でドラムを叩き始めた。「星条旗よ永遠なれ」を演奏しろ、とジェイミーは念じた。

まもなくバンドは「大海原の宝石、コロンビア」を演奏し、ジェイミーはすぐ心のなかで言った。ああ、そうそう、ぼくは「星条旗よ永遠なれ」じゃなくて「コロンビア」を念じたんだっけ。そして自分の願いが叶えられたことに満足した。

通りの両側は二月のロデオの日のように人でいっぱいだった。一マイル以上にわたって人々は厚い層をなし、汗をかいていた。行進のリズムは二階建の木造家屋にこだました。J・C・ペニー食料品店やモーブル不動産の大きなガラス窓は、ときどき鏡のように生徒たちのパレードを映した。パレードの足音の一つ一つは埃っぽいアスファルトを鋭く叩く鞭の音であり、バンドの音楽はジェイミーの奇蹟の血管に血を注ぎこんだ。

ジェイミーは顔をひどくしかめて精神を集中した。ぼくらが勝ちますように、と念じた。全員の行進が完璧でありますように。顎を引け、胸を張れ、膝を高く上げろ。青い大波のように持ち上げられるジーパンの膝に日のきらめき。上り下りする小さな丸い頭に似た女の子の日焼けした膝にも日のきらめき。完璧に、完璧に、完璧に。完璧の精神がひそかにジェイミーの内部で渦巻き、それが後光のようなものとなって、隊列の純潔を保っていた。ジェイミーが動けば、隊列ぜんたいが動いた。ジェイミーの指が体の脇ですばやく振子のように動けば、みんなの指も同じように動き、みんなの腕は一つの軌道を描いた。ジェイミーの靴がアスファルトを踏めば、みんなの靴も従順にその動きを模倣した。

審査席の前まで来たとき、ジェイミーは合図(キュー)を出した。隊列は輝かしい花飾りのように優雅に折れ曲って、なんの混乱もなく、今来た方角へ行進を始めた。

ああ、ものすごく完璧だ！　とジェイミーは心のなかで叫んだ。

暑かった。神聖な汗がジェイミーの体からほとばしり出て、世界は左右に傾(かし)いだ。まもなくドラムは疲れきって沈黙し、生徒たちの隊列は溶けた。ソフトクリームを舐めながら、ジェイミーは何もかもぶじに終ったという安堵の気持を味わっていた。

パームボーグ先生が汗を拭き拭き、大急ぎでやって来た。

「諸君、諸君、お知らせがある！」と校長先生は叫んだ。

ジェイミーは、そばでやはりソフトクリームを舐めていた年下のハフの顔を見た。生徒たちは喚声をあげ、パームボーグ先生はその騒音を小さなボールにまるめて、手品師のようにそのボールを消した。

「われわれが優勝だ！　わが校のパレードが他校をすべて打ち破った！」

みんなが喚声をあげ、ぴょんぴょん跳び上り、勝利を祝ってお互いの腕の筋肉を叩き合い、ジェイミーはソフトクリームを舐めながら年下のハフに静かにうなずいて、言った。「ね？　言った通りだろう。だから、ぼくを信じてりゃ間違いないんだ！」

心に大きな黄金色の安らぎを抱いて、ジェイミーは冷たいアイスクリームを舐めつづけた。

パレード・コンクールに優勝した本当の理由を、ジェイミーはすぐには級友たちに話さなかった。みんな疑い深いし、少しでも自分たちがけなされたり、自分たちの才能が外部の何かに由来することを指摘されたりすると、むやみに反撥する癖がある。そのことに、ジェイミーは以前から気づいていた。

そう、ジェイミーは大小さまざまの勝利を味わうだけで充分だった。自分のささやかな秘密や、つぎつぎに起きる出来事が、楽しくてならなかった。数学の試験でいい成績だったり、バスケットボールで勝ったりすることは、充分の報いだった。奇蹟にはいつも副産物があって、今のところまだ小さなジェイミーの飢えを満たしてくれた。

髪がブロンドで、穏やかな目は灰色と青のイングリッドに、ジェイミーは関心があった。イングリッドのほうもこちらに関心を寄せてくれるようであり、ジェイミーは改めて自分の能力を確信した。

イングリッドのほかにも、いいことはいろいろあった。何人かの生徒との友情がすばらしい状況の下で実現した。しかし、一つのケースだけは若干の考え直しを必要とする。その生徒の名前はカニンガムといった。大柄で、肥っていて、何かの熱病にかかったときに髪の毛を剃ったとかで、頭はつるっ禿げだった。生徒たちはこの子をビリヤードという綽名で呼んだ。カニンガムはお返しに生徒たちの向う脛を蹴り、殴り倒し、馬乗りになって、拳骨で即席の歯科手術のようなことをやってのけた。

このビリヤード・カニンガムに、ジェイミーは自分の奇蹟の力をふるいたいと思った。学校からの帰りみち、砂漠のなかの悪路を歩きながら、ジェイミーはしばしば空想のなかで、ビリヤードの左足をひっ摑み、相手が意識を失うまで、体ぜんたいを鞭のように振りまわすのだった。父さんは一度ガラガラ蛇をそんなふうにしてやっつけたことがある。もちろん、これを実行するにはビリヤードは体重がありすぎるだろう。それに相手は怪我をするかもしれない。ジェイミーはべつにビリヤードを殺したいわけではなく、ただちょっと脅かして身のほどを思い知らせてやりたいだけなのだ。

しかし現実にビリヤードに面とむかうと、ジェイミーは足がすくみ、あと一、二日もう少し策を練ろうと思い直すのだった。何事もあわててはいけない。ビリヤードは今のところ自由に泳がせておくのだ。そう、ビリヤードは今日は好運だったんだぞ、とジェイミーは心のなかで呟いた。

ある火曜日のこと、ジェイミーは帰りにイングリッドの本を持ってやった。イングリッドはサンタ・カタリーナ丘の近くの小さな田舎家に住んでいた。二人は満ち足りた穏やかな気分で、話をする必要も感じず、並んで歩いて行った。ときどき手をつないだりしながら。

サボテンの林のところで道は曲り、突然二人の前にビリヤード・カニンガムが現れた。

大きな足を踏んまえて道のまんなかに突っ立ち、大きな拳を腰にあてて、ビリヤードは値ぶみするようにイングリッドを眺めた。三人ともその場に静止し、ビリヤードが言った。

「イングリッド、おれが本を持ってやるよ。よこせ」

そして手をのばし、ジェイミーから本を取り上げようとした。

ジェイミーは一歩しりぞいた。「だめだよ、やめろよ」

「いやだよ、やるよ」とビリヤードが答えた。

「こん畜生、あっち行け」とジェイミーが言った。

「こん畜生、お前こそあっち行け」とビリヤードは叫び、再び手をのばして本を道路に叩き落した。

イングリッドは悲鳴をあげて言った。「ね、二人で本を持ってよ。半分ずつ。それならいいでしょ」

ビリヤードは首を横に振り、すごい目つきで睨んだ。

「全部持つか、なんにも持たないかだ」

ジェイミーは睨み返して叫んだ。

「じゃ、なんにも持つな!」

ジェイミーは荒れ狂う雷雲のように自分の力を呼び起した。稲妻は両の拳でぱちぱちと音を立てた。ビリヤードが四インチも背が高く、横幅も数インチ広かろうと、そんなことがなんだ。怒りはジェイミーの内部で充実していた。一発で――たぶん二発で、ビリヤードをのしてやる。

もはや恐怖のあまり尻込みする余地はなかった。大きな怒りによって、ジェイミーの恐怖はすっかり洗い流されていた。一歩さがって身構えてから、ジェイミーはビリヤードの顎のあたりに一発お見舞いした。

「ジェイミー!」とイングリッドが金切声で叫んだ。

そのあとの奇蹟といえば、ジェイミーが生命に別状なくこの場から退散できたということだけである。

洗い桶のお湯にエプソム塩を入れてかきまわしながら、父さんが言った。「もう少し物事がわかっているかと思ったが、お前の馬鹿には呆れたよ。母さんが具合がわるいってのに、こんなに殴られて帰って来るなんて」

　父さんは褐色の手で殴るしぐさをした。父さんの目は皺のなかに埋めこまれたようで、口髭は胡麻塩で、髪の毛と同じようにまばらだった。

「母さんがそんなに悪いなんて知らなかった」とジェイミーは言った。

「女はあまり喋らんもんだ」と父さんはそっけなく言った。そしてエプソム塩を入れたお湯にタオルを浸し、しぼった。それからジェイミーの腫れ上った顔を抑え、タオルで拭き始めた。ジェイミーはひいひい言った。「動くな」と父さんは言った。「そう動いたら手当のしようがないじゃないか、この馬鹿野郎」

「その騒ぎはどうしたの」と、寝室から母さんの疲れた低い声が訊ねた。

「なんでもない」と、再びタオルをしぼりながら父さんは言った。「そんなに気をつかうな。ジェイミーがころんで唇をちょっと切っただけだ」

「まあ、ジェイミー」と母さんが言った。

「大丈夫だよ、母さん」とジェイミーは言った。暖かいタオルのおかげで痛みはだいぶ収まっていた。喧嘩のことは思い出したくもなかった。考えただけでもぞっとする。憶えているのは、大きな腕が飛んで来て自分がたちまち殴り倒され、勝ち誇ったビリヤードが奇声を発しながら何度も拳を振り下ろしたことだけだ。ビリヤードの背後では、イングリッドがぼろぼろ涙をこぼしながらビリヤードに本を投げつけ、金切声をあげていた。

それからジェイミーはびっこを引き引き、しゃくりあげながら一人で家へ帰ったのだった。

「父さん」と今ジェイミーは言った。「効かなかった」それはビリヤードに奇蹟が行なわれなかったという意味だった。「効かなかったんだ」

「何が効かなかった」と、殴られた跡に薬を塗りながら父さんは言った。

「いや、なんでもない」ジェイミーは腫れた唇を舐め、気持を鎮めようとした。だれだって打率十割というわけにはいかない。キリストにだって間違いはあったのだし。それに——ジェイミーは突然にやりと笑った——そう、そうだ、ぼくはほんとは負けるつもりだった！　そう、そのつもりだった。イングリッドだって今まで以上に愛してくれるだろう。ぼくは彼女のために喧嘩して、負けたのだから。

これでよし。これが答だ。裏返しの奇蹟なんだ。それだけのことだ！

「ジェイミー」と母さんが呼んだ。

その声に応えて、ジェイミーは寝室へ行った。

エプソム塩の効き目やら、イングリッドが今まで以上に愛してくれたために自信を取り戻したことやらで、ジェイミーはその週の残りを大過なくすごした。

イングリッドを送って帰ることについて、ビリヤードはもう文句をつけなくなった。

つまりビリヤードが放課後の野球に凝り始めたからで、そのほうがイングリッドよりも面白かったのだろう。興味の対象が突然変ったのは、ジェイミーのテレパシーが間接的に作用したためなのだ、とジェイミーは独り決めした。

木曜日、母さんの病状は悪化したように見えた。顔色は蒼ざめて、ともすれば悪寒が体を走り、絶えず咳をした。父さんは怯えたような表情を浮べていた。ジェイミーは学校で奇蹟を起すことよりも、母さんの治療のことばかり考えた。

金曜日の放課後、イングリッドの家から一人で帰って来るとき、ジェイミーは脇を通りすぎていく電柱の列を見るともなく眺めていた。そして突然思った。うしろから来るあの車に追い越される前に次の電柱に着いたら、母さんの病気は必ず直る。

ジェイミーは振り返らずに、普通の速さで歩いた。耳がむず痒く、脚は願いごとを実現させるために走りたくて仕方がない。

その電柱が近づいてきた。背後の車も近づいてきた。

ジェイミーは奇蹟をこわさぬよう、そっと口笛を吹いた。車のスピードが速すぎる！　ジェイミーが電柱の前を通過した瞬間、車が通りすぎた。

そうら。母さんの病気は直る。

ジェイミーは歩きつづけた。

もう母さんのことはいい。願いごとや奇蹟のことは忘れろ、とジェイミーは自分に言い聞かせた。だが、それはテーブルの上の焼きたてのパイのように誘惑的だった。

さわりたくてたまらない。放っておくことはとてもできない。行手や背後をジェイミーはしきりに物色した。

「スキャボルドの農場の門まで普通の速さで歩いて、次に来る車より早く着いたら」とジェイミーは天にむかって宣言した。「母さんの病気はもっと早くよくなる」

この瞬間、背後の低い丘に、見るからに不吉な一台の車が現れ、唸り声を立ててやって来た。

ジェイミーは速足で歩き、それから走り出した。

スキャボルド農場の門まで、ぜったい先に着いてみせる、ぜったい先に——

上下する足。

つまずいた。

ジェイミーは溝に転落し、束ねていた本が白い乾いた小鳥のように飛び散った。唇を噛んで立ち上ると、農場の門まであと二十ヤードの距離が残っていた。

多量の土埃を巻きあげて、車がジェイミーの脇を通りすぎた。

「取り消す、取り消す」とジェイミーは叫んだ。「さっき言ったことは取り消す。あれは嘘なんだ」

俄かに恐怖に襲われて、ジェイミーは走って家に帰った。何もかもぼくのせいだ、い、い、何もかも！

お医者さんの車が家の前に止っていた。

窓からのぞくと、母さんはひどく具合が悪そうだった。お医者さんは小さい黒い鞄に道具をしまいこみ、小さな黒い目に奇妙な光を浮べて、暫くのあいだ父さんの顔を見つめていた。

ジェイミーは砂漠へ駆け出して行って、それから独りで歩き始めた。泣きはしなかったが、体がまるで麻痺したようで、ぎくしゃくした歩き方がわれながら腹立たしかった。水の涸れた河床をうろつき、サボテンを蹴とばし、ジェイミーは幾度もつまずいてころびそうになった。

何時間か経ち、一番星の現れる頃、家に帰り着くと、父さんは母さんのベッドのそばに立ち、母さんはほとんど無言で、降りつもる雪のように静かに、ただ横たわっていた。父さんは唇を一文字に結び、目を細め、胸をへこませ、うなだれていた。

ジェイミーはそのベッドの端に腰掛け、母さんを見つめながら、心のなかで母さんへの命令を叫んでいた。

直って、直って、母さん、直るんだ。必ず直る、元気になるよ、だってぼくの命令だもの、元気になる、すばらしく元気になる。起き上って、そのへんを踊りまわる。父さんとぼくには母さんが必要なんだ、母さんがいないと駄目なんだ、だから直って、母さん、直るんだ、母さん。直るんだ！

激しい力がジェイミーから音もなくほとばしり出て、母さんに寄り添い、母さんを包みこみ、病気のなかに割って入り、母さんの心を愛撫した。ジェイミーは自分の温かい力のなかで晴れがましい気分になった。

必ず直る。直らない筈はない！　それ以外のことは考えるのさえ馬鹿らしい。母さんは死んだりするような人じゃない。

父さんが突然動いた。息がつまるような音と、ぎごちない動き。父さんは母さんの手頸を強く握りしめた。手頸が折れはしないかと思うほど。それから心音を聞こうと母さんの胸に耳を押しあてた。ジェイミーは心のなかで悲鳴をあげた。

母さん、いけないよ、母さん、駄目じゃないか、ああ、母さん、負けちゃいけないってば。

父さんがふらふら揺れながら立ち上った。

母さんは死んでいた。

ジェリコの壁に似たジェイミーの心のなかで、一つの考えが最後の力を振りしぼるように叫んでいた。そう、母さんは死んだ、確かに死んだが、それがどうした。母さんを呼び戻すんだ、そう、生き返らせるんだ、ラザロ、出て来い、ラザロ、ラザロ、墓から甦れ、ラザロ、出て来い。

この言葉をジェイミーは口に出して呟いていたらしい。父さんが振り向き、ぞっとしたような目つきで睨みつけて、黙らせようとジェイミーの口のあたりを殴りつけた。ジェイミーはベッドにくずおれ、冷たい毛布を口にくわえた。ジェリコの壁は砕けて、あたり一面に崩れ落ちた。

一週間休んで、ジェイミーはまた学校へ戻ったが、校庭を大股に闊歩するかつての自信は失われていた。水飲み場で水を飲む姿にも不屈さは感じられなかった。試験の成績もせいぜい七十五点どまりだった。

どうしたのだろう、と生徒たちは訝かった。ジェイミーはまるで別人だった。

この子が自分の役割を放棄したことを、みんなは知らなかった。ジェイミーもそのことは決して話さなかった。失われたものの中身をだれも知らなかった。

十月のゲーム

拳銃を箪笥（たんす）の引出しに戻し、引出しを閉じた。

そう、これではいけない。こんなやり方ではルイーズは苦しまないだろう。死んでしまえばそれっきりで、苦しまないだろう。何よりも肝心なのは、それがながびくことなのだ。あれこれと思い悩み、そのせいで余計にながびくことなのだ。どうやって苦しみをながびかせるか。それ以前に、どうやって苦しみを与えるか。さて、と。

寝室の鏡の前に立つ男は、注意深くカフスボタンをとめた。そのまま動かずにいると、この暖かい二階家の外から、下の通りを走って通る子供たちの足音が聞えた。灰色のネズミの群のように。舞い落ちる木の葉のように。

子供たちの足音で、カレンダーの日付がわかる。子供たちの叫び声で、今夜がどんな夜なのかわかる。今は一年の終りに近い頃だ。十月だ。骸骨のお面や、目鼻口を刻んだカボチャのお面が出盛る日。ろうそくから垂れた蠟（ろう）が匂う十月の晦日（みそか）だ。

そう。しばらく前から事態はかんばしくなかった。十月になったが、なんの変化もありはしない。あったとしても、悪い方へ変化しただけだ。男は黒い蝶ネクタイの歪みを正した。鏡のなかの自分にむかって、ゆっくりと、無言で、無感動にうなずいた。もし今が春なら、救いはあるかもしれない。だが今夜は、世界ぜんたいが燃えつきて廃墟となる夜だ。春の緑はないし、みずみずしさもなければ前途の希望もない。

廊下を走るかすかな足音。「あれはマリオンだ」と男は独りごとを言った。「私の娘。あの娘と八年間、静かに暮した。ろくに口もきかないで。ただよく光る灰色の瞳と、物問いたげな小さな唇だけ」娘は夕方近くからこの部屋を出たり入ったりして、いろんなお面をかぶってみせては、どれがいちばん恐ろしくて気味が悪いか、父親に訊ねるのだった。結局、骸骨のお面ということで二人の意見は一致した。それは「すごくこわい」！　みんなが「びっくり仰天する」こと間違いない！

再び、鏡に映る自分自身の沈思黙考する目を、男は見つめた。十月という月は昔から嫌いだった。それはもう何十年前だろう、祖母の家の庭の枯葉の上に初めて寝ころんで、風の音を聞き、裸の木々を見上げたとき以来のことである。そのとき、さしたる理由もなく泣いたのだった。その悲しみのいくぶんかは毎年のようによみがえった。春が来れば消える悲しみなのだが。

しかし今夜は違う。秋がこの先、百万年もつづくような気がする。

春はもう来ないだろう。

夕方からずっと、男は声を立てずに泣きつづけていたのだ。それは痕跡すら顔に出なかった。だが内部のどこかに隠れた何者かは、決して泣きやもうとしなかった。

キャンデーの甘い香りが、あわただしい家のなかを満たしていた。すでにルイーズは新しいカラメルの衣をかぶせたりんごを並べ終えた。混ぜ合せたばかりのパンチがいくつもの大きなボウルを満たし、どのドアにも紐のついたりんごがぶらさがり、中身をくりぬかれたカボチャが冷えた窓々から三角の目で覗いていた。居間の中央には、水を張った盥が置かれ、そのそばに一袋のりんごが用意されて、りんご銜え取りゲームの始まりを待っていた。あと足りないのは触媒、すなわち子供たちの乱入だけである。りんごは水中で浮き沈みし、出入りの激しいドアでは紐につるされたりんごが振子のように揺れ、キャンデーはあっというまに消え、広間には恐怖や喜びの声がこだまするだろう。恐怖も喜びもつまりは同じことなのだが。

今、支度中の家のなかは静かだった。それは単なる支度ではなく、もう少し別の意味も含まれていた。

男が今いる部屋を除けば、なぜか今日ルイーズが足を踏み入れない部屋はなかったのである。ねえ、ミッチ、見てごらんなさい、私はこんなに忙しいのよ！　と言わんばかりの、ルイーズ一流の巧妙なあてつけなのだ。なにしろ忙しいのよ、あなたが私のいる部屋に入ってくると、いつでもほかの部屋に用事ができてしまう！　わかるでしょ、私はこんなに走りまわってる！

少しのあいだ、男は子供っぽい意地悪なゲームで妻と張り合ってみた。ルイーズが台所にいるとわかると、「水を一杯飲みたい」と言いながら台所へ入って行くのだ。男が立ったまま水を飲んでいると、料理用ストーブの上のカラメルは太古の地表のように泡立ち、そのさまを水晶占いの魔女そっくりの恰好で見守っていた妻は、「そうだ、カボチャにあかりを入れなくちゃ！」と言い、カボチャのお面に光の笑みを与えるべく、たちまち居間へ駆け出して行く。男は微笑を浮べてそのあとを追い、「ぼくのパイプはどこだろう」「あ、リンゴ酒！」と妻は間髪を入れず叫んで、食堂へ走る。「リンゴ酒はぼくが見るよ」と男はすかさず言う。だが、あとを追おうとすると、妻は浴室に逃げこみ、ドアの鍵をかけた。

意味もなく奇妙な笑い声を洩らし、冷たくなったパイプをくわえて浴室のドアの前に立った男は、もうこのゲームには飽きていたが、強情を張って更に五分間待った。浴室の中からは物音ひとつ聞えない。こうしていらいらしながら外で待っていると知ったら、妻は喜ぶだけだろう。そう思うと突然踵（きびす）を返し、陽気に口笛を吹きながら二階へ上った。

そして階段の上で耳をすました。やがて浴室のドアの鍵を外す音が聞え、妻が出て来て、階下の営みは再開されたのだった。恐怖が過ぎ去って、ジャングルの営みが再開され、カモシカの群れが泉へ戻るように。

今、蝶ネクタイの歪みを正し、地味な色の上着を身につけたとき、廊下でネズミの走るような音がした。上から下まで骸骨の扮装で、マリオンが戸口に現れた。

「これどう、パパ？」

「すてきだよ！」

お面の下から、ブロンドの髪がはみ出ていた。どくろの眼窩（がんか）の奥から、小さな青い目が笑っていた。男は溜息をついた。マリオンとルイーズ。彼の男らしさ、彼の暗黒の力を、無言で弾劾する二人の女。一体どんな錬金術によって、ルイーズは浅黒い人間の浅黒さを取り除き、暗褐色の目や、黒い髪を漂白したのだろう。胎内の赤ん坊をどのように洗い、漂白し、つまるところブロンドの髪と、青い目と、ばら色の頬をもつマリオンを産んだのだろう。男はときどき思うのだが、もしかするとルイーズは全く無性生殖的な一つの観念として、いわば傲慢な精神と細胞による処女懐胎として、マリオンをみごもったのかもしれない。夫をあくまでも非難するために、ルイーズは自分そっくりの赤ん坊を産み、そればかりか、なんらかのやり方で医者まで丸めこんでしまった。医者は頭を振りながらこう言ったのだった。「残念ですが、ワイルダーさん、奥さんは二度目の出産は御無理でしょう。このお子さんお一人です」

「ぼくは男の子が欲しかったのに」とミッチは言った。八年前に。

今、男は思わずかがみこみ、どくろのお面をかぶったマリオンを抱き上げようとした。不可解なことだが、この子供をあわれむ気持が涌きあがるのを感じたのだ。父親の愛を全く知らず、愛なき母親の圧倒的で独占的な愛しか知らぬ娘。しかし誰よりも哀れなのは男自身だった。なんとかして不幸な出産を仕合せに変化させ、肌が浅黒くないとか、男の子ではなかったとか、自分に似ていないとかいうこととは関係なく、あるがままの娘を可愛がることが、男には遂にできなかった。どこかでしくじったのだ。ほかの条件が整っていれば、子供を愛することはできたかもしれない。だが肝心のルイーズが初めから子供を欲しがらなかったのである。ルイーズは出産をこわがっていた。男は半ば暴力的に妻をみごもらせ、その夜以来、出産の苦痛が終るまで、その年はずっと、ルイーズは寝室をべつの部屋に移したのだった。そして無理強いされた赤ん坊と一緒に自分は死ぬのだと言い言いした。息子欲しさのあまり、かけがえのない妻を墓場に追いやろうとする夫を、ルイーズが憎むのはまことに容易なことだった。

だが、ルイーズは生きながらえた。しかも勝ち誇って！　男が病院へ行った日、妻の目は冷たかった。私は生きているわ、とその目は語っていた。それにブロンドの女の子が生れたのよ！　見てごらんなさい！　そして男が手を差しのべると、母親は生れたばかりの淡紅色の女の子と何やら共謀するために背を向けた。暗黒の力をもつ人殺しに背を向けたのだ。何もかもが、もうみごとなほど皮肉な話である。男の利己主義の当然の報い。

それにしても再び十月がめぐってきた。これまでも十月が来るたびに、長い冬のことを思うと、毎年、男は恐怖に満たされるのだった。気違いじみた降雪によって家のなかに塗りこめられ、どちらも男を愛していない一人の女と一人の子供もろとも囚われて過ごさねばならぬ、果てしない数カ月を思うと。この八年間に息抜きは何度かあった。春や夏には散歩やピクニックに出掛けた。それは、憎まれている男が絶望的な問題を解こうとする絶望的なあがきだった。

だが冬になれば、ハイキングやピクニックや逃避は、枯葉とともに飛び散ってしまう。果実をもぎとられ、樹液を地中に吸いとられた木のように、生活はからっぽになる。もちろん客を招くことはできるが、冬は吹雪や何かで人の足も遠のきがちである。一家は一度、男はフロリダ旅行のために貯金をするという気のきいたことをやった。一家は南の国へ行った。男は戸外を歩きまわった。

しかし、八度目の冬が近づいている今、男は事態が遂に行きづまったことを感じた。この冬ばかりはどうしても耐えきれないという気がした。男の内側に閉じこめられた酸は、長年にわたってゆっくりと組織や骨を侵しつづけ、今夜、危険な爆発物に到達するだろう。それで一巻の終り！

階下でドアのベルが狂ったように鳴っていた。ルイーズがドアをあけに玄関へ出て行った。マリオンは一言の断わりもなく、客の第一陣を迎えようと駆け下りて行った。叫び声と陽気なざわめきが聞えた。

男は階段の上まで出た。

下ではルイーズが客たちの襟巻を受けとっていた。背が高く、ほっそりして、ほとんど白に近いブロンド髪のルイーズは、新来の子供たちに笑顔を見せていた。

男はためらった。これはどういうことなのだろう。歳月のせいか。生活の倦怠期か。どこから狂い始めたのだろう。原因は子供の出産だけではない。それは確かだ。しかし子供は夫婦間の緊張のシンボルだったのだ、と男は思った。男の嫉妬、事業の失敗、糞おもしろくもないその他もろもろ、すべては緊張のたねだった。このまま部屋に戻り、スーツケースに服を詰めて、出て行ったらどうだろう。いや。自分が傷つけられたのと同じ程度にルイーズを傷つけぬうちは出て行くものか。要するにそれだけの単純なことだ。離婚しても妻は傷つかないだろう。それは惰性となった優柔不断に終止符を打つという意味しかない。離婚が妻にわずかでも喜びを与えるとわかっている限りは、意地でも、死ぬまでこの結婚生活をつづけてやる。そう、ルイーズを傷つけなければ。何か方法を考えろ。例えば合法的にマリオンを妻の手から奪う、とか。そう、それだ。それが何よりもルイーズを傷つけるだろう。マリオンを奪うこと。

「いらっしゃい、みなさん！」男は晴れ晴れとした顔で階段を下りて行った。

ルイーズは振り向きもしなかった。

「こんばんは、ワイルダーさん！」

子供たちは叫び、下りて来る男に手を振った。

十時までにドアベルは鳴りやみ、ドアにつるされたりんごは喰いちぎられ、りんご銜え取りゲームで濡れた子供たちのピンクの頬は水気を拭きとられ、ナプキンはカラメルとパンチで汚れ、ルイーズの夫は胸がすくほど能率的に肩代りを完了していた。ルイーズの手からパーティを奪いとったのである。この家に招かれて、主人特製のアルコールを加えたリンゴ酒で上機嫌になった二十人の子供たちと、十二人の親たちのあいだを、男は走りまわって、一人一人に声をかけた。叫びと笑いの嵐のなかで〈ロバの尻尾を留めろ〉ゲームや〈壜まわし〉〈椅子取り〉ゲーム、その他いろんなゲームの進行係をつとめた。それから家中のあかりが消された。カボチャのお面の三角まなこから洩れる光のなかで、「さあ静かに！　ついておいで！」と男は叫び、抜き足差し足で地下室へむかった。

仮装騒ぎの外側では親たちが感想を述べ合い、そつのない夫を見てはうなずき、幸運な妻に話しかけた。御主人はなんてお上手なんでしょう、子供たちを遊ばせるのが。子供たちは金切声をあげながら、どやどやと夫のあとにつづいた。

「地下室だ！」と男は叫んだ。「魔女の墓場だ！」更に金切声。男は大げさに身震いした。「汝ら、ここに入る者、希望を捨てよ！」

親たちがくすくす笑った。

子供たちは一人また一人と、ミッチが細長いテーブル板で作っておいた滑り台を滑って、暗い地下室へ下りて行った。子供たちの背中にむかって、男は精いっぱい薄気味わるい音やことばを浴びせかけた。カボチャのあかりに照らされた薄暗い家のなかに、すばらしい泣き声が響きわたった。みんなが一どきに喋り出した。マリオン以外のみんなが。このパーティのあいだ中、マリオンは最小限の音やことばしか発しなかったのだ。興奮や喜びをすべて自分のなかに溜めこんでおこうとでもいうように。小さいくせになんという怪物だろう、と男は思った。自分のために集まってくれた人たちを、まるで蛇紋石でも眺めるように、口を閉じ、光る目で見守っていたのだから。

次は親たちの番だ。照れて笑いながら、親たちは短い斜面を騒々しく滑り下りて行き、一方小さなマリオンは何もかも見届けるまで滑る気はないと言わんばかりに、かたわらに立っていた。ルイーズは夫の手を借りずに下りた。手を貸そうと男は進み出たが、かがみこむ間もなく、妻は地下室へ消えた。

一階はからっぽになり、ろうそくの光のなかで静まりかえった。

マリオンは滑り台のそばに立っていた。「さあ行こう」と男は言い、娘を抱き上げた。

一同は大きな円陣をつくって地下室に腰を下ろした。遠くにある暖房炉の巨体から暖かみが伝わってきた。四つの壁に沿って椅子が並べられ、きゃあきゃあ騒ぐ二十人の子供たちと、衣ずれの音だけの十二人のおとなたちが、一人おきに坐っていた。ルイーズは一番奥に坐り、ミッチはこちら側、階段のそばにいた。男はひとみをこらしたが、何も見えなかった。鼻をつままれてもわからぬ闇のなかで、みんなそれぞれの椅子におとなしく坐っているのだろう。これからのゲームは男を司会者として、この暗闇で行なわれるのだ。子供が一人だけ走りまわり、湿ったセメントの匂いがただよい、外からは十月の星空の下を吹く風の音が聞えてくる。

「さて！」と地下室の闇のなかで夫が叫んだ。「静かに！」

一同は静まった。

部屋は真の闇だった。あかりもなければ、光るものもない。目のきらめきもない。

陶器がこすれる音、金属が触れ合う音。

「魔女は死んだ」と夫が称えた。

「イイイイイイ」と子供たち。

「魔女は死んだ。殺された。これは魔女を殺したナイフだ」

男はナイフを手渡した。それは手から手へと移り動き、円陣を一まわりした。くすくす笑う声、間が抜けた叫び、おとなたちの呟き。

「魔女は死んだ。これは魔女の頭だ」と夫は囁き、品物をとなりの人に手渡した。

「ああ、ぼく知ってる、このゲームのやり方」と暗闇のなかで一人の子供が嬉しそうに叫んだ。「冷蔵庫から古い鶏のはらわたかなんか出して、『これは魔女のはらわただ！』ってみんなにまわすのさ。魔女の頭っていうのは粘土で作った頭だし、腕はスープ用の骨なんだ。それから、おはじきは『魔女の目だぞ！』とうもろこしは『魔女の歯だ！』それからプラム・プディングの袋をまわして『これは魔女の胃袋だ！』なんて言うんだよ。このゲーム、ちゃんと知ってるんだから！」

「静かにして、せっかくのゲームがぶちこわしになるじゃない」と一人の女の子が言った。

「魔女は破滅した。これは魔女の腕だ」とミッチは言った。

「イイイイイ！」

いくつかの品物が、ゆでたての熱いジャガイモのように円陣をまわっていった。何人かの子供は悲鳴をあげ、品物に触れようとしなかった。なかには自分の椅子から逃げ出して、地下室のまんなかに立ち、気味のわるい品物をやりすごそうとする子もいた。

「なあんだ、ただの鶏のはらわたじゃないか」と、一人の少年があざ笑った。「戻って来いよ、ヘレン！」

小さな悲鳴がつぎつぎとあがり、品物は一つまた一つと、手から手へ移動した。

「魔女は切り刻まれた。これが魔女の心臓だ」と夫が言った。

笑う闇、震える闇のなかで、六、七個の品物が同時に手から手へと動いていた。

ルイーズが突然大きな声を出した。「マリオン、こわがらなくていいのよ。ただの遊びなんだから」

マリオンは返事をしなかった。

「マリオン？」とルイーズは呼びかけた。「こわいの？」

マリオンは声を出さなかった。

「大丈夫だよ」と夫が言った。「こわがってなんかいない」

品物の手渡しがつづき、悲鳴と陽気なざわめきがつづいた。

家の外のどこかで秋の風が溜息をついた。暗い地下室の入口近くに立った夫は、せりふを称えながら品物を渡しつづけた。

「マリオン？」と地下室の奥からルイーズがまた叫んだ。

みんながやがや喋っていた。

「マリオン?」とルイーズが大声をあげた。

　みんなは沈黙した。

「マリオン、返事をして、こわいの?」

　マリオンは答えなかった。

　夫は地下室の階段の下に立っていた。

　ルイーズが呼んだ。「マリオン、そこにいるの?」

　返事なし。地下室は静まりかえった。

「どこなの、マリオン」とルイーズが呼んだ。

「さっきここにいたよ」と一人の少年が言った。

「上の部屋かもしれない」

「マリオン!」

　返事なし。静まりかえって。

　ルイーズが叫んだ、「マリオン、マリオン!」

「あかりをつけろ」と、一人のおとなが言った。

　品物の手渡しが止った。子供もおとなも魔女の体の一部を手に持ったまま、椅子に坐っていた。

「だめよ」ルイーズが喘いだ。闇のなかでルイーズの椅子が耳ざわりに軋った。「だめよ。あかりをつけないで。ああ、どうしよう、どうしよう、あかりをつけないで、お願い、お願いだから、あかりをつけないで、つけちゃだめよ！」ルイーズはもう絶叫していた。地下室ぜんたいが悲鳴に凍りついた。

だれも動かなかった。

暗い地下室のなかで、この十月のゲームを突然中断され、みんなは凍りついたように坐っていた。外では風が吹きつのって家の窓を叩き、地下室にこもったカボチャとりんごの匂いに、みんなの手のなかの品物の匂いがまじり始め、「上へ行って見て来るよ！」と叫んだ一人の少年は、元気よく階段を駆けあがって、「マリオン、マリオン、マリオン！」と繰り返して呼びながら家のなかを四回もまわり、やがて息を殺して待つ地下室へとうとうゆっくりと下りて来て、闇にむかって言った。「見つからないよ」

そのとき……よせばいいのに、だれかがあかりをつけた。

黒パン

ウェルズ夫妻は夜おそく映画館から出て少し歩き、レストランと食料品店が繋がっている小さな静かな店に入った。ボックスに席をとると、ウェルズ夫人が言った。「焼いたハムを黒パンにのせてもらうわ」ウェルズ氏がカウンターに目をやると、そこには一本の黒パンがあった。

「おや」とウェルズ氏は呟いた。「黒パンか……ドルースの湖……」

夜、おそい時刻、がらんとしたレストラン――これはもうお馴染みのパターンだった。何かのきっかけさえあれば、ウェルズ氏は思い出の流れに乗ることができた。秋の枯葉の匂い、あるいは夜半の風の音に心を動かされれば、思い出はたちまち群がってくるのだった。今、映画のあとの非現実的な時間に、このさみしい店で一かたまりの黒パンを見て、ほかの何百何千という夜と同じく、自分が過去にむかって押し流されていくのを感じていた。

「ドルースの湖か」とウェルズ氏はまた言った。

「え?」細君が顔を上げた。

「もう忘れかけていたことだ」とウェルズ氏は言った。「一九一〇年に私は二十歳(はたち)で、箪笥の鏡の上に黒パンを釘で打ちつけたっけ……」

艶のある硬いパンの皮に、青年たちはドルースの湖で自分たちの名前を刻んだのだった。トム、ニック、ビル、アレック、ポール、ジャック。史上最高のピクニック！みんな日焼けした顔で車に乗りこみ、埃っぽい道をがたごと走った。その頃の道はほんとうに埃っぽくて、きめの細かい褐色のタルカムパウダーが車のうしろに舞いあがるのだった。そして湖は、その後の人生で何度か訪れたときよりも、純潔で、清潔で、皺一つない青年たちの訪れたそのときのほうが倍もすばらしかった。

「昔の仲間が集まったのは、あのときが最後だったな」とウェルズ氏は言った。

そのあとは上の学校や、仕事や、結婚生活がみんなをばらばらにした。気がついてみると、あたりにいるのは別の人間たちだった。そして昔のような居心地のよさ、気楽さは二度と再び味わえなかった。

「どうだろう」とウェルズ氏は言った。「あのとき、これが最後のピクニックになると、たぶんみんな思っていたんじゃないかな。なんとなくそう考えたいんだ。その空虚感を初めて味わうのは、ハイスクールを卒業した次の日だ。それから少し時間が経った頃は、だれも急にいなくなるわけじゃないから、なんとはなしに安心する。しかし一年も経つと、古い世界が変り始めているのを感じる。まだみんな友達でいるうちに、何か最後の記念になるようなことをしたくなる。そしてお互いを失う前に、結婚生活に捉われないうちに、大学の夏休みを利用して、最後のドライブ、そして冷たい湖で一泳ぎということになる」

そのすばらしい夏の朝を、ウェルズ氏は思い出した。トムと二人で父親のフォードの下にもぐりこみ、手をのばしてあれやこれやの調整をしながら、車のこと、女のこと、未来のことを語り合ったのだった。二人が仕事をしているあいだに、気温は上っていった。とうとうトムが言った。「ドルースの湖までドライブしないか」

それだけのことだ。

だが四十年後の今でも、それから他の仲間を誘いに行ったときの細かい記憶は残っている。緑の木々の蔭でみんなは叫んでいた。アレックは笑いながら黒パンでみんなの頭を叩いてまわった。「これもあとでサンドイッチの材料にしようよ」

ニックが用意したサンドイッチはすでにバスケットに入れてあった——その後、歳月が過ぎ、女性が登場すると、あまり食べなくなる、にんにくをたっぷりきかせたサンドイッチだ。

そして前の座席に三人、うしろに三人、お互いに肩を組み合ったぎゅう詰めの状態で、煮えるように熱い、埃っぽい田舎道をドライブした。買ったビールは氷の塊を入れたブリキの盥(たらい)で冷やして。

四十年後の今、まるで立体鏡をのぞくように、これほど新鮮にくっきりと見えるその日には、何か特別変ったところがあっただろうか。ひょっとすると、その日以前に、友達のだれもが自分と同じような経験をしたのだろうか。ピクニックの数日前に、二十五年前の父親の写真を偶然見つけたのである。大学時代、友達のグループを写した写真だった。その写真は見る者の気持をかき乱し、時の流れについて、過ぎ去りやすい青春について、生れて初めて考えこませたのである。自分の写真も二十五年経てば、自分の子供たちには奇妙に見えるのだろうか。今、写真のなかの父親が自分には信じられぬほど若く、決して帰らぬ奇妙な時間のなかから立ち現れた見知らぬ人と見えるように。

それがきっかけとなって最後のピクニックが実現したのか。あと何年か経てば、顔を合せるのがいやさに道路の反対側へ渡るだろうこと、たとえ顔を合せて「こんど一緒に昼めしでも食おうや！」と言ったとしても、それが決して実行されないだろうことを、仲間の一人一人が知っていたのか。その理由がどうであれ、ウェルズ氏には、黄色い太陽のもと、桟橋から湖に跳びこむときの水しぶきの音が、いまだにはっきりと聞えるのである。そのあと木蔭でビールを飲み、サンドイッチを食べたことも憶えている。

あの黒パンは結局食べなかった、とウェルズ氏は思った。おかしな話だ、あのときもう少し腹が減っていれば、黒パンを切って食べただろう。黒パンを食べてしまっていたら、今この店のカウンターに黒パンがあるのを見たところで、何一つ思い出さなかったかもしれない。

木蔭に寝そべり、ビールと太陽と男同士の友情とに由来する金色の静けさのなかで、みんなは約束したのだった。十年後の一九二〇年の元日に市役所の前で落ち合って、その後の人生を報告し合おう。そして屈託のない約束の末に、みんなが名前を黒パンに刻んだのだった。

「帰り道では」とウェルズ氏は言った。「『月夜の入江』を歌ったっけ」

乾いた暑い夜のなかを車で帰るとき、がたがた揺れる車の床板に濡れた水着のまま坐っていたことを憶えている。それは、さしたる理由もなく、回り道ばかりしたドライブだった。さしたる理由がないのは、たぶん、最良の理由というべきだろう。

「おやすみ」「じゃまた」「さよなら」

それからウェルズ青年は一人で車を運転して、夜半近く家に帰り、寝床に入った。

黒パンを鏡の上に釘で打ちつけたのは翌日のことだった。

「二年ほど経って、大学の授業に出ていたあいだに、おふくろがその黒パンを焼却炉に投げこんだ。そのときは泣きそうになったな」

「一九二〇年にはどうなさったの」と細君は訊ねた。「一九二〇年の元日には」

「ああ」とウェルズ氏は言った。「正午に偶然、市役所の前を歩いていてね。雪が降っていた。正午を知らせる大時計の音を聞いて、はっと思い出した。そうだ、今日ここで落ち合う約束だった！　で、五分待った。市役所のすぐ前でじゃない、通りをへだてて向いの歩道でね」ウェルズ氏は間をおいた。「だれも現れなかった」

ウェルズ氏はテーブルから立ち上り、勘定を払った。「それから、そこにある切ってない黒パンね、それを貰っていくよ」

歩いて自宅へ帰る途中で、ウェルズ氏が言った。「へんなことを考えついたぞ。前からよく思ってたんだが、ほかの連中はどうしただろう」

「ニックは今でも町にいるでしょ。喫茶店をやってるわ」

「しかし、そのほかのみんなは？」ウェルズ氏は顔を紅潮させ、微笑を浮べて、両手を振った。「みんな越して行った。トムは確かシンシナティだ」ウェルズ氏は細君の顔をちらと見た。「だからさ、どうだい、トムにこの黒パンを送ってやるというのは！」

「まあ、でも――」

「そうさ！」ウェルズ氏は笑い、ますます足早に歩きながら、掌で黒パンをぴしゃぴしゃ叩いた。「奴に名前を刻ませる。そのパンを、奴が住所を知っているほかの仲間に送らせるんだ。最後には、みんなの名前の刻まれたパンが、私のところへ戻ってくる！」

「でも」と細君は夫の手をとりながら言った。「そんなことをなさったら、結局はがっかりするだけよ。前にもそういうことは何度もなさったでしょ。そのたびに……」

ウェルズ氏は聴いていなかった。なぜ昼間はこういうアイデアがひらめかないのだろう、とウェルズ氏は思った。なぜこういうことを思いつくのは、いつも陽が沈んでからなのだろう。

あすの朝一番に、トムと他の連中へこの黒パンを発送しよう。そう、発送するとも。

これが戻ってくるときは、焼却炉に投げこまれたのと同じパンになる！　愉快じゃないか！

「ええと」細君がスクリーンドアをあけ、沈黙と暖かい空虚に迎えられて、風通しのわるい家の中へ入ったとき、ウェルズ氏は言った。「ええと、確かあのとき『漕げ、漕げ、小舟を』も歌わなかったかな」

朝、ホールの階段を下りると、強い日ざしのなかでウェルズ氏はちょっと立ちどまった。髭をきれいに剃り、歯も磨いたばかりである。日の光はすべての部屋にさしこんでいる。ウェルズ氏は朝食のテーブルを眺めた。

そこでは細君が立ち働いていた。ゆっくりと、静かに、黒パンを切っていた。ウェルズ氏は暖かい日ざしに包まれた朝食の席につき、新聞に手をのばした。細君は切ったばかりのパンをひときれつまみ上げ、夫の頰にキスした。夫は細君の腕をやさしく叩いた。

「トーストは一枚？　二枚？」と細君はおだやかに訊ねた。

「二枚もらおうか」とウェルズ氏は答えた。

とうに夜半を過ぎて

警察の救急車が海ぞいの断崖に上って来たときは、不吉な時刻だった。救急車がどこかに駆けつけるときはつねに不吉な時刻だが、これが特に不吉だったというのは、とうに夜半を過ぎていたし、再び朝が来るとはだれにも信じられなかったからである。眼下の真暗な浜に打ち寄せる海の波がそう言い、太平洋から吹きつける冷たい潮風もそのことを肯定し、そしてまた空を覆い星々を消してしまう霧は、最終的な打撃、肌には感じられないが、それでいて破滅的な打撃をもたらすようだった。荒れ模様は永遠の昔からここにとどまり、人間はめったに現れず、現れたとしてもすぐ立ち去ってしまうのだと、ほかならぬ荒れ模様自身が語っていた。崖の上には、ヘッドライトをつけた何台かの車が集まり、懐中電灯がしきりに揺れていたが、こんな状況のもとに置かれた人間たちは、もうほとんど記憶にない日没と、想像すらできない日の出とのあいだで罠（わな）にはめられているのであり、何もかもが非現実のように見えてくるのだった。

木にぶらさがり、冷たい潮風に揺れているほっそりした肉体も、いっこうにこの非現実感を薄れさせてはくれなかった。

ほっそりした肉体は、ひとりの少女だった。年はせいぜい十九かそこらで、うすみどりの極薄防水布（ゴッサマー）のパーティドレスの上にコートを着ていて、靴は冷たい夜のどこかに失くしたらしい。この少女はロープ持参でこの崖まで来て、崖から海へ半ば枝を張り出している樹木を見つけ、適当な枝にロープを結びつけ、自分の頸を入れる輪をつくり、そこにぶらさがって風に揺れ始めたのである。ロープは軋るような泣き声をあげ、やがて警察と救急車がやって来て、少女を空間から下ろし、地面に横たえた。

この断崖での出来事を教えたのは、夜半頃かかってきた一本の電話だった。何者かわからぬ電話の主はすぐに電話を切り、もう二度とかけてこなかった。それから何時間か経って、なすべきことはすべて完了し、仕事を終えた警官たちはすでに帰り、今は救急車と、救急車に乗って来た男たちだけが残っていた。この物言わぬ荷を車に積みこみ、死体置場まで運ばなければならない。

シーツをかけた荷のかたわらに残っている三人の男は、この道三十年のカールスンと、この道十年のモレノと、何週間か前にこの仕事を始めたばかりの新米のラティングだった。三人のうち、ラティングだけが崖っぷちに立ち、手にロープを持って、死体を下ろしたあとの木の枝を魅せられたように見つめていた。カールスンが近寄って来た。その足音を聞いて、ラティングは言った。「なんてえ場所だ、なんてえ恐ろしい場所で死んだんだろ」

「どんな場所だって、そこで死ぬとなりゃ恐ろしい場所さ」と、カールスンは言った。「さ、もう行こう」

ラティングは動かなかった。片手をのばして木の幹にさわった。カールスンはぶつぶつ言い、頭を振った。「そうか。ま、遠慮せずに、せいぜいよく見ておくこった」

「よく見ておいちゃ、いけないのかい」ラティングはくるりと振り向いて、年上の男の無表情な灰色の顔を見た。「何か、さしさわりでもあるのかい」

「さしさわりはないさ。おれも昔は同じだった。だがな、やがて見ないほうがいいと思うようになる。そのほうが、めしは喉を通るし、夜もよく眠れる。つまり、忘れるってことを覚えるわけだなあ」

「おれは忘れたくない」とラティングは言った。「だって、そうだろ、つい何時間か前にここで人が死んだんだぜ。この女の子だって一人前の人間で——」

「一人前の人間だったんだ、過去形だよ、現在形じゃない。この子はもっとましな人生を送ってもいい筈だったが、それがそうはいかなかった。せめてまともに葬ってやらなくちゃね。おれたちにできるのはそれだけだ。もう時間もおそいし、ここは寒い。お前さんの話は途中で聞こう」

「これはあんたの娘さんだったかもしれないんだぜ」

「ああ、そんな言い方じゃ、おれは納得できないね。これはおれの娘じゃない。そこが大きな違いじゃないか。それにお前さんの娘でもない。お前さんはそう思いたいらしいが、要するにこれは姓名不詳、所持品なし、バッグさえ持ってない十九歳の女の子だ。まあ、冥福を祈ろうじゃないか。と、こう言えばお前さんは満足なんだろう」

「そんな、取って付けたような言い方じゃね」

「すまん、担架のむこうっかたを持ってくれ」

ラティングは担架の一方の端を持ち上げたが、担架と一緒に歩き出しはせず、シーツに覆われた人間のかたちをまじまじと見た。

「恐ろしいことだ。こんなに若いのに、この世とおさらばする気になるなんて」

「ときどきは」と、担架のもう一方の端を持ってカールスンが言った。「おれだっていい加減くたびれることはあるよ」

「そりゃそうだが、あんたは――」ラティングは口をつぐんだ。

「遠慮するなよ、おれは年寄りだって言いたいんだろう。五十や六十の爺さんじゃ、はなをひっかけるやつもいねえが、十九歳ならみんな泣いてくれるんだ。お前さんもおれの葬式には来なくていいからな。花環も要らないよ」

「何もそんなつもりじゃ――」とラティングは言った。

「そんなつもりじゃなくても、みんなそう言うんだ。大丈夫、おれの面の皮はイグアナみたいに厚いからさ。出発」

二人は担架を救急車の方へ運んで行った。モレノが救急車のドアを広く開いた。

「どうだろう」とラティングが言った。「この軽さ。この子の体重はよっぽど軽そうだぜ」

「自堕落な生活の報いだよ、お前さん方も気をつけたほうがいいぜ」カールスンは後部から救急車のなかに入り、そろそろと担架を引き入れた。「ウィスキーください。お前さん方、大学のフットボールの選手みたいに酒ばかり喰らっていて、いつまでも丈夫でいられると思ったら大間違いだぞ。ほんとに、この子の体重は九十ポンドもないんじゃないかな」

ラティングは救急車の床にロープを置いた。「これをどこで手に入れたんだろう」

「なに、毒薬じゃあるまいし」とモレノが言った。「ロープぐらい誰だってサインなしで買えるよ。こいつは滑車用のロープみたいだな。きっと海岸でパーティかなんかやって、この子はボーイフレンドにふられて、そいつの車からこれを持ち出したんじゃないかね。そうしてあの木を選んで……」

三人はもう一度、断崖の上のその木を眺めた。もう何もぶらさがっていない枝。風に吹かれてざわめく木の葉。それからカールスンはいったん車から出て、モレノと一緒に運転席に乗りこみ、ラティングはうしろから入って、ドアをしめた。

車は暗い急勾配の道を下りて、浜に出た。大海原は白い梳き櫛を次から次へと、轟音とともに黒い砂浜へ繰り出していた。幽霊のようなヘッドライトの光を前方に放ちながら、暫くのあいだ三人は無言で車を走らせた。やがてラティングが言った。「おれは別の仕事を探そう」

モレノが笑った。「やっぱり長続きしなかったな。長続きしないほうにおれは賭けてたんだ。でもね、予言してやろうか、きみは戻って来る。こんな仕事はほかにないもの。ほかの仕事はみんな退屈だ。そりゃ、ときどきは気分も悪くなるだろうよ。おれだってそうだもの。おれだって時にはもう辞めようと思うし、本気で辞める手続きをすることもあるさ。ところが結局は辞めないいんだな。今日までそんなことの繰り返しだ」

「あんたは続けるなら続ければいい」とラティングは言った。「でも、おれはもうたくさんだ。もう好奇心もなくなっちまった。何週間かのあいだにいろんなものを見たけれども、今夜の事件で決心がついたんだ。もう気分が悪くなるのはうんざりだよ。いや、それよりむしろ、気分が悪くもならない人間にはうんざりなんだ」

「だれのことだい、気分が悪くもならない人間とは」

「あんた方二人さ！」

モレノは鼻を鳴らした。「おれの分もタバコの火をつけてくれないか、チャーリー」カールスンが二本のタバコに火をつけ、一本をモレノにくわえさせた。モレノは目をしばたたきながら煙を吐き出し、音高く騒ぐ波打際に沿って車を走らせつづけた。

「そりゃおれたちは、ぎゃあぎゃあ騒ぎもしないし、興奮もしないが、だからといって――」

「べつに興奮して欲しいと言ってるんじゃないよ」と、シーツに包まれたもののかたわらにうずくまって、ラティングが言った。「おれはただ、少しは人間らしい話をしたいだけさ。あんた方が肉屋の店先にいるときとは違った態度をとってくれないかなと思うだけさ。おれがもしあんた方みたいになってしまうんなら、あんた方みたいに無関心な、面の皮の厚い、強い男になってしまうんなら――」

「おれたちは強くはないよ」と、考えこみながらカールスンは言った。「ただ馴らされちまっただけだ」

「馴らされたなんて。もっとはっきり言うと、麻痺してるんじゃないのかな」

「おいおい、そんな偉そうな口をきくもんじゃないよ、おれたちをそれほど知りもしねえくせにさ。いいかい、例えば医者だ。とことんまで患者に付き合って、一緒に墓にまで入っちまう医者は名医だろうかね。医者はみんなそんなことをしたら、生きてる人間を診る者はいなくなるじゃねえか。お前さんも墓から出て来なよ。墓に入っていちゃ、何も見えやしねえんだ」

うしろの席に永い沈黙が流れ、やがてラティングはほとんど独りごとのように喋り出した。

「この子はあの崖の上に一人ぼっちで、どのくらいの時間いたんだろう。一時間か、二時間か。上から浜のキャンプファイヤを眺めてるのは妙な気持だっただろうな。じきにそういうものがきれいさっぱり消えちまうことがわかってたんだから。きっとダンスパーティか、浜で遊んでいたかして、ボーイフレンドと喧嘩したんだ。あす、そのボーイフレンドが警察に来て、身許を確認するだろう。ああ、間違ってもそんな立場には立ちたくないな。そんなとき、そいつの気持は一体どんな――」

「気持もくそもありゃしねえよ。恐らくそいつは現れもしないんじゃないかな」と、車の灰皿でタバコを揉み消しながら、カールスンが落ち着いた声で言った。「たぶん死体を発見して、電話で知らせてから、そいつは逃げちまったんだ。賭けてもいいが、この女の子の小指の爪ほどの価もねえ野郎にきまってるよ。にきびだらけで、息のくせえ、その辺のチンピラかなんかじゃないのか。ああ、女の子ってものはいつになっても相変らずだ。せめて朝まで待てばよかったのに」

「そうだ」とモレノが言った。「朝になりゃ気分が変るからな」

「むだだよ、そんなこと、恋をしている女の子に言ったって」とラティングが言った。

「今頃は」と、もう一本のタバコに火をつけながら、カールスンが言った。「野郎、酒喰らってるだろう。知ったこっちゃねえ、死んだ女のことをくよくよ考えたって始まらねえよ、ってな」

　この時刻では、立ち並ぶ小さなビーチハウスの群にはところどころにあかりがついているだけだった。そこを通過するあいだ、三人は沈黙した。

「ひょっとしたら」ラティングが言った。「妊娠したんじゃないのかな」

「よくあるこった」

「それを知ってボーイフレンドはほかの女と逃げた。それでこの子はロープを持ち出して、あの崖へ行った」とラティングは言った。「教えてくれよ、そんなのでも愛なのか、それとも愛じゃないのか」

「一種の愛だと思うよ」と、カールスンはくらやみを探るように目を細めて言った。

「どんな愛だと言われても説明できないが」

「そう、おれも同感だなあ」とモレノが運転しながら言った。「いや、つまり、この世の中にそこまで惚れる人間がいると思うと、なんとなく安心するってことさ」

三人は暫くのあいだ考えこんだ。静まりかえった断崖と、鎮まりかけた海のあいだを、救急車は軽い音を発しながら走りつづけ、前の座席の二人は、細君のこと、借家のこと、眠っている子供たちのことを、ちらと考えたのだろうか。あるいは昔、海岸へ遊びに行って、ビールを呷り、岩蔭で抱き合い、毛布の上に寝そべって、ギターを弾き、唄を歌ったことを。そのとき、果てしなく拡がる海のように自分の人生も続くだろうと感じたのか、あるいは全然何も考えなかったのか。二人の男のうなじを眺めながら、ラティングが希望したのは、いや単に漠然と思ったのは、二人が最初のキスを、唇に残った塩の味を憶えているだろうかということだった。この男たちにも、狂った牛のように砂浜を駆けまわり、純粋な喜びの叫び声をあげ、全世界に一騎討ちを挑むような、そんな時期がほんとうにあったのだろうか。

二人の男の沈黙から、ラティングは察した。そう、自分の言葉と、夜と、風と、断崖と、あの樹木とロープとによってラティングは二人に影響を与えたのだ。事件そのものが二人に影響を及ぼしたのだ。今の今、あたたかい寝床のなかの細君のことを、二人は考えないわけにはいかないだろう。暗い長い道のりの果てにあるその寝床は、何か突然非現実のもの、到達不可能のものに見えてくる。この沈黙の時刻に、さしたる確信もなく、塩分が層をなしてこびりついた道を、彼らの車は行かなければならない。担架に乗せられた奇妙な物体と、使い古しのロープを運ばなければならない。

「この子のボーイフレンドは」とラティングが言った。「あしたの晩は、ほかの誰かと踊りに行く。そう思うと、はらわたが煮えくりかえるようだ」

「おれの前に現れたら」とカールスンが言った。「いやというほどぶん殴ってやりたいよ」

ラティングはシーツを動かした。「どうしてこの頃の女の子は、こんな短い変ちくりんな髪の毛なんだろう。短く縮らしてさ。化粧もやけに濃いし。あんまり――」ラティングは突然口をつぐんだ。

「何か言ったか」とモレノが訊ねた。

ラティングは更にシーツをずらした。もう何も言わなかった。それから一分間ほど、シーツのあちこちをがさごそと動かす音が聞えた。ラティングの顔は蒼白だった。

「おい」と、やがて囁いた。「おい」

モレノは本能的に救急車の速度をゆるめた。

「なんだい」

「今ちょっとわかったことがあるんだ」とラティングが言った。「さっきから、どうも化粧が濃すぎるし、髪もへんだと思ってたんだが――」

「だからどうした」

「いや、たまげたな」と、ほとんど唇を動かさず、自分の表情を確かめるように片手で顔をなでながら、ラティングは言った。「滑稽なことを教えようか」

「滑稽なことなら、早く笑わせてくれよ」とカールスンが言った。

救急車の速度は更にゆるみ、ラティングが言った。「女じゃないんだ。いや、つまり、娘じゃないんだ。つまり、女性じゃないんだよ。わかったかい」

救急車は這うようにゆっくりと走っていた。

かすかに明るみの見え始めた朝の海から吹いて来る風が、車のなかに侵入してきた。

二人の男は振り向いて、うしろの担架に乗せられている人間の輪廓を凝視した。

「だれか教えてくれよ」と、ほとんど聞きとれないほど低い声でラティングが言った。

「これでおれたちの気分は直るのかい。それとも、もっと悪い気分になるのかい」

だれも答えなかった。

波が一つまた一つと打ち寄せ、心をもたぬ海岸にぶつかって砕けた。

板チョコ一枚おみやげです！

事の起りはチョコレートの香りだった。

六月の雨の降る蒸し暑い夕方近く、モーリー神父は告白者を待ちながら告白室でうつらうつらしていた。

告白者たちは一体全体どこへ行ってしまったのだろう、と神父は思った。戸外のなまあたたかい雨の中を数限りない罪が横行している。それならば、数限りない告白者の群がここに現れないのはどうしてだろう。

モーリー神父は体をもぞもぞ動かし、目をしばたたいた。

今日びの罪びとたちは車を飛ばして動きまわるから、この古い教会はすっかり霞んだ存在になってしまった。そして神父自身は？　いわば水彩で描かれた古風な僧侶だ。色はとうに褪せてしまった。

あと五分待ってお終いにしよう、と、神父は思い、別段うろたえはしなかったが、なおざりにされた人間のひそかな屈辱と絶望のようなものを感じた。

告白室の格子のむこうに物音がした。

モーリー神父はすぐさま姿勢を正した。

格子ごしにチョコレートの香りが漂ってきた。

ああ、と神父は思った。きっと些細な罪をかかえた若者だろう。すぐに罪の荷をおろして立ち去るだけのこと。それでは……。

老神父はキャンデーのエッセンスが漂う格子に顔を近づけた。ことばが格子のむこうから聞えて来るのを期待して。

だが、なんのことばも聞えない。「祝福して下さい、神父さん、私の罪は……」という決り文句が聞えない。

ただ、ねずみが何かをかじるような、奇妙な音……くちゃくちゃ噛む音！

格子のむこうの罪びとは、神よ彼の口を縫い合せたまえ、そこに坐ってチョコレート・キャンデーを食べている！

「いかん！」と神父は自分自身に囁いた。

神父の腹が、この状況を把握するや否や、朝食以来何も食べていないことを思い出させるように鳴り出したのである。具体的にはもう記憶していないのだが、何らかの驕りの罪を犯した自分を罰するために、神父は今日一日、聖者の節食を自らに課したのだった。その結果がこれだ！

格子のむこうでは噛む音が続いていた。

モーリー神父の腹が一段と大きな音で鳴った。神父は格子に頭をつけ、目を閉じて叫んだ。

「よしなさい！」

ねずみがかじるような音がやんだ。

チョコレートの香りが消えた。

若い男の声が言った。「そうなんです、そのために来たんです、神父さん」

格子のむこうの人影を確かめようと、神父は片目をあけた。

「何のために来たのですと」

「チョコレートです、神父さん」

「何？」

「怒らないで下さい、神父さん」

「怒る？　何を言うのです。だれが怒っていますか」

「神父さんが怒っています。ぼくは何も告白しないうちから、神父さんの声のせいで、地獄に落されたような気持です」

神父は軋む革張りの座席に坐り直し、気を確かに保とうと顔の汗を拭いた。

「そう、そうだ。今日は蒸し暑い。私はいくらかたしなみを忘れていたようです。もともとそれほどたしなみをわきまえた人間ではないのだが」

「もう少しで涼しくなりますよ、神父さん。そしたら気分もよくなるでしょう」

老神父は格子を睨んだ。「ここで告白をするのはだれですか、告白を聴くのはだれですか」

「もちろん聴くのは神父さんです」

「それなら、あなたは告白なさい！」

声はあわてて事実を述べた。

「チョコレートの匂いがしたでしょう、神父さん」

神父の腹が弱い音で返事をした。

二人は悲しい音に耳を傾けた。それから、

「実は、神父さん、告白しますが、ぼくは昔から、今でも……チョコレート中毒なんです」

神父の老いた瞳がきらりと光った。好奇心はユーモアに変化し、こみあげてくるおかしさとともに再び好奇心に戻った。

「それで今日ここへ告白に来たのですか」

「はい、先生、いえ、神父さん」

「妹さんをいじめたとか、姦淫(かんいん)の罪を犯す危険があるとか、自瀆(じとく)との戦いに疲れたとか、そういうことで来たのではないのですね」

「はい、神父さん」と声は申しわけなさそうに言った。

その口調に気づいて神父は言った。「いや、いいのです。そういう悩みはいずれあなたにも生れるでしょう。今日のところ、あなたは私には息抜きです。迷える男性や孤独な女性というのは珍しくもないが。かれらは本や雑誌で下らぬことを吹きこまれ、ベッドでは下らぬことを試み、そういうことが積り積って地獄への割れ目へ恐ろしい悲鳴をあげながら転落して行く。それで一巻の終りです。さあ、お話しなさい。あなたがぶつかってきたおかげで、私の触角は敏感になりました。もっとお話しなさい」

「神父さん、あの、ぼくはこの十二、三年間、一日の休みもなしに、チョコレートを日に一、二ポンドずつ食べてきたんです。どうしてもやめられないんです。それがぼくの人生の目的になり、人生のすべてになってしまったんです」

「それはさぞかし吹き出ものや、にきびや、面疔のたぐいに悩まされたでしょうな」

「そうでした。今でもそうです」

「それに、スマートな体を作るためにあまり役立つとはいえない」

「この壁に寄りかかってみましょうか、神父さん。きっとこの告白室は倒れると思いますよ」

格子のむこうの人影がそれを実行しかけると、二人の入っている小部屋はたちまちぎしぎし言い始めた。

「坐っていなさい！」と神父は叫んだ。

部屋の軋みが鎮まった。

神父はもう睡気がすっかり消え、すばらしい気分だった。これほど生きがいを感じ、楽しい好奇心に満ちた状態は、何年ぶりのことだろう。心臓は生き生きと鼓動し、血液は僧服に覆われた肉体のすみずみにまで往復していた。

一日の蒸し暑さは消えた。

神父は限りない涼しさを感じた。昂りのようなものが手頸に脈打ち、喉にわだかまっていた。まるで恋人と語り合うように神父は格子に顔を寄せ、告白の続きをうながすのだった。

「ああ、あなたは珍しい方だ」

「神父さん、ぼくは悲しいんです。二十二にもなって食いすぎの自分が憎らしくて仕方がない。これはどうしてもなんとかしなければなりません」

「少量の食物をできるだけよく嚙むことはやってみましたか」

「ああ、ぼくは毎晩寝る前に祈るんです。かみさま、どうかクランチ・チョコバーとミルクチョコレートとハーシー・チョコを私からお遠ざけ下さい。そのくせ朝起きるや否や酒屋へ走って行って、酒ではなくてネッスル・チョコを八個もいっぺんに買うんです！　それなのに昼ごろにはもう糖分の禁断症状みたいになってしまう」

「これは告白というよりは臨床報告に近いようですな」

「かかりつけの医者(せんせい)にはいつも叱られてばかりです」

「それは当然でしょう」

「ぼくが医者(せんせい)の言いつけを守らないからなんです」

「守るべきだと思いますがね」

「おふくろは何も言ってくれません。おふくろ自身が豚みたいに肥って、甘いものには目がないんですから」

「あなたはまさかその年で、まだ両親の世話になっているわけではないでしょうね」

「実は、神父さん、ぼくはうちでぶらぶらしています」

「ああ、過保護の青年がうちでぶらぶらしていることを禁じる法律を作るべきだ。お父さんは御健在ですか」

「ええ、まあなんとか」

「お父さんの体重は？」

「でぶのアーヴィングなんて、自分で自分のことを言ってます。あんまり肥ってるんで、そんな冗談を言うんです」

「あなた方親子三人が並んで歩くと、歩道はいっぱいですね」

「バイクも通れやしません」

「キリストは荒野で」と神父は呟いた。「四十日間、断食をしたのです」

「ずいぶん極端な節食ですね」

「適当な荒野があれば、あなたをそこへ送り出したいところだが」

「送り出して下さい、神父さん。父も母も助けにはならないし、医者や瘦せた友達には軽蔑されるし、お金はチョコレート代に消えてしまうし、もう気が狂いそうです。いいいい、こんなところへ来るまで追いつめられるなんて、夢にも思わなかった。ごめんなさい、神父さん、でもぼくがここへ来たのは悩みぬいた末のことなんです。もし友達や、両親や、あの気違い医者が、今の今、ぼくがここへ来ていると知ったら、ああ、どうしよう！」

足をひきずる恐ろしい音、肉体の移動する音が聞えた。

「お待ちなさい！」

だが格子のむこうの小部屋から、重量が消えた。

象のように重い足音を立てて、青年は立ち去った。

チョコレートの匂いだけがあとに残り、語るともなくすべてを語っていた。

蒸し暑さが再び立ちこめて、老神父を息づまらせ、意気銷沈させた。

このままでは思わず知らず呪いのことばを吐き、他の教区で罪の赦しを乞わねばならぬ羽目に陥るだろう。神父はあわてて告白室から出た。

主よ、私は怒りの大罪を犯しております、と神父は思った。アヴェマリアの祈りをいくたび称えたら赦されるのでしょう。

なにしろ敵は一千トン前後のチョコレートだ。アヴェマリアを何万回称えたらいいのだろう。

戻っておいで！　と神父はがらんとした教会の通路にむかって心のなかで叫んだ。

いや、あの青年はもう戻って来ないだろう、と神父は思った。私が急(せ)かしたのがよくなかったのだ。

沈みきった心を抱いて神父は住居へ帰り、冷たい水を浴びて、自分の不健全な精神を祓(はら)うようにタオルで体をこすった。

一日、二日、一週間が過ぎた。うだるような真昼の暑さが老神父をふたたび汗まみれの茫然自失状態へ、飛びまわる蚋のような浮遊状態へ追いやった。神父は小部屋のなかでうたたねし、乱雑な図書室で本のページをめくり、手入れを怠った芝生を眺めては、近いうちにまた芝刈り機と格闘しなければなるまいと思った。だが何よりもまず、神父は自分の怒りの芽を摘みとることに大部分の時間をさかなければならなかった。姦淫はこの国の法定の通貨であり、自瀆はその補助貨幣である。少なくとも、昼さがりの長い時間、告白室の格子のむこうから流れてくる囁き声を聞いていると、そう思いたくなるのだった。

七月十五日、神父が戸外をぼんやり眺めていると、自転車に乗った数人の少年が、それぞれハーシーの板チョコを口いっぱいに頰張って通りすぎた。

その夜、神父は「パワーハウス」や「ベビー・ルース」や「ラヴ・ネスト」や「クランチ」の夢を見て、突然めざめた。

夢の余韻に暫く耐えてから、起き上り、本を読もうとしたが、すぐに本を投げ出し、まっくらな夜の教会の中を歩きまわり、やがて低い声でぶつぶつ言いながら祭壇の前へ行って、神の赦しを乞うた。

次の日の午後、チョコレート中毒の青年がとうとう戻って来た。

「主よ、感謝いたします」と、荷の積みすぎで沈没する船のように、告白室のむこう半分が非常な重量に軋むのを聞いたとき、神父は呟いた。

「は？」とむこう側から青年が囁いた。

「いや、こちらの話」と神父は言った。

そして目を閉じ、深く息を吸いこんだ。

どこかでチョコレート工場の門が広く開かれ、甘い香りがこの国全体を変えようと流れ出て来た。

それから信じられぬことが起った。

モーリー神父の口から、とげとげしいことばが飛んで出たのである。

「あなたはここへ来てはならない！」

「な、なんですって、神父さん」

「どこかよそへ行きなさい！　私は力になってあげられない。あなたには特別の救済が必要です。そう、ここでは駄目です」

自分の心がいきなり跳躍してこんなふうに舌を動かしたのだと知って、老神父は茫然とした。これは暑さのせいだろうか。この悪魔に待たされた数週間の長い日々のせいだろうか。だが、口はまだひとりでに動きつづけていた。

「ここではあなたは救えない！　だめです。救われたいのなら、いっそ――」

「神経科へ行けとおっしゃるのですか」驚くほど冷静な声が割って入った。

「そうです、主よ助けたまえ、そういうところへ行けばよい。精――精神科の医者のところへ」

これは更に信じがたいことだった。神父はいまだかつてそんな言葉を発音したことがなかったのだから。

「でも、神父さん、神経科の医者が何を知っています?」

全くだ、とモーリー神父は思った。なぜなら神父はもうだいぶ前から、精神分析医の香具師めいた口上や、便所の落書きに似たお喋りを敬遠してきたのだった。この襟を折り返し、つけ髭でもつければ、この私でも精神分析医の仕事くらいできるかもしれない! と神父は思い、いくらか落ち着いた口調で答えた。

「あの人たちが何を知っているか、ですと。それはもちろん、自分たちは何もかも知っていると称しているようだが」

「それは昔の教会が何もかも知っていると言ったのと同じですか」

沈黙。それから、

「知っていると称するのと、本当に知っているのとは大きな違いです」と、胸の鼓動が許す限り冷静に、老神父は答えた。

「じゃ、教会は本当に知っているんですね、神父さん」

「たとえ教会が知らなくとも、私は知っています!」

「神父さん、この前みたいに怒らないで下さい」青年はちょっと口をつぐみ、溜息をついた。「神父さんとこんな議論をするために来たんじゃないんです。そろそろ告白を始めてもいいですか、神父さん」

「ちょうど時分どきだね！」神父は坐り直し、甘やかに目を閉じて、言い足した。「では聴きましょうか」

するとと格子のむこうの声は、銀紙に包まれたキスの味に染められ、蜂蜜の香りにいろどられ、最近の糠分とその記憶に、すなわち「キャドベリ」の大型チョコレートに動かされ、子供っぽい舌と息とでおもむろに語り始めた。その声のもちぬしの生活が、朝起きてから夜寝るまで、スイス・チョコやハーシー・チョコの誘惑と密接につながっていること。「クラーク・バー」を食べるときは、まず外側の黒い皮を噛みとり、きめのこまかい内側の甘みは特別の衝撃と喜びのために残しておくということ。「パワーハウス」の力強さ、「ラヴ・ネスト」の頼もしさ、「バターフィンガー」の直接性に、魂は叫び、舌は要求し、胃は受け入れ、血は踊り出すということ。だが何よりもすばらしいのは黒いアフリカ・チョコの甘さで、これは歯のあいだで囁き、歯ぐきをほんのりといろどり、口蓋にえもいわれぬ香りを残す。これを味わった夜は、夢のなかでも、コンゴ、ザンベジ、チャド等々の美しい地名を絶え間なく呟きつづけてしまうということ。

日が過ぎ、週が過ぎ、声が語りつづけ、老神父がそれに耳を傾けるにつれて、格子のむこうの重荷は少しずつ軽くなっていった。その声を包みこむ肉体がわずかずつ溶解し、流れ去っていくことは、見なくてもモーリー神父にはよくわかった。足音はいつのまにかそれほど重々しくなくなった。肉体が格子のむこうに入って来るとき、告白室はそれほどけたたましい音を発して軋まなくなった。

若い声と青年は確かにそこにいるのに、チョコレートの匂いは次第に薄れ、ほとんど消えてしまった。

それは老神父にとってはこよなく楽しい夏だった。

何十年も前、この神父がまだ非常に若かった頃、これに似た出来事があった。これに似てはいたが、それはそれなりに不思議な出来事だった。

声から察するにまだ十五、六の少女が、夏休みの始まる日から秋の新学期が始まる日まで、毎日、告白室へ囁きに来たのである。

その永い夏の日々に、神父は聖職に許されるぎりぎりのところまで、その囁きに、その愛らしい声に、油断のない愛着を感じたのだった。少女の七月の恋心を聴き、八月の狂気を聴き、九月の幻滅を聴き、そして十月、少女が泣きながら永遠に立ち去ったとき、神父は大声で叫びたかった。ああ、行かないで、行かないで下さい！　ぼくと結婚して！

だがぼくは神の花嫁たちに添いとげねばならぬ身だ、ともう一つの声が囁いた。

若い神父は俗世間にむかって走り出しはしなかった。

今、六十に手の届きそうな神父の内部の若い魂は、溜息をつき、身悶えし、思い出に浸り、あの古ぼけた店晒しの記憶を、この新しい、いくらか滑稽でしかも悲しい出逢いと比較していた。このたびの迷える魂が狂おしく愛しているのは、大胆な水着姿の女たちではなくて、ひそかに包み紙を剝かれ、人目を忍んで貪られるチョコレートなのである。

「神父さん」と、ある日の夕方、声が言った。「この夏はすてきでした」

「あなたがそう言うのはふしぎだ」と神父は言った。「私も同じことを考えていました」

「神父さん、実は恐ろしいことを告白しなければなりません」

「もう何を聴いても驚かないと思うが」

「神父さん、ぼくはこの教区の人間ではないのです」

「それはべつに構いませんよ」

「それだけではなくて、神父さん、赦して下さい、実は、ぼくは――」

「さあ、遠慮なく言いなさい」

「ぼくはカトリック教徒ですらないんです」

「なんですと！」と老人は叫んだ。

「ぼくはカトリック教徒ですらないんです、神父さん。これは恐ろしいことですね」

「恐ろしい？」

「すみません、本当にすみません。もし神父さんがお望みなら、償いのためにぼくは教会に入ります」

「教会に入るですと、馬鹿なことを」と老人はわめいた。「もう遅すぎます！　あなたは自分の悪行の深さがわからんのですか。あなたは私の時間を奪い、私に耳を傾けさせ、私を困惑させ、助言を求め、精神分析医の必要まで口にし、宗教を論じ、私の記憶に誤りがなければ法王を批判し、こうして正味三カ月、そう、八、九十日を浪費したのです。それが今になって、償いのために教会へ入るですと」

「もし差支えなければ、ですが」

「差支えます！　差支えます！」と神父はどなり、十秒間ばかり卒中一歩手前の状態になった。

ドアを蹴とばして格子のむこう側へまわり、罪びとを明るい所に引きずり出してやろうか、と神父は思った。だが、そのとき、

「でも、神父さん、その三カ月は無駄ではありませんでした」と、格子のむこうの声が言った。

神父は静かになった。

「ほんとうにありがたいことです。神父さん、あなたは私を救って下さいました」

神父は息を殺した。

「そうなんです、神父さん、ほんとうにありがとうございます。あなたは力を貸して下さいました、感謝します」と声は囁いた。「一度もお訊きになりませんでしたが、おわかりでしょう。ぼくは体重が減りました。信じられないほどの減り方です。八十、八十五、九十ポンドもです。神父さん、これもあなたのおかげです。中毒は直りまし

た。完全に直りました。ちょっと息を大きく吸いこんで下さいませんか」

神父は不承不承、息を吸いこんだ。

「何か匂いますか」

「なんにも」

「そうなんです、神父さん、なんにも匂いません！　消えました。チョコレートの匂いも、チョコレートそのものも消えました。消えたんです。ぼくは自由になりました」

老神父は何と返事したらよいかわからずに、ただ坐っていた。まぶたが妙に痒かった。

「神父さん、ぼくが申し上げる必要はないかもしれませんが、あなたはキリストと同じことをして下さいました。キリストは世の中のいろんな人に力を貸したでしょう。あなたも世の中のいろんな人に力を貸していらっしゃる。ぼくが倒れそうになっていたときに、神父さん、あなたは手を差しのべて、ぼくを救って下さいました」

ここで実に奇妙なことが起った。

モーリー神父の目から涙がほとばしり出たのである。涙は目のふちを越え、頰を伝い、固く結ばれた唇の上にたまった。唇をゆるめると、顎からしたたり落ちた。神父には涙を止めることはできなかった。それは七年間の凶作と旱魃のあとの恵みの春雨のようにやって来たのだ。神父の心は雨のなかで踊り狂った。

格子のむこうの音から判断すると、確かめるすべはなかったが、青年もまた泣いているように思われた。

戸外では罪深い世界が狂奔していたが、ここ、香煙の漂う甘い薄くらがりでは、こわれやすい木の格子をへだてて相対した二人の人間が、夏も終りに近いある日の夕方、こうして泣いているのだった。

やがて二人とも静かになった。声が心配そうに訊ねた。「大丈夫ですか、神父さん」目を閉じたまま神父はようやく答えた。「大丈夫です。ありがとう」

「何かぼくにできることはないでしょうか、神父さん」

「今までにあなたがしたことだけで充分でしょう」

「あの……教会に入ると言ったことですが。あれは本気だったんです」

「その必要はないでしょう」

「いいえ、ぼくは入るつもりです。ぼくはユダヤ人ですけれど」

モーリー神父の口から半ば笑いのようなものが飛び出した。「な、なんですと」

「ユダヤ人なんです、神父さん。アイルランド系のユダヤ人です。アイルランド系なら、いくらかま
しでしょうか」

「ああ、もちろん！」老神父は爆発的に笑い出した。「ましでしょう、確かにましでしょう！」

「何がそんなにおかしいんですか、神父さん」

「いや、よくわからんが、とにかく愉快です、愉快です！」

そして神父は再び涙が出るほどの笑いの発作に襲われ、その涙がまた笑いのたねとなって、終いには何もかもごっちゃの大騒ぎが始まった。教会はすがすがしい笑いのこだまに満たされた。その騒ぎのなかで、もしもこのことを上級職のケリー司教にあす報告すれば、自分は確実に破門されるだろうとモーリー神父は思った。それにしても教会を洗い浄めるものは悲しみの涙だけではない。神が人間のみに与え給うた自他共に赦し合うこのすがすがしさ、笑いと呼ばれるこの現象もまた、教会をすみずみまで浄めるのだ。

二人の叫びが鎮まるには永い時間が必要だった。今や青年も泣くのをやめて、この浮かれ騒ぎに加わり、こうして悲しみから仕合せへと移行した二人の男の声に、教会は揺れ動いた。涙はもう跡形もなかった。自由を求めてもがく野生の鳥のように、喜びが教会の壁を叩いていた。

とうとう笑いが弱まった。お互いの顔を知らない二人の男は、顔の汗を拭きながら坐っていた。

すると、ここで気分が一転したことを俗世間が察知したかのように、教会のドアから風が吹きこんできた。樹木から吹き散らされた葉が、通路に舞いこんだ。秋の気配が薄闇を満たした。夏はほんとうに終ったのだ。

モーリー神父は教会のドアを眺め、風にもてあそばれる木の葉の動きを眺め、突然、青春時代のように、木の葉とともにどこかへ行ってしまいたいと思った。神父の血は出口を求めていた。だが出口はどこにもなかった。

「もう行かなければなりません、神父さん」

老神父は姿勢を正した。

「今日はもう帰るという意味ですか」

「いいえ、ぼくは遠くへ行きます。神父さん、あなたとお話しするのはこれが最後です」

それはひどい！　と神父は思い、もう少しで口に出してそう言いそうになった。だが、その代りに、できるだけ冷静に言った。

「どこへ行くのですか」

「いろんな所です、神父さん。方々へ行きます。前はこわくて、どこへも行けませんでした。でも今は体重が軽くなったから、だんぜん出掛けます。いろんな所へ行って、新しい仕事を見つけます」

「いつ頃、帰って来る予定ですか」

「一年、五年、十年になるでしょうか。十年後もここにいて下さいますか、神父さん」

「神がお許しになれば」

「じゃ、方々をまわる途中でローマへ行って、何か小さな物を買って、その物を法王に祝福してもらいます。帰るときはそれを持って来て、ここへうかがいましょう」

「それでは、きっとですよ」

「約束します。神父さん、ぼくを赦して下さいますか」

「何を赦すのです」

「何もかも」

「私たちはもう赦し合いましたよ。それが人間にできる一番立派なことです」

格子のむこうで足を動かす音。

「もう行きます、神父さん。さよなら(グッドバイ)という言葉は神ともに在(いま)せという意味だそうですが、本当ですか」

「その通りです」

「それじゃ、ほんとうに、さようなら、さようなら、神父さん」

「言葉の本来の意味で、さようなら」

格子のむこうが急に空っぽになった。

青年は去った。


何年も経過し、モーリー神父はうたたねの好きな真の老人になり、その頃、神父の晩年を飾る一つの出来事があった。ある日の日暮れ方、告白室でうつらうつらしながら、戸外の雨の音を聞くともなく聞いていると、ふしぎな、しかもなつかしい香りが漂ってきて、神父は目をあけた。

格子のむこうから、かすかに、やさしく忍び寄ってきたのは、チョコレートの香りだった。

告白室が軋んだ。むこう側で、だれかが皮切りのことばを探している。

驚きに胸を弾ませながら、老神父は身を乗り出し、「はい?」とうながした。

「ありがとう」と、ようやく囁き声が聞えた。

「なんですと……?」

「ずいぶん前に」と囁き声が言った。「力を貸していただいた者です。永いこと旅に出ていました。この町にいられるのは今日だけです。教会を見ました。ありがとう。それだけです。あなたに差し上げるものを献金箱に入れておきました。それじゃ」

足早に立ち去る音。

神父は生れて初めて告白室から跳び出した。

「お待ちなさい!」

だが相手は姿を見せずに立ち去った。背が低いか高いか、肥っているか痩せているか、知るすべはなかった。教会に人影はなかった。

献金箱の前のうすやみで神父は少しためらい、それから手を突っこんだ。八十九セントの小型板チョコが一枚そこにあった。

遥か昔に消えた囁き。神父さん、いいつか法王に祝福してもらった贈物を持って帰ります。

これか。これなのか。老神父は震える手で板チョコをもてあそんだ。これでもいいではないか。これ以上のものがどこにあるだろう。

何もかも目に見えるようだ。真夏の正午、五千人もの観光客がカステル・ガンドルフォ（ローマから二十キロ、ローマ法王の夏の別荘がある）で押すな押すなの騒ぎ。高いバルコニーから法王が群集に祝福を授ける。ごったがえす腕また腕の海のなかで、突然、一本の勇敢な手が高く差し上げられる……。

その手は、銀紙に包まれた輝かしい板チョコを一枚握っている……。

老神父はさして驚きもせず、一人うなずいた。

そして書斎の特別の引出しにその板チョコをしまいこみ、数年後、悪天候が窓を覆い隠し、絶望が扉の蝶番（ちょうつがい）から忍び入るときなど、そっとチョコレートを取り出し、ごく少量を齧（かじ）りとって祭壇の蔭で食べた。

それは聖餅ではなかった、そう、キリストの肉ではなかった。だが、それは生命だった。そして生命はこの神父のものだった。そして神父が板チョコを齧ることは、それほど頻繁ではなかったが、かといって稀でもなく、そのような場合、板チョコは（ああ神よ、感謝いたします）信じられないほど甘かった。

解説

小笠原豊樹

レイ・ブラッドベリはＳＦ作家と呼ばれることが多いが、有名な『火星年代記』や『華氏４５１度』など、宇宙や未来世界といった狭義のＳＦ的シチュエーションを用いた作品のほかに、以前からたくさんの恐怖小説や幻想小説を書いてきた。数年ぶりで出たこの短篇集『Long After Midnight』でも、狭義のＳＦ的作品は冒頭の「青い壜」ほか三、四篇であって、他はすべてこの作者独特の幻想と耽美と恐怖とが溶け合った物語である。いや、思い出してみれば、『火星年代記』や『華氏４５１度』でも、未来社会や他惑星での生活はつねに美と恐怖がまじり合ったものとして描かれていなかっただろうか。どんな時を、どんな題材を扱う場合でも、この作家は「グロテスクとアラベスク」（クリストファ・イシャウッドの評言）を産み出さずにはいられない。それは処女作『黒いカーニバル』以来一貫したこの作者の特徴であり魅力である。

もしもレイ・ブラッドベリとは何者かと問われるならば、恐怖小説家と訳者は端的に答えたい。もちろんこの作家の作品には、諷刺的なもの、ＳＦふうのアイデアが前面に押し出されたもの、「アラベスク」の華やかさで目を惹くものなど、さまざまな装いが見られるが、しかし、ほとんどすべての作品の底を流れているのはナイーブな魂のおののきとでもいうような感触であり、手法的には、一定のサスペンションと恐怖や怪異の発見ないし出現という恐怖小説の定石が、いろいろの変奏を伴って繰り返される。本書でも、むしろ平淡な懐旧談としか見えない「ある恋の物語」は、最後のパラグラフに至って突如ふしぎな恐怖の要素を出現させ、読者を非現実の側へぐらりと傾かせるようなまことに巧みな終り方をする。あるいは掌篇「黒パン」のさりげない結末を見よ。そこにも恐怖の粒子がきらめいている。

「22 Hauntings and Celebrations」というのがこの短篇集の原書のカバーに刷りこまれた謳い文句である。ブラッドベリを恐怖小説作者と見るならばhauntingにはうなずけるけれども、celebrationのほうはどうだろうか。確かにいくつかの短篇にはおだやかな宥和に似た感情が認められる。なにしろ一九二〇年生れの早熟な才人もすでに六十歳を越えた今日この頃（昭和五十七年当時）である。しかし本書を全体として見るならば、celebrationよりもhauntingのほうが遥かに強い。『刺青の男』や『太陽の黄金の林檎』の頃の、妙な言い方だが、健全なペシミズムはいまだに衰えていないようである。美と恐怖とが分離してしまわぬ前の柔軟な心にとっては、ブラッドベリの作品群は依然として良質の楽しみであり経験である。

なお全二十二篇中「罪なき罰」「永遠と地球の中を」の二篇は以前の単行本では出

版社の都合により割愛せざるを得なかったが、この文庫版は全二十二篇の完訳である
ことを、お断りしておく。また訳註は最小限にとどめた。

本書は、一九七八年に集英社から単行本で、
一九八二年に同文庫で刊行された。

とうに夜半（やはん）を過（す）ぎて

二〇一一年 二 月二〇日 初版発行
二〇二四年 三 月一〇日 新装版初版印刷
二〇二四年 三 月二〇日 新装版初版発行

著 者 R・ブラッドベリ
訳 者 小笠原豊樹（おがさわらとよき）
発行者 小野寺優
発行所 株式会社河出書房新社
〒一五一―〇〇五一
東京都渋谷区千駄ヶ谷二―三二―二
電話〇三―三四〇四―八六一一（編集）
〇三―三四〇四―一二〇一（営業）
https://www.kawade.co.jp/

ロゴ・表紙デザイン 粟津潔
本文フォーマット 佐々木暁
本文組版 株式会社創都
印刷・製本 TOPPAN株式会社

Printed in Japan ISBN978-4-309-46798-6

塵よりよみがえり

レイ・ブラッドベリ　中村融〔訳〕　46257-8

魔力をもつ一族の集会が、いまはじまる！　ファンタジーの巨匠が五十五年の歳月を費やして紡ぎつづけ、特別な思いを込めて完成した伝説の作品。奇妙で美しくて涙する、とても大切な物語。

輝く断片

シオドア・スタージョン　大森望〔編〕　46344-5

雨降る夜に瀕死の女をひろった男。友達もいない孤独な男は決意する——切ない感動に満ちた名作八篇を収録した、異色ミステリ傑作選。第三十六回星雲賞海外短編部門受賞「ニュースの時間です」収録。

海を失った男

シオドア・スタージョン　若島正〔編〕　46302-5

めくるめく発想と異様な感動に満ちたスタージョン傑作選。圧倒的名作の表題作、少女の手に魅入られた青年の異形の愛を描いた「ビアンカの手」他、全八篇。スタージョン再評価の先鞭をつけた記念碑的名著。

たんぽぽ娘

ロバート・F・ヤング　伊藤典夫〔編〕　46405-3

未来から来たという女のたんぽぽ色の髪が風に舞う。「おとといは兎を見たわ、きのうは鹿、今日はあなた」……甘く美しい永遠の名作「たんぽぽ娘」を伊藤典夫の名訳で収録するヤング傑作選。全十三篇収録。

ハローサマー、グッドバイ

マイクル・コーニイ　山岸真〔訳〕　46308-7

戦争の影が次第に深まるなか、港町の少女ブラウンアイズと再会を果たす。ぼくはこの少女を一生忘れない。惑星をゆるがす時が来ようとも……少年のひと夏を描いた、ＳＦ恋愛小説の最高峰。待望の完全新訳版。

パラークシの記憶

マイクル・コーニイ　山岸真〔訳〕　46390-2

冬の再訪も近い不穏な時代、ハーディとチャームのふたりは出会う。そして、あり得ない殺人事件が発生する……。名作『ハローサマー、グッドバイ』の待望の続編。いますべての真相が語られる。

銀河ヒッチハイク・ガイド

ダグラス・アダムス　安原和見〔訳〕　46255-4

銀河バイパス建設のため、ある日突然地球が消滅。地球最後の生き残りであるアーサーは、宇宙人フォードと銀河でヒッチハイクするはめに。抱腹絶倒ＳＦコメディ「銀河ヒッチハイク・ガイド」シリーズ第一弾！

宇宙クリケット大戦争

ダグラス・アダムス　安原和見〔訳〕　46265-3

遠い昔、遙か彼方の銀河で、クリキット軍の侵略により銀河系は絶滅の危機に陥った——甦った軍を阻むのは、宇宙イチいい加減なアーサー一行。果たして宇宙は救われるのか？　傑作ＳＦコメディ第三弾！

さようなら、いままで魚をありがとう

ダグラス・アダムス　安原和見〔訳〕　46266-0

十万光年をヒッチハイクして、アーサーがたどり着いたのは、八年前に破壊されたはずの地球だった!!　この〈地球〉の正体は!?　大傑作ＳＦコメディ第四弾！……ただし、今回はラブ・ストーリーです。

ほとんど無害

ダグラス・アダムス　安原和見〔訳〕　46276-9

銀河の辺境で第二の人生を手に入れたアーサー。だが、トリリアンが彼の娘を連れて現れる。一方フォードは、ガイド社の異変に疑問を抱き——。ＳＦコメディ「銀河ヒッチハイク・ガイド」シリーズついに完結！

ダーク・ジェントリー全体論的探偵事務所

ダグラス・アダムス　安原和見〔訳〕　46456-5

お待たせしました！　伝説の英国コメディＳＦ「銀河ヒッチハイク・ガイド」の故ダグラス・アダムスが遺した、もうひとつの傑作シリーズがついに邦訳。前代未聞のコミック・ミステリー。

宇宙の果てのレストラン

ダグラス・アダムス　安原和見〔訳〕　46256-1

宇宙船が攻撃され、アーサーらは離ればなれに。元・銀河大統領ゼイフォードとマーヴィンがたどりついた星で遭遇したのは!?　宇宙の迷真理を探る一行のめちゃくちゃな冒険を描く、大傑作ＳＦコメディ第二弾！

長く暗い魂のティータイム

ダグラス・アダムス　安原和見〔訳〕　46466-4

奇想ミステリー「ダーク・ジェントリー全体論的探偵事務所」シリーズ第二弾！　今回、史上もっともうさんくさい私立探偵ダーク・ジェントリーが謎解きを挑むのは……なんと「神」です。

死者と踊るリプリー

パトリシア・ハイスミス　佐宗鈴夫〔訳〕　46473-2

天才的犯罪者トム・リプリーが若き日に殺した男ディッキーの名を名乗る者から電話が来た。これはあの妙なアメリカ人夫妻の仕業か？　いま過去が暴かれようとしていた……リプリーの物語、最終編。

人みな眠りて

カート・ヴォネガット　大森望〔訳〕　46479-4

ヴォネガット、最後の短編集！　冷蔵庫型の彼女と旅する天才科学者、殺人犯からメッセージを受けた女性事務員、消えた聖人像事件に遭遇した新聞記者……没後に初公開された珠玉の短編十六篇。

パワー　上　西のはての年代記Ⅲ

ル＝グウィン　谷垣暁美〔訳〕　46354-4

〈西のはて〉を舞台にしたファンタジーシリーズ第三作！　少年奴隷ガヴィアには、たぐいまれな記憶力と、不思議な幻を見る力が備わっていた――。ル＝グウィンがたどり着いた物語の極致。ネビュラ賞受賞。

パワー　下　西のはての年代記Ⅲ

ル＝グウィン　谷垣暁美〔訳〕　46355-1

〈西のはて〉を舞台にした、ル＝グウィンのファンタジーシリーズ、ついに完結！　旅で出会った人々に助けられ、少年ガヴィアは自分のふたつの力を見つめ直してゆく――。ネビュラ賞受賞。

ラウィーニア

アーシュラ・K・ル＝グウィン　谷垣暁美〔訳〕　46722-1

トロイア滅亡後の英雄の遍歴を描く『アエネーイス』に想を得て、英雄の妻を主人公にローマ建国の伝説を語り直した壮大な愛の物語。『ゲド戦記』著者が古代に生きる女性を生き生きと描く晩年の傑作長篇。

いまファンタジーにできること

アーシュラ・K・ル＝グウィン　谷垣暁美〔訳〕　46749-8

『指輪物語』『ドリトル先生物語』『少年キム』『黒馬物語』など名作の読み方や、ファンタジーの可能性を追求する評論集。「子どもの本の動物たち」「ピーターラビット再読」など。

終わらざりし物語　上

J・R・R・トールキン　C・トールキン〔編〕　山下なるや〔訳〕　46739-9

『指輪物語』を読み解く上で欠かせない未発表文書を編んだ必読の書。トゥオルの勇姿、トゥーリンの悲劇、ヌーメノールの物語などを収録。

終わらざりし物語　下

J・R・R・トールキン　C・トールキン〔編〕　山下なるや〔訳〕　46740-5

イシルドゥルの最期、ローハンの建国記、『ホビットの冒険』の隠された物語など、トールキン世界の空白を埋める貴重な遺稿集。巻末資料も充実。

完全な真空

スタニスワフ・レム　沼野充義／工藤幸雄／長谷見一雄〔訳〕　46499-2

「新しい宇宙創造説」「ロビンソン物語」「誤謬としての文化」など、名作『ソラリス』の巨人が文学、SF、文化論、宇宙論を換骨奪胎。パロディやパスティーシュも満載の、知的刺激に満ちた〈書評集〉。

短くて恐ろしいフィルの時代

ジョージ・ソーンダーズ　岸本佐知子〔訳〕　46736-8

脳が地面に転がるたびに熱狂的な演説で民衆を煽る独裁者フィル。国民が６人しかいない小国をめぐる奇想天外かつ爆笑必至の物語。ブッカー賞作家が生みだした大量虐殺にまつわるおとぎ話。

青い脂

ウラジーミル・ソローキン　望月哲男／松下隆志〔訳〕　46424-4

七体の文学クローンが生みだす謎の物質「青脂」。母なる大地と交合するカルト教団が一九五四年のモスクワにこれを送りこみ、スターリン、ヒトラー、フルシチョフらの大争奪戦が始まる。

親衛隊士の日

ウラジーミル・ソローキン　松下隆志〔訳〕　46761-0

2028年に復活した帝国では、親衛隊士たちが特権を享受している。貴族や民衆への暴力、謎の集団トリップ、真実を見通す点眼女、蒸風呂での奇妙な儀式。ロシアの現在を予言した傑作長篇。

プラットフォーム

ミシェル・ウエルベック　中村佳子〔訳〕　46414-5

「なぜ人生に熱くなれないのだろう？」——圧倒的な虚無を抱えた「僕」は父の死をきっかけに参加したツアー旅行でヴァレリーに出会う。高度資本主義下の愛と絶望をスキャンダラスに描く名作が遂に文庫化。

ある島の可能性

ミシェル・ウエルベック　中村佳子〔訳〕　46417-6

辛口コメディアンのダニエルはカルト教団に遺伝子を託す。2000年後ユーモアや性愛の失われた世界で生き続けるネオ・ヒューマンたち。現代と未来が交互に語られるSF的長篇。

服従

ミシェル・ウエルベック　大塚桃〔訳〕　46440-4

二〇二二年フランス大統領選で同時多発テロ発生。極右国民戦線のマリーヌ・ルペンと、穏健イスラーム政党党首が決選投票に挑む。世界の激動を予言したベストセラー。

闘争領域の拡大

ミシェル・ウエルベック　中村佳子〔訳〕　46462-6

自由の名の下に、人々が闘争を繰り広げていく現代社会。愛を得られぬ若者二人が出口のない欲望の迷路に陥っていく。現実と欲望の間で引き裂かれる人間の矛盾を真正面から描く著者の小説第一作。

セロトニン

ミシェル・ウエルベック　関口涼子〔訳〕　46760-3

巨大化学企業を退職した若い男が、過去に愛した女性の甘い追憶と暗い呪詛を交えて語る現代社会への深い絶望。白い錠剤を前に語られる新たな予言の書。世界で大きな反響を呼んだベストセラー。

キンドレッド

オクテイヴィア・E・バトラー　風呂本惇子／岡地尚弘〔訳〕　46744-3

謎の声に呼ばれ、奴隷制時代のアメリカ南部へのタイムスリップを繰り返す黒人女性のデイナ。人間の価値を問う、アフリカ系アメリカ人の伝説的作家による名著がついに文庫化。

帰ってきたヒトラー　上

ティムール・ヴェルメシュ　森内薫〔訳〕　46422-0

2015年にドイツで封切られ240万人を動員した本書の映画がついに日本公開！　本国で250万部を売り上げ、42言語に翻訳されたベストセラーの文庫化。現代に甦ったヒトラーが巻き起こす喜劇とは？

帰ってきたヒトラー　下

ティムール・ヴェルメシュ　森内薫〔訳〕　46423-7

ヒトラーが突如、現代に甦った！　抱腹絶倒、危険な笑いで賛否両論を巻き起こした問題作。本書原作の映画がついに日本公開！　本国で250万部を売り上げ、42言語に翻訳されたベストセラーの文庫化。

白の闇

ジョゼ・サラマーゴ　雨沢泰〔訳〕　46711-5

突然の失明が巻き起こす未曾有の事態。「ミルク色の海」が感染し、善意と悪意の狭間で人間の価値が試される。ノーベル賞作家が「真に恐ろしい暴力的な状況」に挑み、世界を震撼させた傑作。

精霊たちの家　上

イサベル・アジェンデ　木村榮一〔訳〕　46447-3

予知能力を持つクラーラは、毒殺された姉ローサの死体解剖を目にしてから誰とも口をきかなくなる——精霊たちが飛び交う神話的世界を描きマルケス『百年の孤独』と並び称されるラテンアメリカ文学の傑作。

精霊たちの家　下

イサベル・アジェンデ　木村榮一〔訳〕　46448-0

精霊たちが見守る館で始まった女たちの神話的物語は、チリの血塗られた歴史へと至る。軍事クーデターで暗殺されたアジェンデ大統領の姪が、軍政下の迫害のもと描き上げた衝撃の傑作が、ついに文庫化。

リンバロストの乙女　上

ジーン・ポーター　村岡花子〔訳〕　46399-5

美しいリンバロストの森の端に住む、少女エレノア。冷徹な母親に阻まれながらも進学を決めたエレノアは、蛾を採取して学費を稼ぐ。翻訳者・村岡花子が「アン」シリーズの次に最も愛していた永遠の名著。

リンバロストの乙女　下

ジーン・ポーター　村岡花子〔訳〕　46400-8

優秀な成績で高等学校を卒業し、美しく成長したエルノラは、ある日、リンバロストの森で出会った青年と恋に落ちる。だが、彼にはすでに許嫁がいた……。村岡花子の名訳復刊。解説＝梨木香歩。

パワー

ナオミ・オルダーマン　安原和見〔訳〕　46782-5

ある日を境に世界中の女に強力な電流を放つ力が宿り、女が男を支配する社会が生まれた——。エマ・ワトソン、オバマ前大統領、ビル・ゲイツ推薦！

歩道橋の魔術師

呉明益　天野健太郎〔訳〕　46742-9

1979年、台北。中華商場の魔術師に魅せられた子どもたち。現実と幻想、過去と未来が溶けあう、どこか懐かしい極上の物語。現代台湾を代表する作家の連作短篇。単行本未収録短篇を併録。

突囲表演

残雪　近藤直子〔訳〕　46721-4

若き絶世の美女であり皺だらけの老婆、煎り豆屋であり国家諜報員——X女史が五香街（ウーシャンチェ）をとりまく熱愛と殺意の包囲を突破する！世界文学の異端にして中国を代表する作家が紡ぐ想像力の極北。

中国怪談集

中野美代子／武田雅哉〔編〕　46492-3

人肉食、ゾンビ、神童が書いた宇宙図鑑、中華マジックリアリズムの代表作、中国共産党の機関誌記事、そして『阿Q正伝』。怪談の概念を超越した、他に類を見ない圧倒的な奇書が遂に復刊！

著訳者名の後の数字はISBNコードです。頭に「978-4-309」を付け、お近くの書店にてご注文下さい。